红 楼 品 酒

——《红楼梦》中的酒文化与养生

段振离 编著

上海交通大学出版社

内 容 提 要

《红楼梦》不仅是一部伟大的文学名著，更是一部反映明清时代的百科全书。洋洋大观《红楼梦》，酒香扑鼻满书香。本书以酒为主线，描述了《红楼梦》中纷繁多样的酒事活动、各式各样品种的酒以及众多人物在饮酒后的表现等。作者在叙述中娓娓道来，读者从中既可以酒品红楼，也可了解有关酒文化、酒的医理及养生保健等多方面的知识。本书融知识性、趣味性和实用性于一体，是一本具有独特视角的图书。本书可供《红楼梦》爱好者、酒文化爱好者及普通读者阅读。

上海市版权局著作权合同登记章图字：09-2010-392 号

本书经宏欣文化事业有限公司授予简体中文版专有出版权

图书在版编目(CIP)数据

红楼品酒：《红楼梦》中的酒文化与养生/段振离编著. —上海：上海交通大学出版社，2011
（红楼文化与养生大观园丛书）
ISBN 978-7-313-07173-6

Ⅰ. 红… Ⅱ. 段… Ⅲ. ①《红楼梦》研究 ②酒—文化—研究—中国—清代 ③养生（中医）—研究
Ⅳ. ①Ⅰ207.411 ②TS971 ③R212

中国版本图书馆 CIP 数据核字(2011)第 055943 号

红楼品酒
——《红楼梦》中的酒文化与养生

段振离 编著

上海交通大学出版社出版发行

（上海市番禺路 951 号 邮政编码 200030）

电话：64071208 出版人：韩建民

常熟市文化印刷有限公司 印刷 全国新华书店经销

开本：787mm×960mm 1/16 印张：14 字数：217 千字

2011 年 4 月第 1 版 2011 年 4 月第 1 次印刷

ISBN 978-7-313-07173-6/Ⅰ 定价：28.00 元

前　言

　　翻开洋洋大观的《红楼梦》，可以闻到满纸酒香。这是曹雪芹先生留给我们的珍贵遗产。

　　《红楼梦》从第 1 回～120 回，仅章回标题与酒有关的就有 10 余个。如"刘姥姥醉卧怡红院"、"憨湘云醉眠芍药裀"，其他有"庆元宵"、"开夜宴"、"祭宗祠"、"排家宴"、"赏中秋"、"两宴大观园"、"出闺成大礼"、"醉金刚"……皆与酒有直接或间接的关系。至于书中的内容，描写酒的就更多了。据统计，前 80 回对酒事的描写有 461 处，后 40 回有 142 处，短的几句话，长的横跨五回。如果从回次上加以区分，全书共有 91 回写到酒事，占全书的 75.8％。这也不奇怪，因为在那"昌明隆盛之邦，诗礼簪缨之族，花柳繁华地，温柔富贵乡"，酒是生活中不可缺少的一部分。

　　在曹雪芹大师的笔下，众多人物的心灵、学识与才能，人际关系，风俗礼仪，伦理道德，思维方式等，无不在杯盘左右和觥筹交错中表现出来。曹雪芹是真正的艺术大师，绝妙地刻画出他们酒后的摇漾，行动的无形，言语的失控，反映出人的本性。

　　在宁荣二府，饮酒的名目也有很多：除夕、春节、元宵节、清明节、端午节、中秋节、重阳节要饮酒；祝寿、生日、婚宴、贺喜、祭奠要饮酒；接风、饯行、待客、迎来送往也要饮酒；如果没有以上这些理由，平常赏花、赏雪、赏戏、赏舞蹈还要饮酒。总而言之，在宁荣二府，饮酒已融入日常生活之中。

　　在《红楼梦》中，就酒的种类来讲，有烧酒、金谷酒、屠苏酒、绍兴酒、惠泉酒、菊花酒、桂花酒、合欢花酒、薏苡酒、果子酒、西洋葡萄酒……；就酒器来讲，有金质、银质、铜质、锡质、玻璃、玛瑙、瓷器、陶器、竹木、珐琅、兽角……，谈到酒器的形状更是不胜枚举。其他还有酒令、酒诗、酒曲、酒歌、酒筹；嗜酒、劝酒、醉酒、解酒、酒俗、酒礼，不可胜数。中华民族的酒文化，在《红楼梦》中有集中和全面的反映。

　　《红楼梦》中对酒事的描写，在于烘托环境气氛，彰显人物性格，这正是红楼酒文化的最高妙之处。第 53 回对荣国府元宵夜宴环境的描写是何等的金碧辉煌,劝酒、看戏、行令、放烟火,然后上菜、上汤、进食、品茗,将气氛烘托得多么欢腾热烈。第 75~76 回的中秋夜宴,酒厅坐落山脊,秋高气爽,皓月当空,丹桂飘香,笛声悠扬,在举家团圆的气氛中,又别有一番诗情画意。

《红楼梦》中人几乎皆与酒有染,上自史太君贾母,下至丫鬟小厮,皆有饮酒的描写,就连体弱多病的林黛玉,每次赴宴也多少抿两盅。

因此可以说,《红楼梦》写出了中国酒文化,是中国酒文化的缩影。

《红楼梦》真是满纸酒香。如果把酒的内容去掉,许多精彩的场面将黯然失色,人物性格的烘托将有极大缺憾,许多故事情节也将难以展开,那么《红楼梦》将不成其为《红楼梦》。现在我们就以《红楼梦》中的酒为核心,展开来谈,细细品味。

作者

2009 年 1 月

目　录

《红楼梦》中描述的酒

酒与人们的生活

酒自诞生以来,随着它的普及,越来越与人们的生活结下了不解之缘。

在古代,上自公侯王孙,下至贩夫走卒,长安道上的倦客,风雪边城的将士,个个对酒当歌,举觞痛饮。得意的人要喝酒,失意的人也要喝酒;欢乐时喝酒,悲伤时还喝酒;富人喝,穷人也喝,神仙凡夫都在喝。

在现代,酒已经融入了人们日常生活当中。有朋自远方来,无酒接风洗尘,不足以表其真情;送亲友异地游,不用酒饯行送别,不足以表其厚意。金榜题名,春风得意,无酒不足以尽其欢;落魄困顿,郁闷惆怅,无酒不足以排其忧。新婚志喜,酒是吉祥的信使;溘然长逝,酒又是悲哀的寄托。

酒是爱情,"酒入愁肠,化作相思泪";"东篱把酒黄昏后,有暗香盈袖。莫道不消魂,帘卷西风,人比黄花瘦"。

酒是友情,"劝君更尽一杯酒,西出阳关无故人";"何时一樽酒,重与细论文"。

酒是人情,"浊酒一杯喜相逢";"相逢一醉是前缘"。

酒是才情,"李白斗酒诗百篇";"诗万首,酒千觞"。

酒又是豪情,曹操"青梅煮酒论英雄";关公"温酒斩华雄"。

文人得酒,才气如开闸之水,一泻千里;武士得酒,杀敌如操刀割芥,稳操胜券。

李白是"诗仙",也是"酒仙"。饮酒之后,神思飘渺,狂放不羁,痛快淋漓,于是一篇篇诗歌喷涌而出,一泻千里。苏东坡"把酒问青天",把月的阴晴圆缺与人的悲欢离合联系起来,感叹"此事古难全",进而迸发出"但愿人长久,千里共婵娟"的良好祝愿。白居易的"柳絮送人莺劝酒,去年今日到东都",记述了与友人劝酒话别的依依之情。岳飞的"酒杯不是功名具,人手缘何只自迷?"显示出其壮志豪情。辛弃疾的"醉里挑灯看剑",更充满着英气、胆气、豪气。

秋天,在那月明星稀之夜,一壶浊酒,两碟小菜,几个好友,款饮慢酌,何尝不是乐事?冬天,天寒地冻,窗外大雪纷飞,室内温暖融融,清酒一杯,独酌独饮,又是一种极大的享受。

酒同时又是一种药物,可以"行药势,杀百邪,通血脉,厚肠胃,消百愁"。李时珍还说:"少饮则和血行气,壮神御寒,消愁遣兴"。适当饮酒对健康有益。

《红楼梦》描述喝酒的场面何其多

酒在人们日常生活中,无处不在;而在文学领域,更是无处不有:诗词中有,戏曲中有,小说中也有,《红楼梦》就是一个典型的代表。

《红楼梦》历来被誉为"中国第一"的长篇小说。作者曹雪芹以如椽的巨笔,描写了一个封建贵族大家庭,从中兴逐渐走向没落的全部过程,从而塑缩了一部二千年封建社会盛衰史。在这幅历史的长卷中,作者描绘了这个贵族之家生活的方方面面,其中有关宴饮、喝酒、酒礼、酒俗、酒德、酒令、醉态和酒的知识的描写,都写得十分精彩。据统计,在全书120回中,共出现"酒"字580多次。从第1回甄士隐中秋之夜邀贾雨村饮酒起,到第117回邢大舅王仁、贾蔷等在贾家外书房喝酒止,直接描写喝酒的场面共有60多处。《红楼梦》第5回和第11回,曹雪芹特意引出秦可卿房中那幅"海棠春睡图"两边秦太虚写的对联:嫩寒锁梦因春冷,芳气袭人是酒香。

《红楼梦》中,提到关于饮酒的各种名目有二三十种,如年节酒、祝寿酒、生日酒、贺喜酒、祭奠酒、待客酒、接风酒、饯行酒、中秋赏月酒、赏花酒、赏雪

酒、赏灯酒、赏戏酒、赏舞酒等等，真是名目繁多，丰富多彩。

《红楼梦》酒写得最多的是黄酒

《红楼梦》中写酒，写得最多的要数黄酒，如第 38、41、63、75 等回中，都明确地提到众人喝的是黄酒。可以说，在这个封建贵族大家庭中，黄酒是其主要饮料酒。如第 26 回中写道："薛蟠执壶，宝玉把盏，斟了两大海碗。"书中还在另外场合写到"酒缸已罄"，"一坛子酒就吃光了"。"海"是古代特大的酒杯，而且所喝的酒是以缸和坛为容器，如此海量和豪饮，不是喝低度的米酒（黄酒）则不可思议。第 63 回《寿怡红群芳开夜宴》，为贾宝玉做生日，袭人等丫环专门准备了"一坛好绍兴酒"，为宝二爷助兴。据《吕氏春秋》记载：在 2000 多年前的春秋时期，绍兴已经产酒，到南北朝以后，绍兴酒有了较大的发展，素有"越酒行天下"的说法，到 18 世纪《红楼梦》成书的年代，绍兴酒更是闻名遐迩。作为黄酒中之上品，绍兴酒远销至金陵、京华，并成为上层社会达官贵人相互馈赠的礼品和封建贵族之家饮宴之佳品。

《红楼梦》还写了哪些酒

除了绍兴黄酒，《红楼梦》中还提到以下的酒种和酒名：

惠泉酒：在第 16 回和第 62 回中，两次写到惠泉酒，大约这贾府的上上下下都爱喝惠泉酒。惠泉酒也是一种优质的黄酒，它产于太湖之滨、惠山之麓，是以清澈纯净的惠泉水酿制而成的。酒质甘润醇美。清代初年，惠泉酒是进献帝王的贡品。1722 年康熙帝驾崩，雍正继位，曹雪芹之父在江宁织造任上，一次就发运 40 坛惠泉酒进京，可见惠泉酒成为贾府这个贵族之家的饮用酒是不足为奇的。

屠苏酒：在第 53 回《宁国府除夕祭宗祠，荣国府元宵开夜宴》这一章节中，写到了除夕夜"摆合欢宴"，"献屠苏酒、合欢汤、吉祥果……"。相传饮屠苏酒能辟邪气，去灾保健康。北宋王安石的《元日》诗，脍炙人口："爆竹声中旧岁除，春风送暖入屠苏。千家万户瞳瞳日，总把新桃换旧符。"由此可见，饮屠苏酒的风俗，在我国早已有之，到 18 世纪的清代，已相沿成习。

合欢酒：是用合欢树上开的小白花浸泡烧酒而成的一种药酒，具有祛除寒气、安神解郁之功效。第 38 回描写林黛玉吃了点螃蟹,觉得心口微微地痛,自斟了半盏酒,见是黄酒不肯饮,便说须得热热地吃口烧酒,宝玉忙道:"有烧酒。"便命丫环将那合欢花浸的酒烫一壶来。黛玉因多愁善感,身体虚弱,吃了性寒的螃蟹,喝几口用合欢花浸的烧酒,显然是最合适不过的。

西洋葡萄酒:在第 60 回中,袭人依宝玉之命,将一个五寸来高的小玻璃瓶子交与芳官,里面装着半瓶"胭脂一般的汁子"。厨师柳嫂误以为是宝玉平时喝的西洋葡萄酒。其实芳官拿的是玫瑰露,是一种民间古老的露酒。但通过这一段的描写,也透露了这样的一个信息,即宝玉平时除了爱喝黄酒也爱喝西洋葡萄酒,而且酒的颜色是"胭脂一般的"。似乎可以推断,这胭脂一般的汁子定是比较浓郁的红葡萄酒。

果子酒:这是贾芹在水月庵里胡闹时所喝的酒(见第 93 回)。果子酒可以用橘子、苹果、梨、枣、山楂、荔枝及野生水果来酿造,是一种低酒精度、比较平常和便宜的酒。贾芹家境贫寒,捞了个管庵子尼僧的差使,喝这种低档便宜的酒,也符合他的身份。

曹雪芹笔下的酒文化

酒文化是文化百花园中的一朵奇葩,源远流长,根深叶茂,内容丰富,包罗万象。酒名、酒史、酒令、酒具、酒礼、酒德、酒俗、酒吧、酒楼、酒联、酒幌、酒帘、酒政、酒席、醉态……;酒与诗词,酒与戏曲,酒与书法绘画,酒与风土民情,酒与游戏百耍,酒与节日……;酒的品评、酒的选购、酒的鉴赏、酒的储存、酒的养生……可以说,酒文化博大精深,很值得我们去研究。

一部《红楼梦》,就浓缩了中国酒文化,而且是非常形象地展示了诸多酒的内容。

曹雪芹用重笔浓彩、描写了不少以酒赋诗传令,猜拳联句,饮酒时玩击鼓传花的游戏等。第 40 回:"史太君两宴大观园,金鸳鸯三宣牙牌令",是《红楼梦》描写饮酒场面的极致,充分体现了"鲜花着锦、烈火烹油"时,贾府兴旺的景象。鸳鸯所宣的牌令,以及大观园众女子以诗词歌赋所对的雅致令词,形象地反映了我国清代盛世酒礼、酒俗、酒歌、酒令等诗酒文化的高度水平。

在《红楼梦》中,曹雪芹还不止一次地借笔下的人物,介绍了酒的基本知识和饮酒方法。譬如酒除了饮用之外，还可以用来做菜肴的烹调佐料，当中药的药引，还可以用来烫衣服（见 44 回）等。《红楼梦》中写喝酒场面，许多地方都提到要喝热酒和烫过的酒。而黄酒最适宜于热饮的，这就从另一个侧面证明了黄酒是贾府的主体饮料酒，也是曹雪芹写酒时着墨最多的酒种。另外，从科学的角度看，上面两段有关要喝热酒的话，是很有道理的。

曹雪芹之所以有如此丰富的酒的知识，对喝酒场面又描写得如此精彩细腻，是与他嗜酒如命和少年时代经历过一段极为富贵豪华的生活分不开的。成年以后，家道已经衰落，住在北京西郊香山的黄叶村，但他嗜酒的习性难改，每天著书均离不开酒，过着"举家食粥酒常赊"的贫困日子。晚年，生活更加穷愁潦倒，而嗜酒狂放的积习难改。嗜酒也加剧了他的病情，一部《红楼梦》还没有写完，终于在一个除夕之夜溘然逝去，当时还不到 50 岁。

曹雪芹的朋友们曾将他比作放浪不羁而又嗜酒如命的晋朝阮籍。为了喝酒，曹雪芹卖字画、卖物，甚至连标志他旗人身份的佩刀都取下换了酒喝，还自诩为"燕市酒徒"。《红楼梦》中喝酒场景及有关酒的知识、酒文化内涵的描述，大多源于曹雪芹亲身的经历，所以才写得那么真实、生动得体而富有韵味。

太虚幻境的"万艳同杯"酒

在太虚幻境见到"万艳同杯"酒

《红楼梦》在中国文学史乃至整个中国文化史上的地位之崇高是毋庸置疑的。刘鹗先生有一段名言:"《离骚》为屈大夫之哭泣,《庄子》为蒙叟之哭泣,《史记》为太史公之哭泣,《草堂诗集》为杜工部之哭泣;李后主以词哭,八大山人以画哭;王实甫寄哭泣于《西厢记》,曹雪芹寄哭泣于《红楼梦》。"

在古今众多小说中,登峰造极者无若《红楼梦》,叙人间富贵,感人情盛衰,用笔缜密,着色繁丽,制局精严,令人叹为观止。就"酒"而言,从第1回至第117回,直接描写喝酒的场面就有60多处,全书共出现"酒"字580多处。酒的名目多得不计其数:除夕酒、过年酒、元宵节酒、中秋酒、重阳酒、生日酒、祝寿酒、婚庆酒、丧葬酒、祭奠酒、贺喜酒、接风酒、待客酒、饯行酒、赏花酒、赏月酒、赏灯酒、赏戏酒……其中还写了众多的酒器、酒具、酒礼、酒俗、酒令……可以说是集中国酒文化之大成。至于酒的种类,也是应有尽有,涵盖了发酵酒、蒸馏酒、配制酒三大门类,另外还有曹雪芹杜撰的酒——"万艳同杯"酒。

《红楼梦》第5回《贾宝玉神游太虚境,警幻仙曲演红楼梦》,有三处分别写到了不同类型的酒。

这一回的起因就是赏花酒:宁国府花园内梅花盛开,贾珍之妻尤氏乃置办酒席,请贾母、邢夫人、王夫人等赏花。贾母等早饭后过来,就在会芳园游玩,"先茶后酒,不过是宁荣二府眷属家宴"。这是第一处写酒,是真实的生活中的酒。

一时宝玉倦怠,欲睡中觉,秦可卿将他引到"上房内间",宝玉看见那里挂着"燃藜图"(以勤学故事为题材的画),两边的对联是"世事洞明皆学问,人情练达即文章"，大为反感，嚷叫"快出去"。后来秦氏将他引到自己的卧房内，不仅香气扑鼻，而且挂着"海棠春睡图"，两边的对联是"嫩寒锁梦因春冷，芳气袭人是酒香"。宝玉就在那里安睡了。这是第二次写到酒，是对联上的酒。

第三次写酒是重点，就是"万艳同杯"酒。贾宝玉在秦可卿的床上恍恍惚惚地睡去，来到了太虚幻境。那里"朱栏玉砌，绿树清溪，真是人迹不逢，飞尘罕到"。在警幻仙姑领他参观了各处（重点是薄命司）之后，有小丫鬟来安排桌椅，摆设酒馔。正是：琼浆满泛玻璃盏，玉液浓斟琥珀杯。宝玉闻到这酒香冽异常，不禁相问。警幻仙姑答道："此酒乃以百花之蕊、万木之汁，加以麟髓凤乳酿成，因名为'万艳同杯'。"宝玉称赏不迭。

"万艳同杯"酒的酿制

"万艳同杯"酒是曹雪芹杜撰的酒，世上根本无此酒。但我们姑且按照他杜撰的酿制方法，作一简单的分析。

酿酒的原料是"百花之蕊，万木之汁"。按说，百花是可以酿酒的，《广东新语》记载："凡百草之露皆可润肌，百花之露皆可益颜，取之造酒，名秋露白，绝香，而荼蘼露尤美，广人多种，动以万计……，以甑蒸之露。"在我国历史上，以花卉为原料酿酒的不在少数，酿出以该花命名的酒，如荼蘼酒、菊花酒、桂花酒、荷花酒、梨花酒、桃花酒、茉莉酒、银花酒，等等。

至于"麟髓凤乳"，则完全是杜撰了。麟，全名叫麒麟，是古代传说中的一种动物。其形状像鹿，所以有一个"鹿"字旁；独角，全身生鳞甲；其尾像牛。麒麟其实是一种想象的动物，世上并不存在，人们把它作为吉祥的象征。《晋书·顾和传》记载："和二岁丧父，总角便有清操，族叔荣雅重之，曰：'此吾家麒麟。'"顾和两岁就失去父亲，可是他聪慧异常，有高尚的情操，他的本家叔叔叫"荣"，对他非常看重，将顾和称为"吾家麒麟"，可见其评价

　　凤的全名叫凤凰,是传说中的珍贵的鸟,雄的叫凤,雌的叫凰。它的形状特点是鸡头、蛇颈、燕颔、龟背、鱼尾,五彩斑斓,高 6 尺许。凤凰是鸟中之王,是十分高贵的动物,有"百鸟朝凤"之说。古代经常将凤凰比喻为有圣德之人,如"知孔子有圣德,故比孔子于凤。"

　　可见,麟和凤都是珍异动物,麟凤龟龙又被称为"四灵",其中除了龟是实际上的动物外,其他三种动物,都是想象中的动物,属于"图腾"。那么,世界上是不存在麟和凤的,既然不存在,何来"麟髓凤乳"之说?

　　这样说来,"万艳同杯酒"是不存在的,那么曹雪芹为什么要写它呢?

"万艳同杯"即"万艳同悲"

　　应用谐音字表达深刻的含义是曹雪芹的一贯手法。如贾雨村——假语村言;甄士隐——真事隐去;英莲——应怜;娇杏——侥幸;冯渊——逢冤;贾政——假正经;詹光——沾光;单聘仁——善骗人;卜固修——不顾羞;吴新登——无星戥;贾氏四姊妹:元春、迎春、探春、惜春,元、迎、探、惜,合起来就是"原应叹息"。别的我们不说,只说说贾氏四姐妹吧!

　　贾宝玉在太虚幻境看到了痴情司、结怨司、朝啼司、暮哭司、春感司、秋悲司、薄命司,等。在薄命司又看了金陵十二钗正册、副册、又副册,这些都是金陵女子的册录。正册有林黛玉、薛宝钗、贾元春、贾探春、史湘云、妙玉、贾迎春、贾惜春、王熙凤、贾巧姐、李纨、秦可卿。副册有香菱;又副册有晴雯、袭人等。

　　大观园的女儿很多,按贾宝玉的说法就是:"如今单我们家里,上上下下就有几百个女孩儿。"那么整个金陵城的女孩儿就更多,全国的数目就更多了。而这些众多的女孩儿,上自皇妃贵人,下至丫鬟仆女,在那个封建社会,都有悲剧的命运,所以说是"万艳同悲"。

　　贾府的女儿们按说是应该幸福的。因为那是"花柳繁华地,温柔富贵乡","烈火烹油,鲜花着锦",他们都是贵族家的小姐,安富尊荣,应该说是没有烦恼、没有痛苦,可是事实恰恰相反,她们仍然逃脱不了悲剧的命运。贾家四小姐尚且如此,那么其他家庭的女孩子就更不用说了。那么我们就看看贾氏四姐妹的悲剧。

贾氏四姐妹的悲剧

贾元春是贾家的大小姐,生在大年初一,故起名元春。长大之后,"因贤孝才德,选入宫中做女史",很快又晋升为凤藻宫尚书,加封贤德妃,享尽人间荣华富贵。可是她的精神世界却充满着凄寂和悲哀。她被幽禁在皇宫内苑,名义上是陪侍皇上,实际上多数时间是伴随着孤灯度过寂寞的长夜。皇宫禁锢了她少女的情怀,也隔绝了她应享有的天伦之乐,但为了她的贵族之家,也为了她自己的安危,她又不能不强颜承欢,独自担负着内心的痛苦。

请看第18回"元春省亲"的描写。元春见了久别的奶奶、母亲,本应高兴才是,可"三人满心皆有许多话,但说不出,只是呜咽对泣而已"半日,元春方忍悲强笑,安慰她们:"当日既送我到那不得见人的去处,好容易今日回家,娘儿们这时不说不笑,反倒哭个不了,一会子我去了,又不知多早晚才能一见!"说到这里,不禁又哽咽起来。这里需要注意的有两条:第一是"那不得见人的去处";第二是相见仅有短短的几个时辰,再见却又遥遥无期。身份虽然尊贵,却没有人身自由,这些还不如平民百姓。

二姑娘迎春是贾赦之女,与贾琏是同父异母兄妹。她自幼丧母,缺乏母爱,因此生性懦弱。第一次出场是在第3回,在林黛玉的眼中,她"肌肤微丰,身材合中,腮凝新荔,鼻腻鹅脂,温柔沉默,观之可亲"。又是一个温柔美丽的女子!她的诨名叫"二木头",真是戳一针也不知哎哟一声。就这样一个柔弱女子,由她父亲做主嫁给了纨绔子弟孙绍祖。这个孙绍祖是一只"中山狼",赌博酗酒,无恶不作,又一味好色,将家中所有媳妇丫头几乎淫遍。迎春略一劝他,便骂迎春是"醋汁子老婆拧出来的"。还

指着迎春的脸说:"你别和我充夫人娘子,你老子使了我五千银子,把你准折卖给我的。好不好,打一顿撵在下房里睡去。"

迎春带着累累伤痕回到贾府哭诉时,王夫人和众姐妹无不落泪。在那个时代,嫁出去的闺女就是泼出去的水,贵族的娘家也无能为力。王夫人只得用这样的话来解劝:"我的儿,这也是你的命。"

三姑娘探春是四姐妹中的佼佼者,长相自不必说,"削肩细腰,长挑身材,鸭蛋脸儿,俊眼修眉,顾盼神飞,文彩精华,见之忘俗。"更突出的是她的聪明和才干。探春与宝玉是同父异母兄妹,由赵姨娘所生。庶出的低微地位,没能遏止住她在这个贵族大家庭中要强的心。小小年纪就能察言观色,具有雄辩的口才、果断的性格。她的形象美丽可爱,却是不好惹的。大观园的人将她比喻为有刺的玫瑰花,连凤辣子凤姐也惧怕她三分。她精明能干,敢作敢为,具有杀伐决断的大丈夫风度,同时又不失女性的娟秀。她在"理家"的兴利除弊中大显身手,凤姐也认为比自己"知书识字,更利害一层了"。

如此聪明干练的探春,也逃脱不了悲剧的命运。"才自清明志自高,生于末世运偏消。"探春本身的庶出地位,已经使她不能有所作为,同时她又生长在家族趋向没落的时刻。她虽然很有才干,但无奈贾家颓势已成,探春独木难支,才干无从施展,整个大家族忽喇喇似大厦倾,昏惨惨似灯将尽,家破人亡已不可避免。

探春的婚姻也是一个悲剧,她的远嫁具有"和番"的性质,朝廷打了败仗,竟要一个柔弱女子去和亲,即嫁到一个海岛小国去做王妃,远隔天涯,与家人相聚无期。这是另一种形式的婚姻悲剧。

惜春是贾家的四小姐,贾敬之女,贾珍胞妹。抄检大观园这一回,表现出她的孤独决绝的性格,她不同于迎春的懦弱,小小年纪却表现出非常镇定的性格,只不过这种镇定是对于现实的舍弃和逃避。

贾家的衰败,对惜春幼小的心灵,是一个很大的打击。她清醒地看到,这个显赫的"诗书翰墨之族",虽金玉其外,却败絮其中,已经到了腐烂不堪的地步,迫使她不得不采取决绝的态度。即使居住在人间仙境的大观园中,也不能不使她这清清白白的女儿居安思危。现实的一切既然对她失去吸引力,她便产生了弃世的念头。

元、迎、探、惜,虽然不是《红楼梦》里最主要的人物,但她们的形象和命运,却在该书的悲剧结构中占有不可忽视的地位。曹雪芹是以贾家四姐妹的生活际遇为中心线,来探讨十二金钗的社会悲剧这一主题的。"三春去后诸芳尽,各自须寻各自门",大观园女儿国从此结束了它的黄金时代,真乃"千红一哭,万艳同悲"。

太虚幻境的「万艳同杯」酒

《红楼梦》中的烧酒

《红楼梦》第 38 回，贾母和大观园的女儿们来到藕香榭赏桂花，藕香榭盖在池中，四面有窗，左右有回廊，正好能观赏山坡下的桂花。当时正值秋天，螃蟹肥硕，是吃蟹赏桂的大好时机。螃蟹是"寒性"，吃得多了对身体不利，特别是虚寒性体质者，所以应有"热性"的酒来制约它，最好是滚烫的热酒。王熙凤吩咐小丫头们"把酒烫得滚热的拿来。"

林黛玉体弱，不敢多吃，只吃了一点夹子肉，就下来了。后来她拿起那"乌银梅花自斟壶"来，拣了一个小小的"海棠冻石蕉叶杯"，斟了半盏，看时，却是黄酒，因说道："我吃了一点子螃蟹，觉得心口微微的疼，须得热热的吃口烧酒。"宝玉忙接道："有烧酒。"便命将那合欢花浸的酒烫一壶来。

这里提到了黄酒、烧酒、合欢花浸的酒。烧酒属于白酒系列，因为用火可以将它点燃，放出蓝色的火焰，可以一直燃烧下去，所以叫做烧酒。而黄酒的酒精度数低，不能燃烧。将合欢花浸泡在烧酒里，经过一段时间，就是合欢花酒，应该也属于白酒系列。

《红楼梦》中的烧酒指的就是白酒，那么我们就谈谈白酒吧。

白酒的起源

关于白酒的起源，历来就有 4 种说法：起源于东汉、唐代、宋代和元代，其中大多数学者认为白酒起源于宋代。如果说从宋代开始计算，我国酿造白酒的历史也有近千年了。

在白酒发明之前，人们还不知道用蒸馏法制酒，那时的酒叫"醪"，是粗制的酒，浊酒。由于酵母菌在高浓度酒精下不能继续发酵，因此所得到的酒醪或酒液，其浓度一般不会超过 20％。后来人们发明了蒸馏器，利用酒液中不同物质具有不同挥发性的特点，可以将易于挥发的酒精（乙醇）蒸馏出来。蒸馏出来的酒汽酒精含量较高，经过冷凝、收集，就成为浓度为 65％～70％

的蒸馏酒，即现在的白酒。蒸馏器的采用是酿酒工业具有划时代意义的大事。

从文史数据的角度考察，古代的蒸馏酒分为南北两大类型，一类为北方烧酒，一类为南方烧酒。而实际还要超出这个范围，因为除了粮食原料酿造的蒸馏酒之外，还有西北的葡萄烧酒、内蒙的马乳烧酒等。北方盛产小麦、高粱，南方盛产稻米，广西一带盛产玉米，新疆盛产葡萄，蒸馏烧酒的酿造原料因地制宜，这是很自然的。不同原料酿造出来的白酒具有不同的特点，有俗语曰："高粱香，玉米甜，大米净，大麦冲。"

目前，我国蒸馏酒已形成了几大流派。如以汾酒为代表的清香型酒，采用的是清蒸清烧二遍清的工艺；以泸州老窖为代表的浓香型酒，采用的是混蒸混烧续糟法老窖发酵的工艺；以茅台酒为代表的酱香型酒，则酿造周期长达一年，数次发酵，数次蒸馏才能得到。还有大小曲并用，采用独特的串香工艺得到的董酒；先培菌糖化后发酵、液态蒸馏的三花酒；黄酒糟再次发酵蒸馏得到的糟烧酒等。另外，还有葡萄烧酒、马乳烧酒等，风格多种多样。

白酒的成分

白酒的主要成分是酒精和水，约占总重量的 98％，其余的微量成分只有 2％，包括有机酸、高级醇、酯类、醛类、多元醇、酚类等其他芳香族化合物。白酒中的微量成分含量虽少，但对白酒的香气和口味，白酒的不同香型和风格，却起着决定性的作用。

酒精即乙醇，它含量的多少是酒度高低的标志。白酒的度数是以 20℃时酒精容量百分比表示的。100 毫升白酒中含酒精 60 毫升，其酒度为 60 度。酒精略呈甜味，在酒中含量越高，酒度越高，酒性越强烈，有烧灼感；而如果酒度过低，则酒味淡薄，影响白酒的固有风味，而且容易出现浑浊现象。从对人体健康的影响和酒口味的软绵性来看，酒分子和水分子的亲和力在 53～54 度时最强，此时酒的口味比较软绵柔和，酒味最协调。

白酒中含有多种酸，如羧酸、乳酸、醋酸、氨基酸……，合称总酸，这些酸能起到缓冲作用，能够消除酒后"上头"及口味不协调的现象，还能促进酒的甜味感。以醋酸计，白酒适宜的含酸量是 0.06～0.15 克/100 毫升。在总酸中，含量最大的两种酸就是乳酸和乙酸。这两种酸是重要的香味物质，多数

白酒的乙酸超过乳酸,但优质白酒的乳酸含量较高。如酱香型的茅台酒,乳酸含量最高,氨基酸的含量也较其他酒为高。

白酒中还含有众多酯类,如乙酸乙酯、乳酸乙酯、丁酸乙酯、己酸乙酯、乙酸戊酯、丁酸戊酯等。这是一类芳香物质,一般优质白酒中酯类含量较高,平均为 0.2%～0.6%,优质白酒比普通液态白酒的酯含量高一倍,所以优质白酒的香味浓郁。白酒中的酯类,是由醇类与羧酸酯化反应的产物,在发酵后期酯的形成较多,因此发酵时间长的白酒,比较芳香;白酒在储存过程中酯的含量也在增加。白酒中存在的羧酸和醇的种类不同,所生成的酯也不相同。不同的酯各有自己的香气特点,因此白酒又分成许多香型;同一种香型还各有自己的特点,决不雷同,于是形成了千差万别的口味。

白酒中的高级醇是指碳链比乙醇长的醇类,是在酿造过程中蛋白质分解产生的。如蛋白质分解的异亮氨酸经过发酵后产生异戊醇;酪氨酸能产生丁醇。此类醇在水溶液中呈油状物,所以称为杂醇油。每种高级醇都有自己的香气和口味,高级醇的总量及各种醇的比例,给白酒的风味带来重要影响。如清香型白酒主要含有异戊醇和异丁醇;米香型白酒主要含 β-苯乙醇。如果白酒中缺少杂醇油,那么酒味将十分淡薄。但高级醇的含量必须适当,比例应当协调,酸、醇、酯的配比恰到好处。

白酒中的醛类很多,但主要是乙醛,它是白酒中的香气成分之一。微量的醛类能使白酒清香,对白酒的放香和口味有良好的作用。但醛类有强烈的刺激味和辛辣味,而且对健康不利,决不能过高。乙醛的沸点较低,蒸馏时酒中含量较多,新蒸出的白酒,酒性暴烈就是因为含乙醛量多的关系。经过储存之后,一部分乙醛与酒精发生缩合反应,产生芳香的乙缩醛,不但降低了乙醛的含量,而且使酒味芳香。

多元醇在白酒中呈甜味,是酒醅内酵母酒精发酵的副产品。白酒中的多元醇类有甘露醇、甘油、丁二醇、环己六醇、阿拉伯糖醇等，其中以甘露醇的甜味最大。这些多元醇给白酒带来丰满醇厚的口感。

酒中的酚类化合物，给白酒带来特殊的香气。如高粱白酒的香气，主要来自原料中的单宁和色素，一部分来自蛋白质的转化。但名酒中究竟含有什么样的酚类化合物，还需要进一步研究。

白酒中的微量成分与酒质香型有密切关系，一般认为，清香型的酒，其主体香气成分是乙酸乙酯；浓香型白酒是己酸乙酯；米香型白酒是乙酸乙酯和β-苯乙醇；酱香型白酒很难指出其主体香气成分是什么，需要专家们进一步研究。从定性分析来看，名白酒的微量成分种类比较一致，而在定量分析上，其量比关系差距很大。正是这多种微量成分的微妙配合，才形成了各种香型的风格，而这又来自各个酒厂不同的配方（包括原料和用水）和酿造工艺。

白酒的香型和风味

白酒分为国家名酒、国家级优质酒、省部级优质酒和一般白酒。国家名酒是指国家评定的质量最高的酒，如茅台酒、汾酒、泸州老窖、五粮液等，曾经获得国家名酒的还有洋河大曲、剑南春、古井贡酒、董酒、西凤酒、全兴大曲、双沟大曲、黄鹤楼酒、郎酒、武陵酒、宝丰酒、宋河粮液、沱牌曲酒等。国家级优质酒是指获得国家银质奖或优秀奖的白酒，仅1994年评定的就有54种。省、部级优质酒是指在各个省、部级评酒会上获得奖牌的白酒，数目多达数百种。一般白酒是指符合国家有关质量标准，未获得正式奖牌的产品。

以上各种酒，按香型可分为酱香型、浓香型、清香型、米香型、凤香型、芝麻香型、豉香型、特香型等。

1. 酱香型白酒

酱香型白酒的代表就是茅台酒和郎酒。它有一股类似豆类发酵时发出的一种酱香味。特点是酱香突出、幽雅细腻、酒体丰富醇厚，回味悠长，香而不艳，低而不淡，而且隔夜留香，空杯香气犹存。该酒的大曲多为高温酒曲，发酵工艺十分复杂。茅台酒产于贵州省仁怀县茅台镇。"茅台甜，茅台香，香遍全球！"

茅台酒被称为"国酒"，正如同"国医"、"国画"、"国戏"（京剧）一样，是我国的国粹。茅台酒工艺特殊,同批原料要经过八次摊凉、加曲、高温堆积、入池发酵、七次取酒,历时整整一年,然后经过三年以上的储存,再精心勾兑,方能包装出厂。其香气成分极其复杂,使产品风格独特。正如一位诗人说:"茅台酒是提高粱之精,取小麦之魂,捕捉泥土和空气的情思,经集中、糅合、升华——建造成的一座液体的丰碑!"茅台酒是世界三大名酒之一,自1915年荣膺巴拿马国际博览会金奖以来,载誉90多年,名扬五大洲。目前除生产传统名酒之外,又有新的发展。茅台酒厂把茅台酒生产工艺与威士忌生产工艺相结合,生产的"茅台威士忌",既有茅台酒的风格,又有威士忌的品位,使两大世界名酒完美融合,畅销国内外。

2. 浓香型白酒

浓香型白酒的代表有五粮液、剑南春、泸州老窖特曲、古井贡酒等。其原料以高粱为主,传统生产采用混蒸混烧续发酵工艺,发酵采用陈年老窖,也有用人工培育的老窖。酒中的香味成分以酯类成分占绝对优势,达60%,所以香气浓郁。它的特点是无色或微黄色,清亮透明,无悬浮物,无沉淀,具有浓郁、纯正的以乙酸乙酯为主体的香气;窖香浓郁,绵甜甘冽,香气协调,余味悠长,具有自己的独特风味。

"窖"是指粮糟发酵的窖池,30年"窖龄"以上的"窖池",才能够称其为老窖。"窖池"一般是用特有的黄泥、泉水或井水掺和筑成的,这种"窖池"筑成之后,使用七八个月,黄泥会由黄变黑,再用两年左右,又会转成乌白色,并由绵软变成脆硬。再过了30年后,它又会由脆硬变为绵软,泥色再由乌白变为乌黑,并会出现红、绿等颜色。400年以上的窖泥,在阳光下呈现五颜六色,闪闪发光。为什么会出现这种奇观,至今还是一个谜。

研究指出,老窖窖泥中的总酸、总酯的含量很高,腐殖质和微生物的种类非常多。在几百年的老窖中,光有益的微生物就达数百种,并形成了一个庞大的微生物群落。在这个群落中,嫌气芽孢杆菌就占了相当大的比例。正是这些嫌气芽孢杆菌,形成了老窖泥独特的微生物学特征,从而影响着粮糟的发酵和出酒的品质。窖池越老,有益微生物就越多,粮糟的发酵就越好,酒质就越好。如今,国外一些科学家,试图借用最先进的科学技术,分析中国"老窖"的成分,培养自己的"老窖",但都没有成功。可见中国"老窖"的神秘非同一般。

3. 清香型白酒

清香型白酒采用清蒸清渣发酵工艺,发酵采用地缸;以中温大曲为糖发酵剂酿酒,也有用麸曲或辅以糖化酶、干酵母酿酒。清香型白酒以山西杏花村汾酒为代表,其他如宝丰酒、特制黄鹤楼酒也是清香型白酒。有一首古老的民谣一直传诵至今:"汾州府,汾阳城,离城三十杏花村,杏花村里出美酒,杏花村里出贤人。"说到杏花村,还不得不说唐代诗人杜牧的《清明》诗:"清明时节雨纷纷,路上行人欲断魂。借问酒家何处有,牧童遥指杏花村。"

杏花村汾酒没有酱香型白酒幽雅细腻、醇厚丰满、回味悠长、空杯留香的风格,也不似浓香型白酒那般窖香浓郁、甜绵爽净、余味悠长的特点,作为清香型白酒的典型代表——杏花村汾酒,以其无色、清亮、透明、清雅、协调、绵甜、爽净的风韵,令中外无数人折服、痴迷。汾酒还得益于良好的自然条件:天、地、禾。天者,气也,即地域性的自然气候;地者,水也,那里的地下水丰富,水质优良,其含水层为第四系松散岩类孔隙水,有益的微量元素含量多;禾者,粮也,那里的高粱、大麦、豌豆品种优良,产量丰富,为大规模生产提供了可靠的原料保证。正是这三要素,使得这块宝地更加钟灵毓秀,神奇引人。研究指出,在清香型白酒的香味成分中,酯类成分占绝对优势,其中又以乙酸乙酯和乳酸乙酯两者的结合为主体香,入口微甜,颇有传统老白干的风格,受到普遍的欢迎。

4. 米香型白酒

米香型白酒传统生产采用大米为原料,小曲为糖化发酵剂,先培菌糖化,后液态发酵蒸馏制酒。典型米香型白酒的风味是洁净无色、清亮透明,有以乙酸乙酯和β-苯乙醇为主体的淡雅的复合香气,入口甜绵、甘爽,落口怡畅。其代表酒有桂林三花酒、全州湘山酒、广东长乐烧等。现以桂林三花酒为例说明。为什么叫"三花酒"呢?并不是用三种花卉酿造的酒,而是指三层酒花。

在相当长的历史时期中,对酒质量的评价是用摇晃酒液来鉴别的。摇晃酒液后,会起一些泡末,这叫做"酒花",好酒能堆二层甚至三层酒花。酒花堆积得越多,持续的时间越长,酒的质量就越好。能堆三层花的好酒,就叫"堆花酒"或"三花酒"。桂林山水甲天下,中外客人络绎不绝地来观光旅游,饮酒赋诗,流连忘返,而桂林三花酒与山水齐名。它晶莹透明,蜜香清雅,入口香醇,清冽甘爽,饮后口齿留香,回味悠甜,真乃风味独特,喝一次就难以忘却。三花酒的酒度为56～57度,已出口日本和东南亚各国。桂林三花酒酿成后,陈封一年以上才出厂。陈酿时,将酒灌入千斤的大陶瓷缸中,用纸筋石灰封好口,放入岩洞中,洞内凉爽潮湿,气温恒定,有利于促进酒的醇香,保证了它的独特风格。这样看来,三花酒在同类酒中能够出类拔萃,就是很自然的了。

5. 凤香型白酒

凤香型白酒是指具有西凤酒香气风格的一类白酒,它的香味介于清香型和浓香型之间。其香气特征是醇香突出,以乙酸乙酯为主,其代表产品就是西凤酒。西凤酒原产于陕西省的凤翔、宝鸡、岐山、郿县一带,而以凤翔城西柳林镇所产最为有名。凤翔古名雍城,是春秋时代(前770～前476年)五霸之一的秦穆公建都的所在地。这一带地方从周初以来是民间传说出产凤凰的地区,如"凤鸣岐山"和秦穆公的女儿弄玉"吹箫引凤"的故事。自唐以来,是"西府"府台所在地,所以人们称为"西府凤翔",西凤酒就因此而得名。

西凤酒酒液清澈透明,香气清芬,幽雅,馥郁,酒味醇厚,清冽,绵软,甘润。在白酒香型中属于清香型,但具有自己独特的风格,所以单列出来,称为凤香型。它的特点是酸、甜、苦、辣、香,五味俱全,各味协调而不出头。酸而不涩,甜而不腻,苦而不黏,辣不刺喉,香不刺鼻。而且酸中有甜,甜中有苦,苦中有辣,辣中透香。这种五味调和的美酒在全国不多,还具有"不上头,不干喉,回味愉快"的三个特点,这叫做"五味三绝"。西凤酒制作考究,酿酒的主要原料是优质的高粱和井水,制曲的原料是大麦和豌豆,成酒之后需储存三年方可应市,而且越陈越香,越陈越美。

6. 其他香型白酒

主要有芝麻香型和豉香型两种。

芝麻香型白酒:是以乙酸乙酯为主要酯类,以焦香、糊香气味为主,无色,清亮透明,入口芳香,口味醇厚,有类似老白干的滋味,后味稍稍带苦,而香气比较淡薄。

豉香型白酒:是以大米为原料,小曲为糖化发酵剂制成。其香气的主体是乙酸乙酯、苯乙醇、乳酸乙酯等,清亮透明,晶莹悦目,口味绵软、柔和,回味较长,入口稍有苦味。其他还有特香型的,不一一叙述。

除夕献的屠苏酒

屠苏酒是春节必备之物

《红楼梦》第53回《宁国府除夕祭宗祠,荣国府元宵开夜宴》和第54回《史太君破陈腐旧套,王熙凤效戏彩斑衣》,详细描述了宁荣二府过年直至元宵节的豪华生活,展示了官宦之家节日的各种场景。这些场景有贴对联、放炮仗、点蜡烛、挂彩灯、祭宗祠、开夜宴、行酒令、尝果品、品茶点、看大戏,以及散压岁钱和金银锞子、喝合欢汤、饮屠苏酒……这是曹雪芹给我们保留的珍贵历史画卷。不仅有文学价值,更有史学价值。特别是饮屠苏酒,成为除夕和元日不可缺少的内容。

春节,是我国最大的传统节日。请看《红楼梦》中的描写:"已到了腊月二十九了,各色齐备,两府中都换了门神、联对、挂牌,新油了桃符,焕然一新。宁国府从大门、仪门、大厅、暖阁、内厅、内三门、内仪门并内垂门,直到正堂,一路正门大开,两边阶下一色朱红大高烛,点的两条金龙一般。"

宁国府除夕祭宗祠

除夕那天,是祭宗祠的时候,"左昭右穆,男东女西;俟贾母拈香下拜,众人方一齐跪下,将五间大厅,三间抱厦,内外廊檐,阶上阶下,两丹墀内,花团锦簇,塞的无一些空地。鸦雀无声,只听铿锵叮当,金铃玉佩微微摇曳之声,并起跪靴履飒沓之响。"

是多么地庄严肃穆！

祭了宗祠之后，众人到荣府给贾母行礼。礼毕之后，"散了押岁钱并荷包金银锞等物。摆上合欢宴来，男东女西归坐，献屠苏酒、合欢汤、吉祥果、如意糕毕。贾母起身，进内间更衣，众人方各散出。"注意，在合欢宴上，他们喝的就是屠苏酒。

春节喝屠苏酒，自古以来就是中国民间的传统习俗。大家都很熟悉王安石的诗《元日》："爆竹声中一岁除，东风送暖入屠苏。千门万户瞳瞳日，总把新桃换旧符。"苏东坡也有诗曰："但把穷愁博长健，不辞最后饮屠苏。"都是极好的例证。

屠苏酒的来历

为什么会有除夕和春节喝屠苏酒的这种风俗呢？原来饮屠苏酒，是防病治病的需要。"屠"者，是屠绝鬼气，"苏"者，是苏醒人魂。据说元日早上喝此酒，可保一年不生病，所以称这种酒为屠苏酒。一般认为，屠苏酒是东汉名医华佗创造的。晋代著名的炼丹家和医学家葛洪在他的《肘后备急方》中记载："此华佗法，武帝有方验中"、"屠苏酒法，令人不病瘟疫"。华佗非常重视疾病的预防，做过魏武帝曹操的侍医，向曹操奉献防病健身的屠苏酒，是在情理之中。明代伟大的医药学家李时珍在他的《本草纲目》中也写道："屠苏酒……，此华佗方也。""屠苏酒……元旦饮之，辟疫疠一切不正之气。"所以，可以认为，屠苏酒应该是起源于东汉末年的三国时代。

不过也有人认为，屠苏是一个草庵名，说从前有一位医生，居住在草庵之中，每逢年三十便在街巷里贴一药方，要求按方配齐，用绢袋盛着沉于井底。在元旦早晨取出袋子，浸泡于酒中，全家喝此酒，在新的一年里不会患瘟疫。今人得此方而不知他的姓名，便以他居住的草庵为名，叫做屠苏酒。

还有人认为屠苏是一种植物的名字。方以智在他的《通雅·植物》中说："屠苏，阔叶草也。"有人注解，说屠苏就是菝葜的别名。

笔者认为，还是葛洪和李时珍的说法比较真实可靠，即"屠绝鬼气，苏醒人魂"，防治疾病。

南朝梁人宗懔撰写的《荆楚岁时记》也记载："长幼悉正衣冠，依次拜贺……进屠苏酒。"

饮屠苏酒的规矩

饮屠苏酒的顺序也很有意思。我们在酒席上饮酒，一般都是让辈数最高、最年长的先喝，以示尊敬。依次而行，辈数最低的、最年幼的最后饮。可是饮屠苏酒的顺序恰恰相反，最年幼的最先饮，最年长的最后饮。叫做"春节全家饮屠苏，先让幼者后为长者。"有诗为证，请看北宋文人苏辙的《除日》："年年最后饮屠苏，不觉年来七十余。"苏轼在《除夜野宿常州城外》也写道："但把穷愁博长健，不辞最后饮屠苏。"写这诗的时候，他们都已届老年，所以最后饮之。

为什么这样呢？《时镜新书》引用晋朝董勋的话说："以小者得岁，故先酒贺之，老者失时，古后饮之。"就是说，小孩过年增加了一岁，值得祝贺；而老年人过年，生命又减少了一岁，拖一点时间后喝，含有祝他们长寿的意思。唐代诗人顾祝的诗《岁日作》曰："不觉老将春共至，更悲携手几人全。还将寂寞羞明镜，手把屠苏让少年。"

屠苏酒是保健药酒

据记载，屠苏酒的配方有以下几味药物：防风、山椒、大黄、桔梗、白术、桂心、菝葜（俗称金刚刺、金刚藤）、乌头等。原来是浸泡在黄酒中，明代中叶之后，由于白酒逐渐兴起，则浸泡在白酒中。也可以置酒中煎煮后饮用。不过煎煮温度不可过高，时间也不宜长，因为酒很容易挥发。

孙思邈的《备急千金方》对屠苏酒有很高的评价："辟疫疠，令人不染瘟疫及伤寒。"还说："一人饮一家无疫，一家饮一里无疫。"这个说法未免有些夸张，但分析它的药物组成，确实有防病治病的作用。防风解表散寒，祛风除湿；白术补脾益气，燥湿利水；山椒温中散寒，杀虫止痛；桂心温中补阳，散寒止痛；桔梗宣肺祛痰，排脓利咽；大黄攻积导滞，泻火凉血；菝葜散瘀，解毒，利湿；乌头祛风止痛，温经散寒。黄酒（或白酒）不仅是溶剂，而且有活血养血之功。这些作用综合起来，共奏防病健身、健脾开胃、行气活血等药理作用，应该说是防病治病的一种药酒。

屠苏酒实际上就是黄酒型的保健药酒，在我国流行了1700多年。屠苏酒在唐代传到了日本。日本的屠苏酒是用清酒（相似于我国的黄酒）配制的，并成为清酒系列的一个品种。日本的民俗与我国近似，也有除夕守夜，撞钟，饮屠苏酒的风俗。撞钟要撞 108 下，因为《佛经》里有"闻钟声，烦恼清"之说：人有 108 种烦恼，每撞一下钟，就去掉一种烦恼，108 下撞完之后，烦恼就全部清除。饮屠苏酒也是必不可缺少的，据史料记载，嵯峨天皇的弘仁年间（公元 810～823 年），元旦宫中举行仪式，首先使用了屠苏酒，后来逐渐发展，形成了习俗。日本的处方与我国稍有差别，药物有白术、山椒、桂心、防风、桔梗等，每种 3 克，将药打碎，装入绢袋，于年三十正午浸入料酒，元旦早晨即有芳香溢出，味道芳醇，妇孺老幼皆可饮用。

《红楼梦》中的惠泉酒

贾琏带回了惠泉酒

《红楼梦》第16回《贾元春才选凤藻宫,秦鲸卿夭逝黄泉路》,写林黛玉的父亲去世,贾琏带她赴苏州奔丧,办理了丧事等诸多事务之后,回到贾府,也带回了南方的惠泉酒。

正在此时,赵嬷嬷来访。赵嬷嬷刚刚坐下,贾琏向桌上拣两盘肴馔与她,放在几上自吃。凤姐道:"妈妈很嚼不动那个,没的倒硌了他的牙。"因问平儿道:"早起我说那一碗炖肘子很烂,正好给妈妈吃,你怎么不拿了去赶着叫他们热来?"又道:"妈妈,你尝一尝你儿子带来的惠泉酒。"

这是第一次写到惠泉酒。第二次惠泉酒出现在第62回《憨湘云醉眠芍药裀,呆香菱情解石榴裙》,写宝玉回到房中,见芳官面向里睡在床上。宝玉推她说道:"快别睡觉,咱们外头玩去。一会子好吃饭。"芳官道:"……若是晚上吃酒,不许别人管着我,我要尽力吃够了才罢。我先在家里,吃二三斤好惠泉酒呢;如今学了这劳什子,他们说怕坏嗓子,这几年也没闻见。趁今儿,我可是要开斋了。"宝玉道:"这个容易。"

由此可见,惠泉酒在清代早期,就是深受欢迎的名酒,而且已经广销全国各地。

惠泉酒与天下第二泉

在江苏省无锡市,有一座惠山,主峰高达328.9米,山峰九曲,蜿蜒如龙,故称为九龙山,享有"江南第一山"的美誉。在唐代大历元年至十二年(公元766~777年),被人工开凿出了一股清澈的泉水,叫做惠山泉。后来茶圣陆羽(陆鸿渐)品尝,觉得甘甜清冽,评它为"天下第二泉",由此名声大振。元代书法家赵子昂书写"天下第二泉"五个大字又镌刻在巨石上,更提高了知名度。现今,享誉海内外的二胡曲《二泉映月》就是用"二泉"来命名的。

惠山泉简称惠泉,含矿物质的比重大,土质属于乌桐沙岩,对水有过滤作用,故泉水甘冽可口,而且表面张力大,倒入杯中高出杯口数毫米而不外溢。正是如此优良的惠泉水,酿制出了优良的惠泉酒,简称泉酒。

无锡曾以产酒而闻名遐迩。远在商代末年,周太子太伯到荆蛮梅里平墟(今无锡梅村)建立吴国之时,酿酒技术就传到了吴中地区。《史记》记载:"吴国自太伯以下二十三君至王僚,吴国的都城都在此地。王僚十三年(公元前515年),吴公子光设酒,宴王僚,酒酣,王僚被刺,王死,公子光代立为王,为吴王阖闾。"从这段文字记载,说明无锡酿酒历史至少已有2500多年了。

惠泉酒自明清始,就是一代名酒。著名小说《醒世恒言》中即提到"惠山泉酒"。清代袁枚《随园食单》云:"至于无锡酒,用天下第二泉所作,本是佳品。"梁章钜《浪迹三谈》卷五也写道:"……惠泉酒用天下第二泉所作,自是珍品。"

清代初期,惠泉酒是很名贵的。康熙37年10月,李煦任苏州织造时,贡物中就有"泉酒"。在雍正朝,曹府贡物中也有"泉酒"。曹寅《楝亭诗钞》卷二也有《和静夫谢送惠山酒》诗。可见当时惠泉酒作为贡品和礼品,质量一定是很高的。

后来惠泉酒曾一度衰落,现在则又由无锡酶制剂厂重新振兴,并被评为全国优质酒。目前,惠泉酒用优质糯米为原料,沿用惠山泉水为酿造用水,保持传统的处方,并按照传统工艺,在蒸饭后配入特制陈酿糯米酒和远年杜香酒,以"挂曲"为糖化发酵剂。该酒厂在保持原有质量、风格的基础上,又进行了设备和工艺的改革,使这一古老的民族遗产焕发出新的青春。

不仅为大陆广大民众所喜爱，而且运销港澳地区和东南亚、日本诸国，并深受欢迎。

惠泉酒外观呈琥珀色，晶莹光亮，芬芳馥郁，味鲜爽口，醇厚温和，纯净而有余香。酒度18度，是独具风格的半甜型黄酒。由于味道醇美，所以百喝不厌；由于酒精度数较低，所以不易喝醉。连芳官这个少女，还要喝二三斤呢。

惠泉酒属于黄酒系列

按酒的分类，惠泉酒属于黄酒系列。黄酒是我国的特产，在全世界是最古老的饮料之一。4000多年前，我们祖先酿造的酒就是黄酒的最初产品。经过历代劳动人民的辛勤劳动，积累了丰富的经验，因此我国黄酒的酿造很早以前就达到了很高的水平。酒质优良。风味独特，素为广大民众所喜爱，在国际上也享有很高的声誉。

黄酒是以粮食谷物为原料，南方主要用的是糯米，北方主要用的是粟米，经过特定的加工酿造过程，受酒药、酒曲、浆水中多种真菌、酵母菌的作用，成为低度的原汁酒，即压榨酒。

黄酒有一定的营养价值。它的主要成分有糖分、糊精、有机酸、氨基酸、酯类、甘油、微量的高级醇、较多的维生素等。

黄酒又有良好的口味。由于以上诸多成分的配合、变化，又形成了浓郁的香气、鲜美的口感、醇厚的滋味。

我国地域辽阔，各地酿造的原料不同，糖化发酵剂和工艺操作都有差别，因此酿造出来的黄酒风味不同，千姿百态，各有自己的特点，色、香、味、体均不相同，各有千秋。黄酒的酒精度数一般不高，不超过20度，还带有米曲味和曲香。成品黄酒有煎煮法或蒸煮法消毒灭菌，可以久藏不坏。黄酒适宜储存，在储藏中有"后熟作用"，因此储存后质量更佳，越陈越香。黄酒在储存过程中，会产生一定的沉淀，习惯上不被看作质量问题，而认为是老酒的固有象征。

黄酒除了作为饮料外，还是一种烹饪的佐料。在烹调鱼、虾、肉类及动物内脏时，加入少量黄酒，不仅可以解腥去膻，而且可以增加鲜美的风味。

在中医的手中，黄酒还经常作为"药引"，以"引药归经"、"引经报使"，增加药物的疗效。另外在炮制中药的时候,有的需要黄酒浸泡、黄酒炒制、黄酒蒸炙等,是一门重要的学问,目的也是增加药物疗效。

黄酒是《红楼梦》写得最多的酒

《红楼梦》第 38 回《林潇湘魁夺菊花诗,薛蘅芜讽和螃蟹咏》,写大观园的女儿们在藕香榭赏桂花,吃螃蟹。螃蟹性寒,就要用热性的酒来制约它。书上写道:"一时进入榭中,只见栏杆外另放着两张竹案,一个上面设着杯箸酒具,一个上头设着茶筅茶具各色盏碟。那边有两三个丫头煽风炉煮茶;这边另有几个丫头也煽风炉烫酒呢。"可见吃螃蟹是少不了酒的。

凤姐很会来事,又知情达理,她知道,自己虽然是贾府的"内当家",在下人面前可以作威作福,然而,在主子圈里,她却不能这样。因为上面还有两个婆婆和一个祖母,真正的主宰者还是贾母,而自己的真实身份是孙媳妇,她要尽晚辈的义务。于是凤姐洗了手后,站在贾母跟前剥蟹肉,当然是侍候贾母。可薛姨妈是客人,应该是先宾后主,所以第一次剥的蟹肉就让薛姨妈吃。薛姨妈也通情达理,因为贾母是长辈,自己怎能先吃呢,但又不好直说,就找个理由:"我自己掰着吃香甜,不用人让。"凤姐便奉于贾母;二次的便给与宝玉。又说:"把酒烫得滚热的拿来。"

注意,这里说的酒是黄酒。因为后来黛玉吃了一点螃蟹肉之后,要饮酒,丫头忙着走上来斟。黛玉道:"你们只管吃去,让我自己斟着才有趣儿。"说着,便斟了半盏,看时,却是黄酒,于是就要烧酒。宝玉便命将那合欢花浸的酒烫一壶来。烧酒即白酒,而他们一般是喝黄酒。

《红楼梦》第 41 回《贾宝玉品茶栊翠庵,刘姥姥醉卧怡红院》,贾母、刘姥姥和大观园的女儿们在筵席上喝的也是黄酒。你看书上写道:"那刘姥姥因喝了些酒,他的脾气和黄酒不相宜,且吃了许多油腻饮食发渴,多喝了几碗茶,不免通泻起来,蹲了半日方完。"

第 63 回《寿怡红群芳开夜宴》,他们喝的是绍兴酒,绍兴酒是著名的好黄酒。

第 75 回《开夜宴异兆发悲音,赏中秋新词得佳谶》,写了中秋佳节,贾府一家人团聚,行"击鼓传花"的酒令,若鼓停时花在谁手中,谁就饮酒一杯,还罚说笑话一个。他们饮的酒也是黄酒。

《红楼梦》写了许多种类的酒，但写得最多的还是黄酒。

其他优质黄酒

除了绍兴酒和惠泉酒之外，我国还有其他许多优质黄酒。

福建的沉缸酒就是全国名酒，它产于福建省龙岩县，在当地有"斤酒当九鸡"的赞誉，意思是说喝1斤酒如吃9斤鸡肉，可见其营养价值的丰富，因此人们把它都作为"补酒"饮用。该酒是用上等糯米为原料，以红曲和白曲（药曲）为糖化发酵剂。在发酵的酒醅中两次加入米烧酒，对米烧酒的质量要求较高，必须是清亮透明，气味芬芳，口味醇和，无苦味、焦臭味和涩味才行。沉缸酒呈鲜艳透明的红褐色，有琥珀的光泽，香气浓郁芬芳。这香气是由红曲香、国药香、米酒香在酿制过程中形成的，纯净自然不带邪气。入口酒味醇厚，糖度虽高，但无一般甜型黄酒的黏稠感。糖、酒、酸味感配合得恰到好处，有独特的风味。评酒家们认为，该酒的甜味、酒的刺激味、酸的鲜味、曲的苦味十分和谐。当酒液接触舌头时，各味同时毕现，妙味横生。饮后余味绵长，经久不息。

山东即墨老酒是久负盛名的粟米黄酒，传说初酿于宋神宗熙宁7年（公元1074年），历史悠久。即墨老酒色泽黑中带紫红，晶明透亮，浓厚挂碗，具有焦糜的特殊香气。饮时香馥醇和，香甜爽口，无刺激感；饮后微苦而有余香回味，风味独特。陈酿1年以上，风味更加醇厚甘美。它的特点是"其色黑褐明亮，其液盈盅不溢，其味醇和郁馨，其功舒筋活血"。酒度为12度，是一种甜型黄酒，中医常作为药引或配制药剂，以增加疗效。

大连黄酒是辽宁省大连酒厂的产品。大连在辽东半岛南端，与山东半岛隔水相望，黄酒酿造工艺可能源于山东，虽有所发展，但风格仍相近似。大连黄酒以精选颗粒饱满的黍米为原料，以黄曲加酵母为糖化发酵剂制成。酒度为12度，属于半甜型黄酒。外观呈黄褐色，透明光亮，醇香浓郁，入口酸甜协调，味感柔和、醇厚，后味微苦而爽适，余味清香，有北方黍米老黄酒的典型风格。

福建老酒是选用古田县产的上等糯米为原料酿制的酒，糖化剂是有名的古田红曲和白露曲。古田红曲的曲粒端有放射状的数条红色色素带，有特殊香气，放入水中能漂浮水面而不下沉。白露曲是由60多种中药制成的药曲。有这样的原料和酒曲,加上传统的工艺操作,分坛进行发酵,冬酿夏成,发酵期长达120天左右。压得酒液之后,经煎酒灭菌,再陈酿2～3年,以增进醇厚的风味,最后精心勾兑为成品。福建老酒外观呈红褐色,滋味鲜美,醇厚可口,别具风格。该酒历史悠久,宋诗写道:"夜倾闽酒赤如丹",就是一个佐证。

丹阳封缸酒是江苏省的名酒,是我国江南糯米黄酒中风味独特、别具一格的浓甜型黄酒。酒度14度,糖分28%以上,总酸0.3%。外观呈琥珀色至棕红色,清澈明亮,香气醇浓,口味鲜甜。广大群众除了把它作为饮料佳品外,还看做一种滋补品和烹调食物的优良佐料,既可以解腥去邪,又可以增加菜肴的鲜美。

珍珠红酒是广东省的名酒,20世纪70年代开始出口,在港澳地区和东南亚地区普遍受到欢迎。珍珠红酒是以上等珍珠糯米为原料制成,有明显的陈酒风格,是浓甜型黄酒,酒度16～18度。酒色红艳有光,酒气芳馥优雅,酒味甜浓如蜜,酒质醇和宜人,糖、酒、酸协调适口,观看、闻香、品尝,皆是一种美的享受。

寿生酒是浙江省金华产的名酒,历史悠久。清代乾隆时人袁枚在所写《随园食单》中说:"金华酒有绍兴之清,无其涩;有女贞之甜,无其俗,亦以陈者为佳,盖金华一路水清故也。"寿生酒色泽金黄、清亮,香气馥郁,滋味鲜美,醇厚适口。具有红曲酒的色和味,又具有麦曲酒的鲜和香,口味协调,风味独特。酒度16～17度,是一种不甜型黄酒。

九江封缸酒是江西省的传统特产名酒。传说自唐代已开始生产,有千年以上的历史。九江地处长江中流之滨,为去避暑胜地庐山之要道,多年以来,过往客商游人,在停留九江之时,无不以饮此酒为快。酒液色泽淡黄,逐年自然转深而呈琥珀色,酒香浓郁,入口酸甜醇厚,酒性平和,余味绵长,自成一家风格,属于浓甜型黄酒。酒度16～18度。现在已远销海内外,深受人们欢迎。

其他还有连江元红、苜莉青、醇香酒等，不一一叙述。

喝黄酒的讲究

喝黄酒讲究色、醇、味。只有兼顾到这三方面，才能领略到它的独特风格。

黄酒的颜色各不相同，有淡黄、橙黄、褐黄、褐红、赭色等，不论何种颜色，都要透明、鲜亮、有光泽。

黄酒讲究的是醇香，即具有该品种特有的香气。要求熔融、协调、自然、舒适、有韵味。

黄酒也讲究味道。黄酒的味道有甜、酸、涩、苦、辣、鲜，以及各种复合味道，不论何种味道，都要达到纯正、醇厚、协调、丰满、柔和、幽雅、爽口。有的讲究酸甜香鲜适口；有的讲究焦糊、甜润；有的讲究甜鲜香；有的讲究鲜美厚；有的讲究干爽鲜美……，不管是哪一种味道，都要求有典型的风格特点。这种风格就是"酒体"。

凡是优质黄酒，都在生产上经过多年的经验积累，形成了稳定的生产工艺，色、香、味成分相互平衡，融为一体，给人一种协调、完美和典型突出的综合感觉，一种独特的"酒体"。这种"酒体"已经定型，形成自己的独特风格，深入人心。一个善饮者，不告知他黄酒的种类，只要让他品尝一口，他就可以立即说出是哪种酒。

喝黄酒还讲究温饮和冷饮。传统的饮法是温饮，是将酒器放入水中烫热，或隔火加温。温饮的特点是酒香浓郁，酒味柔和。在加温的时候，酒中的一些芳香成分挥发出来，嗅着这种酒香，使人心旷神怡。温酒的温度一般以40～50℃为好，不可过热，因为过热可使酒精挥发掉，使酒淡而无味。从医学科学的角度看，温酒有一定的好处，因为黄酒中含有微量的甲醇、醛、醚等化学物质，这些物质对人体有一定的危害。这些物质的沸点都比较低，一般为20～35℃，即使甲醇也不超过65℃，在加温的过程中，这些物质随温度的升高而被挥发掉，减少对人体的危害。而芳香类物质则随温度的升高而蒸腾，从而使酒味更加甘爽醇厚，芳香浓郁。温饮尤其适合于冬季。

夏季则一般适合于冷饮。冷饮的方法是冰镇：或放入冰箱，或在黄酒中加冰块，降低酒温、酒度，给人以清凉爽口的感觉，在炎热的夏季，可以防暑降温、清热解渴。不习惯饮黄酒的人，可以饮用甜型黄酒，或者在黄酒中加入果汁、可乐、雪碧、话梅、矿泉水等。在日本和中国香港地区，流行加冰后饮用黄酒，即在玻璃杯中放一些冰块，再注入少量的黄酒，最后加水稀释饮用。黄酒冷饮，可以消食化积，又有祛暑清热的作用。

不论温饮或冷饮，都要求慢慢地饮，款款地喝，小口品味，然后徐徐咽下，这样才能真正领略到黄酒的独特风味。

开夜宴用绍兴酒

袭人准备了一坛好绍兴酒

《红楼梦》第 63 回《寿怡红群芳开夜宴》,说的是贾宝玉生日,他的丫鬟们单独给他做寿,是在夜间秘密进行的,所以叫"开夜宴"。4 个大丫鬟:袭人、晴雯、麝月、秋纹,每人五钱银子,共是二两。4 个小丫鬟:芳官、碧痕、春燕、四儿,每人三钱银子,这样总共是三两二钱银子,袭人早已交给了柳嫂子,让她预备四十碟果子。

除了四十碟果子,袭人又和平儿说了,抬了一坛好绍兴酒,藏在那里,这是开夜宴不可缺少的。

绍兴酒是浙江绍兴所产的米酒,因为历史悠久,所以又叫做绍兴老酒;因为颜色黄,所以又叫绍兴黄酒。清代童岳荐的《酒谱》写道:"吾乡绍兴酒,明以上未之前闻,此时不胫而走,几遍天下矣。缘天下之酒有灰者甚多,饮之令人发渴,而绍兴酒独无。天下之酒甜者居多,饮之令人停中满闷,而绍兴酒之性芳香醇烈,去而不守,故尝之者以为上品,非私评也。"

同一书中又说:"绍兴酒,山阴名东浦者,水力厚,煎酒用镬,不取酒油,较胜于会稽诸处,其妙在多饮不上头,不中满,不害酒,是绍兴酒之良德矣。"

若亲朋好友,三五知己,在薄暮之际,正务已毕,随意衔杯,喝一点绍

兴酒,或赏奇析疑,或猜枚射覆,该是何等地痛快!需要饮至八分而止,恰到好处。或者灯下、月下、花下,摊书一本,独自饮之,也是一等快事。

正因为此,怡红院的姑娘们,才及早准备了一坛绍兴酒,供"开夜宴"之用。

绍兴酒属于黄酒,是以大米等谷物为原料,经过蒸煮、糖化和发酵、压滤而成的酿造酒。其中主要成分有麦芽糖、葡萄糖、糊精、甘油、醋酸、琥珀酸、无机盐、含氮物、氨基酸,以及少量的醛、酯等。其特点是具有较高的营养价值,对人体有益无害。

酿制绍兴酒的水,取自鉴湖。人们认为,鉴湖水是绍兴酒质量优良的重要原因之一。鉴湖长40余里,宽约300米,既广且深,蓄水量大,来自群山深谷,没有污染,又经过沙石岩土的清化作用,含有一定量的矿物质,因此可以保证绍兴酒的质量。当地酿酒工人说,只有用鉴湖水,黄酒才有鲜、甜、醇厚的特点。

绍兴人杰地灵

说到黄酒,就得说绍兴酒。绍兴是绍兴酒的正宗产地,所以又必须说到绍兴。绍兴人杰地灵,是古今人才荟萃之地。稍一思索,就有勾践、王羲之、王献芝、贺知章、陆游、徐渭、秋瑾、蔡元培、鲁迅、徐锡麟、周恩来、陶成章……至于到绍兴居住或游览过的名人,更是不计其数。

据《吕氏春秋》记载:"越王之栖于会稽(今绍兴),有酒投江,民饮其流而战气百倍。"又据康熙22年抄本《会稽县志》记载:"箪醪河在县南……,勾践师行之日,有献箪醪者,投之上流,与士卒共饮,战气百倍。今河中有泉,虽旱未尝涸。"

说到绍兴酒,还不得不提到陆游和沈园。沈园就在绍兴,面积不大,小巧玲珑,池阁亭台,绿波柳丝,春水、亭榭、石桥、圆壁,使人遐想联翩。1155年春,曾在这里发生了一段催人泪下的故事。那日,重返家乡绍兴的陆游,在沈园游玩时,偶遇见青年时期被迫离婚的爱妻唐琬,两人相遇,百感交集,情意绵绵。唐琬说服丈夫"遣致酒肴",唐琬深知陆游爱酒,特取来陈年好酒殷勤招待陆游。陆游情不自禁地写下了千古绝唱《钗头凤》:"红酥手,黄藤酒,满城春色宫墙柳……"

说到绍兴老酒,还不得不提到咸亨酒店。咸亨酒店因鲁迅的小说《孔乙己》而出名,那里就经营绍兴老酒,直至今天。如果今天走进咸亨酒店,仍旧是那暗黑色曲尺形柜台,很陈旧的条桌窄凳,似乎有意不加修整。墙壁正中是一张关云长的彩绘图,偃月刀、赤兔马,两边的对联是"小店名气大,老酒醉人多"。酒仍旧是老酒"陈善酿"。下酒菜仍旧是盐水小花生、茴香豆,花生和茴香豆都泡得软烂,与酒味搭配得很协调,越嚼越香。绍兴酒是以陈年糯米加入八百里鉴湖清水认真酿造,山水清气贮入了黑亮明净的陶制酒坛,使酒醇香无比。

现在的绍兴城内,有许多名人故居:鲁迅故居、周恩来故居(百岁堂)、贺知章故居(贺监祠)、蔡元培故居、王羲之故居(戒珠寺)、秋瑾故居(和畅堂)、徐渭故居(青藤书屋)、陶成章故居、徐锡麟故居等。其中尤其是鲁迅故居,若到了绍兴不去参观,是极大的遗憾。

鲁迅故居的后面,就是闻名遐迩的百草园。这里占地近 2000 平方米,分做大园小园。鲁迅弟兄几个幼时在这里捉蟋蟀、养蚕、玩蝉、打麻雀……出鲁迅故居、百草园,往西走百十米,跨过一座小桥,就是鲁迅当年读书的地方——三味书屋。鲁迅在这里一直读到 17 岁,"读经",味如稻粱;"读史",味如肴馔;"读诸子百家",味如醢醯(hǎi海)。由此可见,鲁迅从小就受到良好的启蒙教育,以极大的兴趣去博览群书,打下了扎实的文史基础。

绍兴黄酒名闻天下

绍兴有三乌文化:乌篷船、乌毡帽、乌干菜。有四大特产:香糕、腐乳、乌干菜、黄酒。还有八大贡品:四大特产加上珠茶、贡瓜、越鸡、鱼。都是绍兴特色鲜明的风味食品和风味佳肴,其中尤以黄酒名闻天下。

东晋穆帝永和 9 年(公元 353 年),王羲之与名士谢安、孙绰等在会稽山阴兰亭举行"曲水流觞"的盛会,乘着酒兴写下了千古珍品《兰亭集序》,是酒文化中熠熠生辉的一页。他们喝的酒就是绍兴酒。

绍兴老酒,在国际市场上享有很高的声誉。它最早传入日本,据说日本人酷爱王羲之和王献之父子的书法,因而也喜欢上了绍兴老酒。著名女革命家秋瑾的诗,更是对绍兴老酒给予很高评价:"不惜千金卖宝刀,貂裘换酒也堪豪。一腔热血勤珍重,酒去犹能化碧桃。"

绍兴酒是黄酒中的极品。绍兴素有"酒都"、"醉乡"之称。明代文学家袁宏道《初至绍兴》诗云:"闻说山阴县,今来始一过。船方尖履小,士比鲫鱼多。聚集山如市,交光水似罗。家家开酒店,老少唱吴歌。"描述了当时绍兴酒肆和民歌的盛况。

绍兴酒以城西东浦、阮社、湖塘、柯桥、安昌等地产量为多,称为"潆西酒",城东的斗门、马山、孙端、皋埠、东关、潆家庄等地的称为"潆东酒"。这些村庄和集镇,都濒临风光秀丽的鉴湖。鉴湖水澄清一碧,水质甘冽,最适宜于酿酒。"鉴湖名酒"的盛誉,也由此而来。

东浦镇的"酒仙会"很值得一叙。每年农历七月初六至初八,该镇都要举行"酒仙会",这是一个迎神赛会,实际是一次群众性的文娱体育活动,村村设祭演戏,家家杀鸡宰鹅,宾客纷至沓来,商贾大户终日宴席不散。"酒仙会"期间,还有"高照"游行,所谓"高照",就是高挂在竹竿上的通告,长二三丈,用绸缎刺绣而成。游行的队伍水陆并进,陆上的铜铳队护卫着"酒仙船"缓缓而行。20管铜铳鸣铳开道,还有 36 行扮相队伍,好不威风。赛会中最为壮观的是赛龙舟,狭长的龙舟两边各坐十余人,每人持桨,齐心合力划桨前进。每到酒坊门口,锣鼓喧天,龙船就要掉一个头,民间说法这会给酒坊带来好运,生意兴隆,四季发财。这时酒坊的老板就要笑眯眯地亲自送上一坛美酒给龙船,以示酬谢,也是对酒会的庆祝。

绍兴酒越陈越香

绍兴酒为什么叫"老酒"呢?因为它具有"越陈越香"、"越陈越醇"的特点,故名。

"绍兴无处不酒家",古今皆如此。诗人陆游曾写道:"城中酒垆千百所","平时酒价贱如水"。今日的绍兴,酒店更是不计其数。据统计,一年中绍兴酒店喝去的老酒就有 200 余万斤。

绍兴酒店有两大特色。第一是酒店不仅卖酒,而且备有下酒的小菜,如茴香豆、豆腐干、花生、毛豆、素鸡等,用小碟盛装;高级一点的还有河虾、河蟹、鱼干、野鸡等。第二是绍兴人爱喝温酒,酒店中备有温酒的特制工具,喝温酒有利于脾胃。

绍兴酒,酒液黄亮有光,香气浓郁芬芳,口味鲜美醇厚,独特的风格极为显著。绍兴酒的酒度 15～20 度,酒液中含有复杂的成分,特别是富含氨基酸,具有营养价值。氨基酸也是它醇香鲜美、味感丰富、风味独特的由来。适当饮用,还可起到增进食欲、帮助消化、消除疲劳的作用。

除了饮用外,绍兴酒还常用来作为烹调菜肴的佐料,我国江南地区有一道名菜"酒煮肉",完全以绍兴酒代水煮成,更有鲜美别致的风味。此外,绍兴酒还是服用中药的"药引",也是制作丸散膏丹的重要辅料。

绍兴酒是一个总的称号,它又包含众多品种,如元红酒、加饭酒、善酿酒、鲜酿酒、香雪酒、竹叶青、福橘酒、花红酒、桂花酒、鲫鱼酒、花雕酒、女儿酒等。每种都有自己的特点。在第二、三两届全国评酒会上,加饭酒蝉联全国名酒;元红酒和善酿酒在全国第三届评酒会议上,评为全国优质酒。

加饭酒是用摊贩法酿成,因为配料中增加了"饭量"(投入糯米的数量),故称为加饭酒。由于投料增加,质量也特优厚,风味更加醇美,为绍兴酒中的上品。酒液呈深黄色,有十分突出的芳香,同时糖分较高,口味略甜,广受人们欢迎。

开夜宴用绍兴酒

不得不提的是女儿酒。绍兴的风俗,在女儿满月时,选美酒数坛,在坛的外壁塑画彩花、山水、人物、百鸟或民间神话故事,图案瑰丽灿烂,惹人喜爱。将此种彩塑酒坛,埋于地窖之中。到女儿长大出嫁时,才取出招待亲友,或者放在女儿花轿后面,吹吹打打地抬到男家去,作为嫁妆礼品。这可是珍藏 20 年左右的贵重礼品啊!

黄酒的营养价值

黄酒含有丰富的蛋白质。每升绍兴加饭酒含蛋白质 16 克,是啤酒的 4 倍。黄酒中的蛋白质经微生物酶的降解,绝大部分以肽和氨基酸形式存在,极易被人体吸收利用。氨基酸是重要的营养物质,黄酒中含 21 种氨基酸,其中 8 种必需氨基酸种类齐全。每 1 升加饭酒的必需氨基酸达 3 400 毫克,半必需氨基酸达 2 960 毫克。而啤酒和葡萄酒的必需氨基酸仅为 440 毫克。

黄酒还含有较高的异麦芽低聚糖,它具有双歧杆菌增殖功能,能改善肠道的微生物环境,促进维生素 B_1、B_2、B_6、B_{12}、烟酸、叶酸的吸收,也能促进矿物质钙、镁、铁的吸收;还能分解肠内毒素及致癌物质,预防各种慢性病和癌症;还能降低血脂的水平,预防动脉粥样硬化。因此,异麦芽低聚糖被称为21 世纪的新型糖原。

黄酒中的矿物质很丰富,有 18 种之多,包括常量元素钙、镁、钾、磷和微量元素铁、铜、锌、硒等。

每升黄酒含镁 200～300 毫克,比红葡萄酒高 5 倍,比白葡萄酒高 10 倍,镁是保护心血管系统所必需的,缺镁时易发生血管硬化和心肌损害。

锌被誉为“生命的火花”,是人体 100 多种酶的组成成分,对三大物质[蛋白质、脂肪、糖类(碳水化合物)]的代谢和免疫调节过程起着重要作用。而锌又是人体最容易缺乏的元素之一。黄酒含锌丰富(8.5 毫克/升),可补充人体对锌的需要。

硒是谷胱苷肽过氧化物酶的重要组成成分,有多种生理功能,其中最重要的是可消除体内产生的活性氧自由基,因而具有提高机体抵抗力、抗衰老、保护血管和心肌健康的作用。黄酒在酒类中,含硒量是最高的,比红葡萄酒高 12 倍,比白葡萄酒高 20 倍。

另外,黄酒还含有多酚物质、类黑精、谷胱苷肽等,它们具有清除自由基、防治心血管疾病、抗衰老等多种生理功能。

荣国府的西洋葡萄酒

在清初，葡萄酒是稀罕之物

《红楼梦》第60回《茉莉粉替去蔷薇硝，玫瑰露引出茯苓霜》写道："芳官便自携了瓶与他去。正值柳家的带进他女儿来散闷，在那边畸角子一带地方逛了一回，便回到厨房内，正吃茶歇着呢。见芳官拿了一个五寸来高的小玻璃瓶来，迎亮照着，里面有半瓶胭脂一般的汁子，还当是宝玉吃的西洋葡萄酒，母女两个忙说：'快拿旋子烫滚了水，你且坐下。'芳官笑道：'就剩了这些，连瓶子给你罢'。"旋子是一种盆类器皿，多用铜锡制成，可以烧热水。将酒壶放入旋内热水中，可以温酒。柳嫂子确实是把它当成西洋葡萄酒了，要不然为什么要用旋子温酒呢？

其实这是一个误会，那不是葡萄酒，而是玫瑰露。曹雪芹写的这些是为主题服务的，由此展开了一系列故事情节。但通过这一段，我们起码可以获得3个信息。

第一，在清代康乾时代，中国已经有了舶来品葡萄酒了，说明了中西文化和商品的交往。不过这只是初期的交往，当时还是稀罕之物，许多人还不能准确地分辨葡萄酒和玫瑰露。

第二，贾府是宁国公和荣国公开创的基业，全国八大国公，贾家就占了两个。贾家的大小姐贾元春又是皇帝的妃子，所以贾家既是达官贵人，又是皇亲国戚。"贾不假，白玉为堂金作马"，获得一些稀罕的进口货，当在情理之中。特别是王熙凤的娘家又管着各国朝廷的进贡品，这样看来，西洋葡萄酒出现在贾家就更不奇怪了。

第三，红葡萄酒确实是个好东西，颜色像胭脂红，味道芳香甘甜，比白酒的度数要低，特别适合于少爷小姐喝。贾宝玉是老祖宗贾母的掌上明珠，将此稀罕之物给予贾宝玉，也说明他在贾府的地位。

如今，红葡萄酒已经普及了，人民大众都可以喝到红葡萄酒，应该说是社会的进步。

红酒似佳人

葡萄酒有红葡萄酒和白葡萄酒之分，贾宝玉的那瓶葡萄酒既然是像"胭脂一般"，就是红葡萄酒。其实，红葡萄酒更受女人的喜爱。红是女人喜欢的色彩，红得热烈，红得执着，让女性乐此不疲。而红酒似乎对女人也格外垂青，晶莹剔透的高脚杯，胭脂般的红色，足以撩人心扉。柔指轻握，一杯在手，微微烛光，粉面相映，酒不醉人，人已自醉。

葡萄酒在夜光杯中折射出来的光泽，可能是和灵魂最接近的一种光泽。它的魅力在于能够调动人们全部的感觉器官。法国人有一句谚语："上帝赐予葡萄，我们用心智把它变成人间佳酿。"正因为葡萄酒是以心智酿成的，所以，才会有更多值得我们品味的东西。

葡萄酒是有生命的。美国作家威廉说："一串葡萄是美丽、静止与纯洁的……一旦压榨后，就变成动物，因为变成酒后，就有了动物的生命。"这个生命，至少一半来自所传递的文化。红酒是理性与感性的产物，激荡着男士的阳刚之气，又不缺乏女性的阴柔之美，像中世纪的骑士，骄傲，有强烈的荣誉感，却也不失浪漫的举止。

品味葡萄酒者，一定是优雅的人。品葡萄酒是一门艺术，倒多少酒，怎么持杯，怎么摇杯，怎么观察，怎么品尝，都有一系列严谨的规矩。品葡萄酒的乐趣也正在这些繁文缛节之中。一个人修养、风度、气质、情趣及沟通能力，都会在这个过程中暴露出来。例如，持酒杯时，应该拿着酒杯的杯脚，而不是杯体，因为这样不会因为手温而导致葡萄酒的温度起快速变化。

女人天生就懂红酒，或者说红酒与女人有缘。在城市的每个酒吧里，都能看到端着精致高脚杯的女人，或者坐着品尝红酒的女人。在这纯粹自我的一刻，幸福也罢，忧愁也罢，酒与女人同时美丽着。

红酒就像女人。层次分明的新酒，像年轻姑娘的笑颜，充满朝气，品一口，是清醇的香甜。颜色均匀的陈酒，像成熟的中年女人，风韵十足，却又扑朔迷离，细细品味，只觉醇和的幽香，妙不可言。呈棕色的陈年佳酿，像老年女人的眸子尘封着多年的沧桑，一旦开启，浓郁的醇香顷刻涌出，迸发出绚丽的色彩。

红酒是美丽的，带给人的感觉也是飘渺的朦胧美。爱情则实实在在的感情之花绽放，红酒与爱情交相辉映。一杯红酒入口，留下无穷回味。品红酒的女人是妩媚的，享受爱情的女人是甜蜜的。红酒是寂寞女人的阳光，爱情是独身女人的原野。对独身女人而言，拥有足够的阳光和拥有碧绿的原野同等重要。

女人喜爱红酒，是爱它的红，它的香，它的柔和，还有它的迷离。红酒那捉摸不定的神韵，让人如痴如醉。女人如同红酒，在于饮者如何鉴赏。对她付之真诚，她是一杯佳酿；对她施以虚伪，她是燃烧的火种。

葡萄酒的营养价值和卫生要求

葡萄酒是最具代表性的一种果酒，其主要成分为乙醇，即酒精，含量约为10％左右。还含有糖、有机酸、挥发酯、多酚、多种氨基酸、维生素、钾、纳、钙、镁、铁、锰、锌、铜、磷、硒等。

与白酒相比，葡萄酒的营养价值更高一些。除了热量低于白酒外，其他成分基本上都超过了白酒。测定全国各地产的葡萄酒营养的含量，都有或多或少的区别。

就以北京产的12度红葡萄酒为例，它的酒精量为$9.6％$；每100克红葡萄酒含蛋白质0.1克，热量285千焦（或68千卡），维生素B_1 0.04毫克（维生素B_2与烟酸未测定），钾8毫克，钠2.6毫克，钙12毫克，镁4毫克，铁0.2毫克，锰0.04毫克，锌0.03毫克，铜0.02毫克，磷2毫克，硒0.08微克，营养成分是比较全面的。

葡萄酒是以葡萄为原料，通过发酵或浸渍加工后再经配制而制成的低度酒。在葡萄酒的生产过程中，应采用无毒区域种植的葡萄，而且在采集前

15 天不得喷洒任何农药。葡萄应新鲜成熟,无腐烂、生霉、变质及变味。盛装原料的容器应清洁干燥,不准使用铁制容器,也不得使用装过有毒物质或有异味的容器。葡萄在运输保存时应避免污染,并在采摘后 24 小时内加工完毕,以防挤压破碎污染杂菌而影响酒的质量。

生产葡萄酒的辅料和食品添加剂必须符合《食品添加剂使用卫生标准》的规定。用于调兑葡萄酒的酒精必须是经脱臭处理、符合国家标准二级以上酒精指标的食用酒精。酿酒用的酵母菌不准使用变异或不纯菌种。

在酿酒过程、勾兑环节、储存容器、灌装、运输等各个环节,都要符合卫生标准和要求。

葡萄酒是健身酒

酒其实是和人一样是有性格的,从医学上讲,红葡萄酒中有多种抗氧化剂,是养生健体的最佳饮料。它不仅能有效地降低胆固醇,防治动脉粥样硬化,而且具有抗老防衰的作用。红葡萄酒能帮助降低卵巢癌的发病率,并能有助受孕、缓解痛经。此外,在美容方面也有作用,葡萄酒面膜、葡萄酒彩妆、葡萄酒减肥、葡萄酒除斑,在国外已经成为一种时尚。有人问,法国女郎喜欢吃甜腻食物,为什么又会保持苗条的身材呢? 答案是经常喝葡萄酒。

相传,古罗马最具文化意义的是酒神巴克斯发明了葡萄酒,使成千上万的女性崇拜得几为疯狂。每当酒神出游身边总是陪伴着一群仙女。

在目前生活节奏十分快速的时代,在繁忙的工作之余,若能和自己心爱的人把酒共盏,静静地将一杯红葡萄酒端在手上,不是追赶时髦的庸俗,不是附庸风雅的做作。看着周围,美酒在飘,时尚在变,唯一不变的是弥珍的亲情。"美酒饮教微醉后,好花开到半开时。"喝酒就如同品味人生,有一人生知己相伴相依,是最大的幸福。要喝出酒的滋味,方能品得人生真味。

《博物记》记载:"昔三人冒雾晨行,一人饮酒,一人饱食,一人空腹。空腹者死,饱食者病,饮酒者健。"这个"雾"可能是"毒雾",在此恶劣的自然条件下,空腹者忍受饥饿,机体抵抗力降低,当然首当其冲受到危害。而饮酒者仍然健康,说明适量饮酒可以健身。医学认为,适量饮酒,不仅可以驱风健胃,增进食欲,而且可以消除疲劳,有助睡眠。特别是葡萄酒,还有一定的营养价值,所以被称为健身酒。

葡萄酒保护心脏

在法国，人们在南部城市图鲁斯发现了一个奇怪的现象：尽管该地区居民的脂肪消耗量与同纬度的其他国家的人民相似，但心脏病、肿瘤的发病率、死亡率都低得多。原因是那里的居民都经常饮用红葡萄酒。我国的许多研究也证实，新疆盛产葡萄的地区，长寿老人的比例也很高。

这绝不是巧合。几千年前，人们在许多葡萄科植物中，发现了一种名为白藜芦醇的植物抗毒素，它可以抗灰色真菌的感染，防止葡萄腐烂。此后，科学家开始对其进行药理活性的研究，发现它具有明显的抗菌、抗癌、抗血栓、抗高脂血症、抗脂质过氧化等多种药理活性。此外，白藜芦醇也是一种来源于植物的雌性激素，因此对雌激素缺乏有关的肿瘤，如前列腺癌、子宫内膜癌等有明显的预防作用。由于白藜芦醇对人类健康的大敌——肿瘤和心脏病有明显作用，因此日益引起人们的普遍关注。

进一步的研究指出，白藜芦醇是葡萄酒，尤其是红葡萄酒中最重要的功效成分。白藜芦醇是在紫外线的照耀下，由葡萄产生的一种植物抗毒素。白藜芦醇在葡萄原料中以顺式结构存在，而且含量较低。但是，采用先进的酿造工艺，能够使白藜芦醇葡萄糖苷在 β-葡萄糖苷酶的作用下，转化为反式-白藜芦醇，从而使葡萄酒中白藜芦醇含量骤然增加。

红葡萄酒与白葡萄酒相比，白藜芦醇又远远超过白葡萄酒。检测发现，白葡萄酒的白藜芦醇的含量仅为红葡萄酒的1/6。这是因为白藜芦醇主要存在于葡萄果皮之中，果肉及果汁中含量甚少。白葡萄酒是用果肉和果汁发酵，而红葡萄酒是用果皮和果汁发酵。故从健康的角度出发，喝红葡萄酒最好。

目前，葡萄酒中白藜芦醇含量的高低，已经成为衡量葡萄酒优劣的重要标志。如法国名酒波尔多，其白藜芦醇的含量就很高。

现在，我国名牌红葡萄酒（如丰收干红、王朝干红、长城干红等）中白藜芦醇的含量已经达到世界一流水平，每升含量达5～19毫克，而勾兑酒，或者生产技术落后厂家生产的酒，则根本测不出白藜芦醇。所以喝葡萄酒，最好喝优质葡萄酒，特别是干红葡萄酒，更有益于健康。

另外，葡萄酒中的原花青素是一种多酚类聚合物，具有极强的抗氧化性,有多种药用价值。众所周知,维生素 C、E 是强效的抗氧化剂,而原花青素的抗氧化能力是维生素 C 的 20 倍,维生素 E 的 50 倍。可见,原花青素也是抗衰老、预防心脑血管疾病的有效成分。

存放葡萄酒不要竖立着放,而应该平放或倒放,目的是让木塞永远是湿润的。否则,木塞干燥,里面有许多空隙,酒味会从空隙中散发出来。

怎样品尝葡萄酒

品尝葡萄酒是一精神享受,要领略和理解它所蕴藏的文化才更有意义。品尝葡萄酒的杯子应该是质地细腻、明亮反光的高脚杯,以利于保持酒温,观察酒质。品尝酒质,要经过观、闻、尝 3 个步骤。

打开酒瓶后,先放一会儿,让它在空气中氧化一会儿,通俗的说法是让酒喘喘气。然后倒一点在杯子里,对着灯光看看颜色,还要逆时针方向晃动酒杯,使酒液沿杯壁爬升,增加酒与空气接触的面积,以助酒香的散溢,这是视觉美的享受,属于"观"的步骤。

然后把鼻子伸进杯子里,深深地吸一口气,饱尝一下酒的香气,这就是闻。

最后才啜一小口,注意不要马上咽下,而是在口中运转、品味,这一刻是味觉的享受,就是"尝"。决不能像喝白酒那样,"感情深,一口闷"。这种品尝是葡萄酒文化的精髓所在。

饮葡萄酒的温度要适宜。一般来讲,白葡萄酒适宜的温度是 10～12℃,在这样的较低温度时,饮用最为清爽。红葡萄酒的适宜温度是 16～18℃,即通常说的"常温",一般应提前 1 小时开瓶,让酒与空气接触一会儿,味道更好。香槟和汽水需要冷却到较低温度时饮用,一般在 4～8℃,因为瓶中有压缩气体,不要震动瓶子,以免瓶塞从瓶口弹出。

葡萄酒并非越陈越香,它不同于白酒和黄酒,这两种酒是储存的年头越长越醇厚,而葡萄酒例外。葡萄酒存放的时间过长,虽然酒香会更浓郁,但果香会渐渐发散逸出,因而失去葡萄酒的特色。所以葡萄酒有一定的保存期。

白葡萄酒的保存期短于红葡萄酒。一般白葡萄酒的保存期是 1～3 年,好的白葡萄酒可保存 4～12 年,极好的葡萄酒也不要超过 20 年。一般红葡

萄酒的保存期是 2～5 年，好的红葡
萄酒可保存 6～20 年，极好的葡萄酒
能达 30～60 年。所以，白葡萄酒要
在新鲜期内享用，而红葡萄酒不宜
饮新鲜的，新鲜的含有苦味的鞣酸，
而储存一定时间，经过"醇化"后，才
会散发出酒的香醇味。

　　另外，饮用葡萄酒还要注意食物
的搭配。吃鱼虾鳖蟹等海鲜，宜佐以
白葡萄酒，因为白葡萄酒含酸量高，
有去腥、开胃的作用；而吃猪、羊、牛
肉，则宜搭配红葡萄酒，因为红葡萄
酒含有较多鞣酸，能去除兽肉的异味。如果在一次宴会上，既有红葡萄酒，
又有白葡萄酒，那么饮用的顺序应该是先白后红。如果既有甜葡萄酒，又有
干葡萄酒，那么，应该先干后甜，否则就品尝不出清淡酒品的味道了。

葡萄酒也有伪劣产品

　　良好的葡萄酒品质已如上述，我们还要警惕那些劣质葡萄酒。

　　据葡萄酒业内人士披露，国内市场的葡萄酒，80％是从国外进口的葡萄
酒原汁勾兑而成，有的厂家为了降低成本，专门购进质次价低的"原汁"，然
后掺入大量香精、色素、糖、橡木素等添加物。有些质次的"汁"是有病的葡
萄做成的酒，容易变质，生成对肝脏和胃肠有害的物质。更有甚者，有些小
厂生产葡萄酒中竟然没有葡萄成分，全部由添加剂勾兑而成。

　　按规定，干红葡萄酒是没有任何添加物的，可现在市场上很多干红都添
加香精、色素、橡木素。很多葡萄酒，有的糖度不够，有的酒精度不够，是在
加工处理时加糖、加酒精而成。因此，专家呼吁，我国应该尽快建立与有关
国际标准相适应的葡萄酒工艺标准、原料标准、添加物标准等，出台"酒法"，
加强葡萄酒生产、销售的管理。同时，消费者在购买葡萄酒时，一定要选择
正规厂家生产的，并掌握一些葡萄酒的知识。如将红葡萄酒少量倒在白色
餐巾纸上，纸上的红色分布不均匀或有沉淀，就说明酒中加了色素。

自制葡萄酒

在家庭，我们可以试着自制葡萄酒（红葡萄酒）。配料：葡萄 3 斤，白砂糖 1 斤。

（1）到市场购买 3 斤葡萄，要新鲜、完整，剔除烂皮的、残缺的。

（2）将葡萄清洗干净，再在纯净水（如果没有纯净水就用一般的自来水也可以）里浸泡半小时，然后将葡萄拿起来沥干表面的水分。

（3）将葡萄放到一个干净的容器里面，全部捣烂。然后将白砂糖（1 斤）倒进去，搅拌均匀，尽量多搅拌一会，让糖充分融化。

（4）将捣烂的葡萄，包括所有的东西，糖、葡萄皮、葡萄籽、葡萄肉和汁水，一起装到一个干净的瓶子里。这个瓶子要事先准备好，一定要彻底清洗干净，最好用沸水烫一下，瓶子的口要选择不要太大的，以便封口。瓶子的容积要稍微大一点，放了葡萄进去以后还要有一定的空隙，以便葡萄出酒。

（5）用保鲜膜将瓶子口封住，再用塑料口袋封一道，然后扎紧，放在干净阴暗的角落。

（6）夏天放 12 天，春秋季放 15 天，冬天放 20 天，可以多次放放产生的气体，但不要晃动。

（7）时间到了之后，可以看到长了真菌，这是正常现象，说明葡萄发酵了。将瓶子里的水都倒到另一个干净的瓶子里，这次要滤掉那些渣滓。

（8）将倒出来的初酒盖好盖子，放到冰箱里。两天后再小心地拿出来，注意尽量不要晃动，这时候你会看到瓶底的颜色比较深，那就是第二道渣滓了，将上面颜色较浅的部分缓缓地倒出来，这就是成品葡萄酒，

现在就可以饮用了，这种自制的葡萄酒的酒精度比外面买的葡萄酒要高，不宜多喝。

林黛玉为什么喜欢喝合欢花酒

林黛玉喝合欢花酒

《红楼梦》第38回《林潇湘魁夺菊花诗，薛蘅芜讽和螃蟹咏》，写到林黛玉体质虚弱，消化功能不好，而螃蟹性寒，"不敢多吃，只吃了一点夹子肉，就下来了。"为了制约螃蟹的寒，林黛玉要喝酒，因为酒是热性，她斟了半盏酒，一看，却是黄酒。因说道："我吃了一点子螃蟹，觉得心口微微的疼，须得热热的吃口烧酒。"宝玉忙接道："有烧酒。"便命将那合欢花浸的酒烫一壶来。

这里说得很明确，不是合欢花酿制的酒，而是合欢花浸的酒。其实在清代之后，白酒事业大大发展，用合欢花浸酒更方便，简单易行。

合欢花是一种中药，性平味甘。虽然是平性，但烧酒是热性，所以合欢花酒仍是热性。用热性的合欢花酒制约螃蟹肉的寒性，是有道理的。

另外，林黛玉父母双亡，孤身一人，虽然在贾府是主子身份，但那毕竟不是自己的家，而是寄人篱下，"不敢多走一步路，不敢多说一句话"，心理压力是很大的。她把终身的希望寄托在表哥贾宝玉身上，但在爱情上又屡受挫折，因此心情抑郁，终日愁眉不展，经常咳嗽、哭泣。她的身体虚弱，与这些"情志因素"有很大的关系。按中医理论，合欢花的功效就是解郁安神，可以治疗郁结胸闷、失眠等症。嵇康在《养生论》中云："合欢蠲忿，萱草忘忧。"对精神心理疾病有一定疗效。所以合欢花酒对林黛玉而言，是十分对症的。曹雪芹在这里让林黛玉喝合欢花酒，而不是其他酒，是有深刻含义的，也说明曹雪芹知识的渊博。

合欢花是一味中药

合欢花酒是用合欢花制作的酒，有的里面还加有合欢皮，合欢花和合欢

皮都来自合欢树。那么,我们就先谈谈合欢树。

合欢是一种高大的落叶乔木,属豆科植物。可高达10米以上。树干灰黑色;小枝无毛,有棱角。二回双数羽状复叶,互生。小叶片镰状长方形,长5~12毫米,于夜间闭合。头状花序生于枝端,总花梗被柔毛;花淡红色;花萼筒状,长约2毫米;花冠漏斗状;雄蕊多数,基部结合,花丝细长,上部淡红色,长约为花冠管的3倍以上。每年6~8月份开花,6~10月份结果。荚果扁平,长8~11厘米,宽1~1.5厘米,黄褐色,嫩时有柔毛,后渐脱落,通常不开裂。生长于山坡、路旁,常栽培于庭院。我国华南、西南、华东、中原、东北皆有栽培。其木材红褐色纹理直,结构细,可制家具、枕木等。树皮还可提制栲胶。

合欢花和合欢皮皆可入药。其实,在不同的年代和地区,常有不同的名字。《神农本草经》称它为合欢;《千金方》叫做黄昏;《唐本草》叫合昏;《本草图经》叫夜合;《群芳谱》则称其为宜男。其他的名字还有乌树、夜合槐、马缨花、绒花树、乌绒树、夜关门等。

每年夏秋季节,将合欢树枝的皮剥下,晒干,就是合欢皮药材。干燥的树皮呈筒状或半筒状,长达30厘米以上,厚1~2毫米,外表面粗糙,灰绿色或灰褐色,散布横的细裂纹,稍有纵皱纹;内表面淡棕色或淡黄色,有细密纵纹。质硬而脆,断面淡黄色,纤维状。气微香,味淡。以皮薄均匀、嫩而光润者为佳。

按中医学理论,合欢皮性平味甘,归入心、肝经,主要功用是解郁、和血、宁心、消痈肿。可以治疗心神不安、忧郁失眠、肺痈、痈肿、筋骨折伤等症。

现代药理研究指出,合欢皮含有收缩子宫的成分,叫做"合欢缩宫素"。同种植物在东非曾用于引产或流产。动物实验指出,合欢缩宫素对豚鼠或人的子宫处于安静时,可引起收缩;而在子宫有自发活动时,则可增进其收缩力或收缩频率。

药材合欢花有合欢花和合欢米之分。每年 6 月,在花儿未开时采的花蕾,叫做合欢米,而采摘开放的花就是合欢花。药材合欢米是干燥的花蕾,青绿色,不分瓣。而合欢花的干燥花序呈团块状,犹如棉絮,小花长 0.8～1 厘米,弯曲,淡黄褐色或绿黄色。雄蕊多数,花丝细长,伸出花冠外,交织紊乱,易断,微香。

合欢花性平味甘,归入心、脾经。主要作用是舒郁、理气、安神、活络。可以治疗郁结胸闷、失眠、健忘、风火眼疾、视物不清、咽痛、痈肿以及跌打损伤疼痛等症。江西《中草药学》记载它的功效有:"解郁安神,和络止痛。"对于肝郁胸闷、忧而不乐、健忘失眠具有较好的效果。

合欢酒的历史

据元代龙辅的《女红余志》记载,唐代贞元进士杜羔,曾因父死母离而"忧号终日",为解其忧,"杜羔妻赵氏,每岁端午,取夜合置枕中,羔稍不乐,辄取少许入酒,令婢送饮,便觉欢然。当时,妇人争效之"。这应该是有理论根据的,请看《神农本草经》的记载:合欢花"安五脏,和心志,令人欢乐无忧"。

到了明代,就有人用合欢枝酿酒。明代医药学家李时珍在《本草纲目》中详细介绍了合欢枝酒的酿制方法。他写道:"夜合枝、柏枝、槐枝、桑枝、石榴枝各五两,并生锉。糯米五升,黑豆五升,羌活二两,防风五钱,细曲七斤半。先以水五斗煎五枝,取二斗五升,浸米、豆蒸熟,入曲与防风、羌活如常酿酒法,封三七日,压汁,每饮五合。勿过醉致吐,常令有酒气也。"

到了清代,用合欢花叶酿酒,已成为士大夫之间的一件雅事,曾风靡一时。山西省阳城县出了一位宰相陈廷敬,他曾是康熙皇帝的老师,《康熙字典》的总阅官,历任康熙、雍正、乾隆三代皇帝的宰相,他的家乡在阳城县北留镇皇城村,他的故居现在叫"皇城相府",已经辟为游览胜地,每年吸引大批游客参观。陈廷敬有《午亭文编》存世,上有诗一首。诗的前面这样记载:"杜遇徐司寇以合欢花叶为酒示余,以方酿成,饮后胸然赋谢。"诗云:"黄落庭隅树,封题叶半新。花应知夏五,酒已作梭巡。采胜修罗法,香逾曲米春。嘉名愁顿失,况复饮吾醇。"诗中第三句下有作者自注:"花开以五月,采叶及花未开。"杜遇徐曾任礼部尚书，与曹玺、曹寅同朝为官，且曹家芷园又种有合欢树。《楝亭诗钞》卷三"晚晴述事怀芷园"有"庭柯忆马缨"诗。由这些数据可以知道，《红楼梦》中描写的饮合欢酒的细节，是真有其事，并非作者杜撰。

查曹氏的族谱，如果说曹良臣是第一代的话，那么曹雪芹是曹良臣的第14代孙。曹雪芹的父亲曹俯是13代，曹寅就是12代，是曹雪芹的爷爷；曹玺(11代)是曹寅的父亲，曹雪芹的曾祖。

在《红楼梦》38回，林黛玉吃了一点子螃蟹，觉得心口微微的疼，须得热热地吃一口烧酒，是宝玉命人将合欢花浸的酒烫一壶来。庚辰本、己卯本此处有脂批："伤哉！作者犹记矮舫前以合欢花酿酒乎？屈指二十年矣！"

现在已无人用这个方法酿酒，写出来是仅供参考。目前有更简单的白酒浸泡法。具体方法有两种。

(1) 取合欢花5朵，合欢皮30克，冰糖适量，泡于白酒500克中，1个月后即可饮用。可以通经活络，消肿止痛，适用于跌打损伤，风湿骨痛。

(2) 取合欢花50克，白酒1000克(也可以各减半)，将合欢花浸入白酒，密封储存，1个月后即可饮用。冬季饮用可以驱除体内的寒气，再加上合欢花的解郁作用，对冬季因日照少而引起的忧郁症有良好疗效。此酒宜烫热后饮用。

合欢是一个吉利的名字

合欢这个乔木很有意思，它的叶子"朝开暮合"。清晨，太阳刚刚露脸，它的羽状复叶就迎着朝阳，从闭合状态缓缓分开，去拥抱阳光，进行着光合作用，用二氧化碳和水制造养料，供应自身生长发育的需要；而到了夕阳西下，不再进行光合作用，两侧的叶片就渐渐合拢，紧紧拥抱。这很像一对情侣或夫妻，白天分别在工作，创造劳动价值，而到了晚上，该休息了，就回到家里，享受家庭的温暖。天天如此，周而复始。对于这个自然现象，人们很早就发现了，思考了。这难道不像一对情侣或夫妻吗？因此给它起了一个形象的名字——合欢。

结婚是人生的一件大事，无论是古人或今人，结婚有"合卺"之说。为什么称为"合卺"呢？《辞海》是这样解释的："古代结婚仪式之一。"也就是说，它是夫妇成婚的一种仪式。单就"卺"字来讲,是古代结婚时用的一种酒器,所以"合卺"就与酒有关系。《仪礼·士昏礼》云:"四爵合卺",注解是:"合卺,破匏也。四爵两卺凡六,为夫妇各三。酳一升曰爵。"《礼记·昏义》曰:"合卺而酳。"

孔颖达疏:"以一瓠分为二瓢谓之卺。婿之与妇各执一片以酳,故云合卺而酳"。瓠,就是民间说的"葫芦",一个葫芦锯开之后就成为两个瓢,将两个瓢合在一起,就是"合卺"。人们将结婚称为"合卺"是十分生动形象的。

现在,称结婚为"合卺"的少了,然而结婚时"喝喜酒"的风俗却流传不衰,无论城市乡村,哪怕是再偏僻的地方,结婚总是要喝喜酒的。在婚宴上,所有的宾客和亲朋好友都要喝酒,新婚夫妇更强调喝"交杯酒"。所谓"交杯酒",不是指酒的种类,而是指喝酒的方式。夫妇两个都用右手端杯,然后两人的右臂相互穿插,用自己的酒杯喝下。这就是交杯酒。只有夫妻之间才喝交杯酒,如果其他人之间喝,就贻笑大方了。有的地方还强调"合欢酒",就是取吉利的"合欢"二字。

另外,在某些地方,结婚的夜晚,夫妻要共同饮用合欢花泡的茶,也是取个吉利,以求百年好合,白头偕老。许多家庭在庭院中栽上合欢树,也是希望合家欢乐,财源广进。

祭奠晴雯用桂花酒

晴雯其人

晴雯是一个无家世可考的女孩子。她只有一个"醉泥鳅"姑表哥哥和色情狂的表嫂。在她十岁那年，被贾府大管家赖大买了做丫头，是"奴才的奴才"。赖大妈妈常常带她到贾府中来；因为贾母看了喜欢，赖大妈妈就把她"孝敬"了老太太，于是升格为"主子的奴才"了。后来晴雯又由老太太赏给了宝玉，成为怡红院第一等重要的丫头。

晴雯是金陵十二钗又副钗中的人物，是曹雪芹塑造的极为成功的艺术形象。在第8回，她受宝玉嘱咐磨墨贴字一段，就已写了她的一片娇憨天真，同时，宝玉握着她冻得僵冷的手的描写，也显示了她深得宝玉的宠爱。在"撕扇子作千金一笑"中，她纯真而高洁自尊的品性得到了充分的表现。

晴雯是大观园里第一个美丽的丫头。王熙凤曾说过："若论这些丫头，共总比起来，都没有晴雯生得好。"然而这个俏丫头，既不像鸳鸯那样谨严敦厚，又不像袭人那样谦逊平庸，而是锋芒毕露，既美又骄。她不学袭人那样顺应环境、控制宝玉；又不屑于像小红那样奔走钻营，不遗余力。

在众小姐们当中，林黛玉最有骨气；在众丫鬟们当中，晴雯最有骨气。晴雯的身份是孤儿、是丫鬟，然而她虽身居奴才的地位，却坚决反对奴才

撕扇
作千金一笑

们献媚主子，反对出卖自己的灵魂。这种"反奴性"是难能可贵的。

在宝玉的生命旅途中，志同道合的伴侣当然是黛玉，除她之外，宝玉最可信赖的人就是晴雯了。宝玉尽管重视宝钗之才，羡慕宝钗之貌，然而对宝钗是疏远。宝玉尽管享受袭人的服侍，承认袭人的尽心，然而对袭人却是憎厌和疑忌。而对晴雯则是视为知己。当宝玉挨打之后，急需有人去黛玉处通报消息，而这一使者，非晴雯莫属。这就充分说明晴雯在宝玉心中的地位。

"霁月难逢，彩云易散。心比天高，身为下贱。风流灵巧招人怨。寿夭多因诽谤生，多情公子空牵念。"

晴雯死了，宝玉在怡红院中完全陷入举目无亲之苦。宝玉眼睁睁看着晴雯孤立无援，含冤就死，使他深刻地认识到这个家庭、这个世界是多么残忍、阴险、可怕、可恨。在万般无奈当中，宝玉把自己的痛忿和幻想写进了《芙蓉诔》中，去祭奠晴雯。

祭奠晴雯用桂醑

《红楼梦》第78回《痴公子杜撰芙蓉诔》，写宝玉回至园中，猛见池上芙蓉，想起小丫鬟说晴雯做了芙蓉之神，不觉又喜欢起来。乃看着芙蓉，嗟叹了一会。忽又想起，晴雯死后，并未至灵前一祭，如今何不在芙蓉前一祭，岂不尽了礼？于是写了洋洋洒洒的一篇《芙蓉女儿诔》。

维太平不易之元，蓉桂竞芳之月，无可奈何之日，怡红院浊玉，谨以群花之蕊，冰鲛之縠，沁芳之泉，枫露之茗，四者虽微，聊以达诚申信，乃致祭于白帝宫中抚司秋艳芙蓉女儿之前曰：

……借葳蕤而成坛畤兮，檠莲焰以烛兰膏耶？文瓠瓟以为觯斝兮，漉醽醁以浮桂醑耶？……

这里说的"桂醑"，就是桂花酒。贾宝玉是用桂花酒来祭奠晴雯的。

宝玉的这篇诔文，以炽热的感情，丰富而奇特的想象，生动而形象的比喻，赞颂了这位具有反抗精神和高洁品格的女奴，对她的悲惨遭遇和不幸命运，寄予了深切的同情。这篇诔文长达1000多字，在《红楼梦》所有诗词曲赋中是最长、最精彩的一篇韵文。其爱憎之鲜明，想象之富丽，词语之优美，文势之酣畅淋漓，都极为罕见，堪称古今诔文中之绝唱。林黛玉听了之后，赞赏道:"好新奇的祭文！可与《曹娥碑》并传了。"这个评价是相当高的。曹娥碑在历史上很有名,上面雕刻的诔文是祭文的典范。

曹娥是一位东汉时期的孝女,会稽上虞(今浙江东北)人。相传其父于五月五日迎神溺死于江中,尸骸流失。曹娥沿江号哭十七昼夜,投江而死。上虞县长官度尚悲悯其义,为其立碑纪念,并命其弟子作诔词刻于碑上,世名《曹娥碑》。东汉文学家蔡邕称赞碑文为"绝妙好辞"。《芙蓉女儿诔》这篇诔文,完全可以与《曹娥碑》上的诔文媲美。

桂花八月飘香来

桂花是我国的特产,树冠圆整,叶大浓绿,四季长青,亭亭玉立,为我国传统的园林花木。每当八月仲秋,天高云淡,秋风送爽,桂花也绽开那玲珑的花朵,昂首开放了。有的灿如黄金,香气馥郁,名叫金桂;有的花色淡黄,香气清雅,名叫银桂;还有的橙红夺目,香气较淡,名叫丹桂;此外还有经常开放的四季桂。

在祖国的南北各地,有许多有名的桂花品种。如成都的月叶桂、雄黄桂;武汉的柳叶苏桂、大叶丹桂;苏杭一带的造黄桂、寒露桂;至于广西的桂林,更是桂树成林。你看那桂林公园,远远望去,树上挂着黄色的桂花,犹如一串串宝玉;那白色的银桂,又好似晶莹的珍珠。在绿叶的衬托下,桂花越发显得雅致。一片桂林,犹如一块巨大的翡翠,桂花就是镶嵌在翡翠上的宝石,真乃"丹葩间绿叶,锦绣相重迭";"叶密千层绿,花开万点黄"。一阵微风拂过,桂花轻轻晃动,放出阵阵清香,天香入骨,沁人心脾。这正如诗人所吟咏的,"清风一日来天阙,世上龙涎不敢香"。

桂花为木樨科常绿草本植物,在我国有悠久的栽培史。远在《楚辞·九歌》中,就有"奠桂酒兮椒浆"的诗句,说明在春秋时期,人们就已经用桂花来酿酒了。桂花还可以提取香精,又可作糕点、蜜饯、月饼、元宵的配料。此外还是一味良好的中药。在农历八月开放时采收,阴干,拣去杂质,密闭储藏,防止失去香气及受潮发霉。

桂花蒸馏得到的液体叫桂花露,具有美容、食用和药用价值。桂花还能作酿酒的原料,用它酿制的酒,当酒瓶的盖子一揭开,浓烈的桂花香扑鼻而来,直捣心脾,不一会儿,满屋子都充满了桂花香,令人陶醉。

桂花酒的历史和传说

桂花酒是用桂花酿制的酒,属于花卉酒之一,在我国有悠久的历史。

如上所述,《楚辞》中有"奠桂酒兮椒浆"的记载,说明远在 2300 年前的战国时代,已酿有"桂酒"。当然,那时侯的酒是粗制的露酒。汉代郭宪的《别国洞冥记》中,也有"桂醪"及"黄桂之酒"的记载。唐代酿桂酒较为流行,有些文人也善酿此酒。宋代叶梦得在《避暑录话》中记载:"刘禹锡传信方有桂浆法,善造者暑月极美。凡酒用药,未有不夺其味,沉桂之烈,楚人所谓桂酒椒浆者,要知其为美酒。"在金代,北京在酿制"百花露名酒"中就酿制有桂花酒。在清代,"桂花东酒"是京师传统的节令酒,也是宫廷御酒,为中秋节必饮之酒。文献记载:"于八月桂花飘香季节,精选待放之花朵,酿成酒,入坛密封三年,始成佳酿,酒香甜醇厚,有开胃、怡神之功……"。在中国大地,至今还有中秋节饮桂花陈酒的习惯。

关于桂花酒的来历,还有一个美丽的传说。传说两英山下住着一个卖山葡萄酒的寡妇,为人善良豪爽,她酿制的酒口味甘甜,人们都尊称她为"仙酒娘子"。一年冬季的早上,天寒地冻,仙酒娘子一开门,发现门前躺着一个衣不遮体、骨瘦如柴的男乞丐。酒仙娘子摸摸他的鼻口,还有点气息,就把他背到了家里。先给他灌了碗热汤,又让他喝了半碗酒,那乞丐渐渐苏醒过来,连忙向她道谢,"多谢娘子救命之恩,你看我全身瘫痪,行动不便,能不能多收留我几日,不然我出去不是冻死就是饿死了"。仙酒娘子为难,"寡妇门前是非多",家里住个男人,邻里一定会说闲话的,但看他可怜就同意留他多住几日。

没过几天,对仙酒娘子的议论果然多了起来,大家渐渐疏远了她,买酒的人也越来越少。仙酒娘子的日子就艰难了,但她还是尽心地照顾乞丐。

再到后来，没有人来买酒了，他俩的生活无以为计，乞丐看到此景，实在过意不去，就偷偷地走了。仙酒娘子对这个残疾人放心不下，就急忙出门寻找。在半路上遇到一个老头，肩上挑了一担柴，吃力地走着，忽然，老人摔倒在地，柴也散了。仙酒娘子急忙走过去，见老人气息奄奄，嘴里喊着："水，水……"仙酒娘子看看周围，前不临村，后不着店，哪里有水？于是就毅然咬破自己的手指，正要把鲜血滴进老人嘴里，老人忽然不见了。一阵微风，天上飞来一个黄布袋，袋中有许多小黄纸包，另有一张黄纸条，上面写着：

> 月宫赐桂子，奖赏善人家。福高桂树碧，寿高满树花。
>
> 采花酿桂酒，先送爹和妈。吴刚助善者，降灾奸诈滑。

这时仙酒娘子明白了，原来那两个人都是吴刚变的。她欣喜地把这些桂花的种子分给大家，善良的人埋下种子，很快长出桂树，开满桂花。而奸诈的人种下桂花种子，却不发芽。因此人们认为，桂花象征着富贵吉祥，而且能够分辨善恶。

当代桂花酒

桂林市盛产桂花，其实，桂林名字的来源就是那里有众多的桂树林。有了这丰富的资源，所以桂林市就生产桂花酒。目前他们生产的桂花酒有两个牌号：桂林牌和吴刚牌。桂林牌桂花酒，属于花、果配制甜型低酒度露酒，以当地桂花、山葡萄为原料，经浸泡、蒸馏、调整、陈酿、过滤而成，酒度15～20度。色泽浅黄，桂花清香突出，并带有山葡萄的特有醇香，酸甜适口，醇厚柔和，余香长久。吴刚牌桂花酒，以优质大米和鲜桂花为原料，采用双蒸复酿工艺精制而成。酒质清澈透亮，口感醇和爽净，既有桂花酒的特色，又有桂花的芳香，回味悠长，酒度有38度和50度两种。

北京葡萄酒厂的专家们，深入发掘传统酿造秘方，采用传统技术和现代酿造技术相结合的方法，创制出了"北京桂花陈酒"。这是一种加香葡萄酒，采用储存多年的白葡萄酒作为酒基，选用苏杭一带名产金桂为香料，精心提炼，科学配制，成为一种香甜、浓郁的美酒。该酒色泽金黄，晶莹透明，有奇特的桂花香和酒香，味感醇厚，沁人心脾，酸甜适口，酒度为15度，先后多次被评为国家优质酒，而且畅销海内外。

再要一提的是桂花稠酒，那是陕西生产的，主要原料有优质江米、桂花、糖精等。一般酒澄清，此酒却黏稠；一般酒辛辣，此酒却绵甜；不仅适合于男人、成人，而且适合于老人、儿童和女人，还具有健胃、活血、止渴、润肺的作用。相传"李白斗酒诗百篇"，其中就有这种桂花稠酒。故历来文人墨客去到长安，专饮桂花稠酒。

祭奠晴雯用桂花酒

林黛玉诗中的金谷酒

林黛玉的五言律诗

《红楼梦》第18回《皇恩重元妃省父母，天伦乐宝玉呈才藻》，写的是贾元春晋升贤德妃之后，于次年正月十五元宵佳节省亲。曹雪芹在书中写尽了贾府的烈火烹油、鲜花着锦之盛，可以说是贾府兴盛的顶点。

贾元春将其新园命名为大观园之后，又题了对联，并将各个馆所一一命名。然后命众妹妹"各题一匾一诗，随意发挥，不可为我微才所缚"。

于是迎春、探春、惜春、李纨、宝钗、黛玉各写一首，有七言绝句、七言律诗，林黛玉题的匾额是"世外桃源"，写的五言律诗是：

名园筑何处，仙境别红尘。借得山川秀，添来景物新。

香融金谷酒，花媚玉堂人。何幸邀恩宠，宫车过往频。

元妃看毕，称赞不已，又笑道："终是薛林二妹之作与众不同，非愚姊妹所及。"原来林黛玉对自己的诗才十分自信，安心在今夜大展奇才，将众人压倒。不想元春只命一匾一咏，倒不好违谕多作，只胡乱做了一首五言律诗应命罢了。这胡乱作的诗竟使元妃称赞不已。

林黛玉天资聪颖，博学多才，清高孤傲，不同流俗，极富诗人气质。她信手拈来的这首"胡乱"之作，已经显示出她出类拔萃的才华。不仅清新明快，自然和谐，而且对仗工整，用典贴切。前半首写大观园的秀色犹如仙境，与红尘隔绝。然后就用了"金谷酒"这个典故。现在我们就谈谈"香融金谷酒"。

试析"香融金谷酒"

"香融金谷酒"，先说香。香是酒的特点，称为"酒香"，但细细地分，香气又有很大的区别。品酒师将酒的香型分为酱香、清香、浓香、米香、药香等。

我们的国酒茅台酒就是酱香型的。香气柔和幽雅，郁而不猛，香气悠久，饮后空杯还留香不绝。喝了之后则醇香馥郁，回味悠长，余香绵绵，虽为53度的高度酒，却无强烈的刺激性。另外，郎酒、武陵酒、迎春酒等，也属于酱香型酒。

　　汾酒属于清香型酒。汾酒起源于唐代以前的黄酒，后来发展成白酒——蒸馏酒，其酒液清澈透明，清香馥郁，入口香绵、甜润、醇厚、爽冽，使人心旷神怡。清香型的酒还有西凤酒、宝丰酒、六曲香酒等。

　　五粮液属于浓香酒。有人写诗赞曰："五粮精液气喷香，浓郁悠久世无双。香醇甜净四美备，风格独特不寻常。"它汲取五谷之精英，蕴积而成酒液。其喷香、醇厚、味甜、干净之特质，融为一体，可谓是巧夺天工。浓香型的酒还有剑南春、古井贡酒、洋河大曲、泸州老窖、全兴大曲等。

　　桂林三花酒属于米香型酒。它晶莹透明，蜜香清雅，入口香醇，清冽甘爽，饮后满口留香。米香型的酒还有全州湘山酒、长乐酒等。

　　若在酒中浸泡某些中药，则又出现了酒的药香。加入药的种类不同，则药香又有较大的区别。

　　专家学者在近期研究了酒香的来源，认为有酒香的是好酒。一般的烧酒是酵母、真菌两种微生物活动的结果，基本没有酒香。而优质酒是酵母、真菌、细菌3种微生物的产物。酿酒用的曲子是酵母菌、真菌的发源地。而名酒发酵窖的窖泥是细菌的大本营，这些细菌已证实是梭状芽孢杆菌。

　　名酒的发酵池，既缺乏空气，又富有营养，是梭状芽孢杆菌最适宜的生活环境，它们吃了糖产生的不是酒，而是有恶臭的有机酸。窖龄越长，细菌繁殖越多，天长日久，窖泥变得乌黑发臭。在名酒漫长的发酵过程中，酸和酒在酯化酶的催化下，形成了各种酯。如己酸乙酯、丁酸乙酯、醋酸乙酯等，种类很多。酯是一些香喷喷的有机物质，于是，臭味的酸就变成了香味的

皇恩重元妃省父母

酯。这就是陈年名酒味纯又香的原因。

上面说过,世上的名酒有各种不同的香型,那是由于各种"酯"的组成和比例不同所致。不管哪种香型,都统属于酒香。这是诗中"香融金谷酒"的香字。

融,即融入的意思,也就是混合着酒。其实,一种好酒,香和酒是融为一体的,香就是酒本身产生的,这香不是花香,而是醇香,是酒本身的特征之一。那么,什么是金谷酒呢?我们就谈谈金谷酒的来历。

金谷酒的来历

要说金谷酒,得先说金谷园。金谷园是西晋石崇的别墅,遗址在今洛阳老城东北7里处的金谷洞内,因金谷水灌注园中而得名。

《古今地名大辞典》又说了金谷水:"金谷水出太白原,东南流历金谷,谓之金谷水。"石崇就在金谷水两岸建起了金谷园。

石崇是西晋有名的大富翁,原系世家子弟,承祖先余荫,曾任荆州刺史,高官厚禄,巧取豪夺,贪赃枉法,积累财富,以至金银如山,珍宝无数。同时期还有一个王恺,是当时晋武帝的舅父,也是一个大富翁。史书记载,二人曾经比富。王恺用麦糖水洗锅,石崇就用蜡烛当柴烧;王恺用紫丝布做成40里的布幛,石崇就用五彩锦缎做布幛,长达50里;王恺用赤石脂涂墙,石崇就用香料涂墙。晋武帝为了使舅父比赛得胜,便赏给王恺二尺多高的珊瑚;石崇见了,便用铁如意把它打碎,接着拿出了三四尺高的珊瑚让他挑选。

石崇还在洛阳城东修建了金谷别墅,即"金谷园"。金谷园随地势高低筑台凿池,修园建馆,周围几十里内,亭台楼阁,错落有致,金谷水蜿蜒穿流其间,水声潺潺;两岸丛林茂竹,鲜花青草,鸟语花香,真乃人间仙景。著名旅行家郦道元在《水经注》中写道:"清泉茂树,众果竹柏,药草蔽翳。"园内屋宇金碧辉煌,宛若皇宫,奇珍异宝,应有尽有,如珍珠、玛瑙、琥珀、犀角、珊瑚……晚年的石崇也附庸风雅,结诗社24人,史称"金谷二十四友",朝夕游于园中,饮酒赋诗。人们把"金谷春晴"作为洛阳八大景之一。

金谷园内建有华丽的"崇绮楼",石崇的爱妓绿珠就住在那里。绿珠是广西合浦的采珠女,有天姿国色,生得珠圆玉润,妩媚动人;又聪颖慧敏,善解人意;更能曲意承欢,使石崇如痴如醉。在众多姬妾之中,石崇独崇绿珠。

绿珠的故事使后人有诸多感慨。《晋书·石崇传》是这样记载的：石崇有妓曰绿珠，美而艳。孙秀使人求之，不得，矫诏收崇。崇正宴于楼上，谓绿珠曰"我今为尔得罪"。绿珠泣曰："当效死于君前。"于是跳楼而死。

原来是孙秀看中绿珠，求之不得，"八王之乱"时，孙秀当时手握军权，便带兵到金谷园收捕石崇，逼取绿珠，绿珠跳楼。一代美人就这样香消玉殒了。

唐代诗人杜牧曾写诗感叹此事，他的《金谷园》写道："繁华事散逐香尘，流水无情草自春。日暮东风怨啼鸟，落花犹似坠楼人。"

第一句写金谷园昔日的繁华，今已不见；第二句写人事虽非，但风景仍然不殊；三、四句即景生情，听到啼鸟声声似在哀怨，看到落花满地，就想起当年坠楼自尽的绿珠。全诗句句写景，层层深入，景中有人，景中寓情，感慨万千，凄切哀婉。

另一诗人周游则有另外的看法，他在《洛阳忆旧之四》写道："莫悲金谷园中月，莫叹天津桥上春；若学多情寻往事，人间何处不伤神。"倒很明白、超脱。

林黛玉写这首诗的意义

这首诗实际是一首"应制诗"，是应元妃之命而作，所以必须符合省亲这个场面。

李白在《春夜宴桃李园序》中写道："不有佳作，何伸雅怀？如诗不成，罚以金谷酒数。"相传在晋代，石崇建有诗社，经常宴宾客于金谷园中，并命赋诗，若诗写不出来，就"罚酒三斗"，相当于现在的"罚酒三杯"。在这里，黛玉借此典故说大观园"大开筵宴"的命题赋诗。

该诗的第一句是"名园筑何处"，而《红楼梦》程乙本作"宸游增悦豫"，则大大增加了"颂圣"的色彩。悦豫，是欢愉的意思。

林黛玉用"金谷酒"作典故，是暗喻贾家的富豪，像石崇家那样。而大观园又堪与金谷园相媲美。王诩是晋代征西大将军祭酒，在他回长安的时候，石崇"与众贤送往涧中，昼夜游宴，屡迁其坐，或登高临下，或列坐水滨。时琴瑟笙筑，合载车中，道路并作；及往，令与鼓吹递奏。遂各赋以叙中怀，或不能者，罚酒三斗"。这是石崇在《金谷诗序》中的句子。而大观园的今夜迎

林黛玉诗中的金谷酒

接贾妃,足可以与石崇送王诩相比。

　　林黛玉用此典故,足以说明她学识的渊博。她在此诗中写"金谷酒",是指金谷园斗酒之意,所以"金谷酒"并不是酒名。

　　后人借助金谷园的名气,以金谷涧水酿酒,取名"金谷酒",则是很晚近的事了。现代有的干脆用"金谷园"为酒厂的名字。如甘肃省五都金谷园酒厂,淮北市金谷园酒业有限公司等。据报道,甘肃陇南市金谷园酒厂,以地产大米为主要原料,生产的红酒系列,使用"红曲"酿酒技术,填补了陇南市及其周边地区无红酒生产的空白。

《红楼梦》中的菊花酒

林黛玉的菊花诗

《红楼梦》第 37 回《秋爽斋偶结海棠社,蘅芜院夜拟菊花题》,写宝钗和湘云在一起拟了 12 首"菊花诗"的题目,让大观园的诗人们作诗。这 12 个题目一并相连,很有意思。

起首是"忆菊";忆之不得,故访,第二是"访菊";访之既得,便种,第三是"种菊";种既盛开,故相对而赏,第四是"对菊";相对而兴有余,故折来供瓶而玩,第五是"供菊";既供而不吟,亦觉菊无彩色,第六便是"咏菊";既入词章,不可以不供笔墨,第七便是"画菊";既然画菊,若是默默无言,究竟不知菊有何妙处,不禁有所问,第八便是"问菊";菊若能解语,使人狂喜不禁,便越要亲近它,第九竟是"簪菊";如此人事虽尽,犹有菊之可咏者,"菊影"、"菊梦"二首,便续在第十、第十一;末卷便以"残菊"总收前题之感。于是三秋的妙景妙事都有了。宝钗和湘云计议已定,一宿无话。

次日,已经到了第 38 回《林潇湘魁夺菊花诗,薛蘅芜讽和螃蟹咏》,大观园的诗人们和贾母一块儿在藕香榭赏桂花、吃螃蟹、烫酒、写诗。蘅芜君薛宝钗写了"忆菊"、"画菊";怡红公子贾宝玉写了"访菊"、"种菊";枕霞旧友史湘云写了"对菊"、"供菊"、"菊影";蕉下客贾探春写了"簪菊"、"残菊";潇湘妃子林黛玉写了"咏菊"、"问菊"、"梦菊"。结果是"咏菊"第一,"问菊"第二,"梦菊"第三——题目新,诗也新,立意更新,所以,第一、二、三名都是林黛玉写的,所以题目叫做"林潇湘魁夺菊花诗"。

薛宝钗的螃蟹咏

可是薛宝钗的文才决不低于林黛玉,她写的《螃蟹咏》也令人拍案叫绝:

桂霭桐荫坐举觞,长安涎口盼重阳。眼前道路无经纬,皮里春秋空黑黄!

酒未涤腥还用菊,性防积冷定须姜。于今落釜成何益?月浦空余禾黍香。

首联从重阳节宴饮食蟹的场面开始,那些京城贪馋好吃之人,他们盼望重阳节,因为那时他们就可以坐在桐荫之下举杯宴饮食蟹了。

第二联就转入对贪官污吏的讽刺。写螃蟹横行,不管眼前道路是纵是横;写螃蟹肚子里塞满了黑的膏膜和黄的脂膏,揭露不法官吏像螃蟹一样恣意横行,心狠手辣。

第三联写对付螃蟹的办法。为了解除其腥气,要多喝菊花酒;为了预防多吃蟹之后腹中积冷,还要多吃生姜。菊花高洁,生姜老辣,用此比喻道德感化和法律制裁。

尾联写螃蟹常在夜间爬出来吃稻子高粱,今日落于锅中,煮为食物,而原受其害的稻粱却在月下水边散发芳香。这是嘲讽贪官污吏费尽心机毫无用处。

这首诗说明薛宝钗这位淑女,对于那些贪官污吏和政治黑暗也有一定程度的不满。

"酒未涤腥还用菊",说的就是菊花酿的酒,或者是用菊花浸的酒,都可以称为"菊花酒",总之都离不开菊花。那么我们就先谈谈菊花吧。

菊花和菊花酒

深秋,飒飒凉风使青翠欲滴的草木相继萎缩,使万紫千红的鲜花凋零败落。此时,菊花却傲然挺立,竞相开放,在严霜面前呈现出坚毅性格和高尚气节,真乃"不畏风霜向晚欺,独开众卉已凋时";"宁可抱香枝上老,不随黄叶舞西风"。

菊花是我国十大名花之一,具有悠久的栽培历史。早在公元前5世纪的《礼记》中已有"季秋之月,鞠有黄华"的记载(黄华即黄花、菊花)。菊花的色、香、姿、韵，四绝皆备，千姿百态，变化无穷。高者丈余，矮不足尺；花大者如冰盘，小者如纽扣；端庄如明月高悬，素妆如荷花婷立，矫健如惊龙腾空，飘逸如飞天起舞。除观赏外，还有珍贵的药用价值。

中医学认为，菊花性味甘、苦，归入肺、肝二经，具有疏风、清热、明目、解毒之功效，可以治疗头痛、眩晕、目赤、心胸烦热、疔疮、肿毒等症。李时珍认为，菊花"其苗可蔬，叶可啜，花可饵，根实可药，囊之可枕，酿之可饮"。

现代药理研究表明，菊花的提取物对革兰阳性菌、结核杆菌、流感病毒、皮肤真菌等都有抑制作用，还可以降低血压，扩张冠状动脉，增加冠状动脉的血流量，增强毛细血管的抵抗力。据临床报道，菊花对老年高血压、高血脂、动脉硬化都有良好的治疗效果。治疗高血压病，简便的方法是取菊花、银花各 30 克，分 4 次用滚开水冲泡，10～15 分钟后当茶饮。一般连服 1 周后，血压渐降，头晕、失眠等症状也逐渐好转。

菊花与养生长寿有密切关系。据《后汉书·郡国志》记载，南阳郦县城北八里有一条清流，清流两岸的山谷中长满了甘菊。菊花从两岸纷纷落入水中，使水甘馨无比。在这里居住的 30 户人家从不打井，饮水、洗涮均从河里打水。这些居民普遍长寿，上寿一百二三十岁，中寿百余岁，七十岁死了也算早夭。

菊花可入汤剂，可以泡茶饮，亦可制作中成药，桑菊感冒片、杞菊地黄丸都含有菊花。菊花作枕，有明目降压之功；菊花泡茶，又能消暑止渴，清热解毒，清肝明目。另外，菊花还可以入馔，如常见的菊花糕、菊花糯米粥、菊花粳米粥、菊花火锅、菊花猪肝瘦肉汤、菊花炒鱼片等。

菊花还可以用来酿酒，也可以用菊花和白酒浸泡成菊花酒。浙江的杭菊，河南的怀菊，安徽的滁菊和亳菊，皆为道地药材，也是酿酒的优良原料。酿酒时以花朵完整、颜色鲜艳、气味清香、无杂质者为佳。在现代，许多养生酒或延年益寿酒，都含有菊花。

菊花酿酒有悠久的历史

晋代医学家葛洪在《西京杂记》中写道："九月九日，佩茱萸，食蓬饵，饮菊花酒，令人长寿。菊花舒时，并采茎叶，杂黍米酿之，至来年九月九日始熟，就饮焉，故谓之菊花酒。"

关于菊花酒的具体制法,宋代朱肱在《北山酒经》中写道:"菊花酒:九月取菊花曝干,揉碎入米中,蒸令熟,酿酒如地黄酒法。"

明代高濂在《遵生八笺》中也讲了一种酿制法:"十月采甘菊花,去蒂,只去花二斤,择净入醅内,搅匀。次早榨,则味香清冽。凡一切有香之花,如桂花、兰花、蔷薇皆可仿此为之。"

还有一种酿酒方法是用菊花煎汁为原料。李时珍在《本草纲目》中写道:"菊花酒治头风,明耳目,去痿痹,消百病。用甘菊花煎汁,同曲、米酿酒。"

以上都是用菊花酿酒,还有一种方法不是酿酒,而是熏酒。

元代无名氏《居家必用事类全集》记载了熏酒:"以九月菊花盛开时,拣黄菊嗅之香、尝之甘者摘下,晒干。每清酒一斗,用菊花头二两,生绢袋盛之,悬于酒面上,约离一指高,密封瓶口。经宿,去花袋。其味有菊花香,又甘美。如木香、腊梅花、一切有香之花,依此法为之。盖酒性与茶性同,能逐诸香而自变。"注意这种酒不是酿制酒,也不是浸泡酒,而是另外一种制法——熏酒。

在现代,药酒制作的方法,见"谈谈药酒"这一节。

菊花酒的作用和种类

菊花酒是药酒的一种。药酒是中国医药学宝库中的一颗璀璨明珠,也是中医药防病治病的一种独特疗法,具有制作简单、使用方便、见效快速等特点,因此受到人们的欢迎。

药酒既有酒本身的作用,又有药物的作用。

酒为水谷之气,味辛、甘,性热,入心、肝经,具有畅通血脉、活血化瘀、祛风散寒、消冷积、养脾气、促消化、润皮肤的功能。适量饮用,可强心提神,助气健胃,消除疲劳,增强精神。至于药物的作用,则不同的药物具有不同的药理作用。具体到菊花酒,主要是保健养生,也多用于眼科治疗眼病。

菊花制作的保健养生酒的原料和作用如下:

(1)菊花酒:原料有菊花、枸杞子、巴戟天、肉苁蓉、白酒等。主要作用是调元气,明耳目,强壮身体。适用于元气不足而致的耳鸣眩晕、性欲低下、筋骨酸痛、四肢无力等。

（2）菊花延年酒：原料有菊花、生地、枸杞子、白酒等。主要作用是强壮筋骨，补益精髓，适用于筋骨羸弱、肾虚早衰等。

（3）苍耳延龄酒：原料有苍耳子、杏仁、甘菊花、天门冬、牛膝根、大麻子、生地、松叶、丹参、枸杞根、糯米、酒曲等。主要作用是强身健体，预防疾病。

（4）枸杞菊花酒：菊花、枸杞子、麦冬、酒曲、糯米等。主要作用是滋肾益精，养肝明目，止泪。适用于腰背疼痛、阳痿遗精、视物模糊、迎风流泪等。

（5）归菊神仙酒：原料有当归、菊花、生地、牛膝、红糖、陈醋、烧酒等。主要作用是益精血，明耳目，适用于阴血不足、诸虚百损。

（6）杞地菊花酒：原料有菊花、枸杞子、生地黄、粳米、当归、酒曲等。主要作用是滋肾益精，养肝明目，适用于腰膝酸软、精神委靡、阳痿不举、梦泄遗精等。

（7）枸菊地冬酒：主要原料有菊花、枸杞子、生地、麦冬、冰糖、白酒等。主要作用是滋阴补肾。可以治疗头目眩晕、养肝明目、视力减退、视物模糊等。

眼科也常用菊花酒防治疾病。

（1）菊花煮酒：菊花9克，糯米酒适量。将菊花洗净，撕碎，与糯米酒一同放入沙锅中，边加热边搅拌至煮沸，滤去菊花，取酒汁饮服。每次煮酒为一次量，顿服。主要作用是清肝明目。适用于治疗肝火上炎所致的青光眼，也可以用于其他风热眼疾。

（2）菊花明目酒：原料有菊花、枸杞子、当归、熟地黄、白酒等。主要作用是清头明目，养血柔肝。适用于阴血不足、肝脉失养所致的头晕目眩、视物昏花、身体疲倦等。

（3）枸杞明目酒：原料有菊花、枸杞子、白酒。主要作用是滋补肝肾，清热明目，适用于目眩、目昏多泪、视力障碍等。注意忌食辛辣之物。

（4）平补酒：原料有菊花、枸杞子、生地、天门冬、冰糖、白酒等。主要作用是滋补肝肾，明目止泪。适用于肝肾阴虚、腰膝酸软、视物不清、头晕耳鸣、迎风流泪等。

贾芹喝的果子酒

贾芹其人

贾芹是贾府草字辈远房子孙，人称"三房里的老四"。贾芹首次出现于《红楼梦》第13回《秦可卿死封龙禁尉，王熙凤协理宁国府》，在办理秦可卿的丧事时，来了一大群"代"字辈、"文"字辈和"草"字辈的人。其中"草"字辈的人有14人，贾芹就是这14人之一。仅仅提了一下名字，没有别的内容。

到了第23回，贾元春省亲之后，大观园的许多事都要办理：贾政命人选拔精工，在大观园磨石刻字，由贾珍率领贾蓉、贾蔷、贾菱、贾萍等监工。贾蔷管理十二个女戏子并行头之事。还有一桩事——12个小尼姑（女沙弥）和12个小道姑（女道士），要挪出大观园，分发到家庙去住。正在这时，贾芹的母亲杨氏找王熙凤，要谋一个差事，也好弄些银钱使用。凤姐因见他素日嘴头儿乖滑，便依允了，并征得了王夫人和贾政的同意。于是贾芹领着每月100两银子的供给，领着24个人，到家庙去上任去了。以后他就是家庙的主管，有钱又有权。

在第53回《宁国府除夕祭宗祠》，贾家的规矩是让本家的穷子弟们来领取年货，这时贾芹也来领东西了。贾珍问他："你做什么也来了？……我这东西，原是给你那些闲着无事没进益的叔叔兄弟们的，那二年你闲着，我也给过你的。你如今在那府里管事，家庙里管和尚道士们，一月又有你的分例外，这些和尚的分例银钱都从你手里过，你还来取这个来！也太贪了！"说的贾芹灰溜溜的走了。

贾珍很清楚，贾芹在家庙，自然是爷了，没人敢违抗他，他手里又有了钱，离贾府又远，就为王称霸起来，夜夜招聚匪类赌钱，还养小老婆。

到了第93回，贾芹搞得更不像话了，那就是"水月庵掀翻风月案"。

水月庵掀翻风月案

一日早晨，贾府门上贴了一张白纸，上面写着："西贝草斤"年纪轻，水月庵里管尼僧。一个男人多少女，窝娼聚赌是陶情。不肖子弟来办事，荣国府里好名声。贾政知道后，气得头昏目眩。

水月庵有不少小女尼、女道士，后来那些女孩渐渐长大了，有些知觉。而贾芹是一个风流人物，屡屡招惹她们。小沙弥有个名叫沁香的，女道士中有个叫鹤仙的，长的甚为妖娆，贾芹便和她俩勾搭上了。

正当十月中旬，贾芹给庵中那些人领了月例银子，便想起法儿来，告诉众人道："我为你们领月钱，不能进城，只得在这里歇着。怪冷的，怎么样？我今儿带了些果子酒，大家吃着乐一夜，好不好？"那些女孩子都高兴。贾芹喝了几杯，还要行酒令。本庵的女尼道："这天刚过晌午，混嚷混喝的不像，且先喝几盅，爱散的先散去。谁爱陪芹大爷的，回来晚上尽子喝去，我也不管。"

曹雪芹在《红楼梦》中说到了两种"淫"，一种是"意淫"，这是贾宝玉所独有的。"意淫"是对娇美女性的高度赞誉和尊重，对她们的感情投入是认真的，没有半点玩弄的意思。另一种是"皮肤滥淫"，只注重皮肤感官刺激，无爱可言，无情可倚，将女性作为玩弄和泄欲的对象，像贾赦、贾珍、贾琏、贾蓉、贾芹之流，皆属此类；女性中的多姑娘、鲍二媳妇、夏金桂等，也属此类。

贾芹在水月庵，喝酒行令、喝的酒就是"果子酒"。

谈谈果子酒

果子酒简称果酒，可以说是第一代的饮料酒。我国古代书籍中，有不少

秦正府窐
鐽會寶國

贾芹喝的果子酒

水果自然发酵成酒的记载。如宋代周密在《癸辛杂识》中,曾记载山梨被人们储藏在陶缸中后,竟变成了清香扑鼻的梨酒。元代元好问在《蒲桃酒赋》的序言中也记载:某山民因避难山中,堆积在缸中的蒲桃(古代称葡萄为蒲桃)变成了芳香醇美的葡萄酒。古代史籍中还有所谓"猿酒"的记载,当然这种猿酒不是猿猴有意识酿造的酒,而是猿猴采集水果自然发酵所生成的酒。

果酒是以各种果品和野生果实,如葡萄、梨、橘子、荔枝、甘蔗、山楂、杨梅等为原料,采用发酵酿制法生产出来的低度饮料酒。

果子酒可分为发酵果酒和蒸馏果酒两大类。果酒的历史在人类酿酒史中最为悠久,史籍中就记载有"猿猴酿酒"的传说,但那只是依靠自然发酵形成的果酒;而人工发酵酿制果酒的历史则要晚得多,一般认为是在汉代葡萄从西域传入后才出现的。

唐宋时期葡萄酿酒在我国已比较盛行,此外还出现了椰子酒、黄柑酒、橘酒、枣酒、石榴酒、蜜酒等。

葡萄酒是果酒,而且是具有代表性的果酒。但葡萄酒产量巨大,影响甚广,已经成为主要酒类之一,所以从果酒中分离出来,特称为葡萄酒。目前在商品分类中,酒类共分为7种:白酒、啤酒、黄酒、葡萄酒、果酒、露酒、药酒等。按这样的分类法,果酒是指除葡萄酒之外的其他果酒。果酒的产量比葡萄酒要少得多,但种类不少。

果酒一般都以果实名称命名,其酿制方法与葡萄酒基本相似,根据各地生产的水果不同及消费者的习惯进行配制,具有不同的独特的风味。

我国的果酒均属于甜酒型,市场上常见的有山楂酒、橘子酒、越橘酒、苹果酒、海棠酒、猕猴桃酒、紫梅酒、草莓酒、杨梅酒、刺梨酒、玫瑰酒、青梅酒、桑椹酒、枸杞酒、香蕉酒、芒果酒等。

在日本,几乎所有的水果都可以被制成果酒。营养学家指出,与白酒、啤酒相比,果酒的营养价值更高,对健康的好处也更胜一筹。每年一到初夏,日本的超级市场门口就会摆满了大玻璃瓶子、冰糖以及烧酒、醋等,这些都是制作果酒的工具及原料,顾客买回去,加上水果,就可以按照一定的比例自己调配果酒了。果酒调好后放进玻璃瓶储藏起来,夏末秋初时,启瓶尝果酒成了全家人都期待的一件事。

果酒中虽然含有酒精,但含量与白酒、啤酒和葡萄酒比起来非常低,一般为5～10度,最高的也只有14度。因此,被很多日本成年人当作饭后或睡前的软饮料来喝。

日本弘前大学农学生命科学部的长田教授指出，果酒简单来说就是汲取了水果中的全部营养而做成的酒，其中含有丰富的维生素和人体所需的氨基酸。有时候即使生吃水果也不能吸收的营养，通过果酒却可以吸收，因为营养成分已经完全溶解在果酒里了。长田教授说，果酒里含有大量的多酚，可以起到抑制脂肪在人体中堆积的作用，使人不容易积累脂肪和赘肉。此外，与其他酒类相比，果酒对于护理心脏、调节女性情绪的作用更明显一些。

目前我国有几十家果酒生产企业，大多是以本地水果酿造特色果酒。如江浙的桑椹酒，两广的荔枝酒，新疆的石榴酒，以及华北的苹果酒、杏酒、梨酒等。经过长期的发展，果酒产业已经初具规模，由传统的家庭作坊生产逐渐发展成为大规模的机器生产。果酒产业在具有规模优势的同时，开始走向市场。

推荐几种果酒

1. 草莓酒

草莓果肉柔软多汁，无皮无核，味酸甜爽口，有特别的风味和浓郁的芳香味，是一种营养价值高，且为人们喜爱的低糖、低热量浆果。

草莓酒的营养成分有：蛋白质、果糖、蔗糖、葡萄糖、柠檬酸、苹果酸、氨基酸、胡萝卜素、膳食纤维、各种维生素及钙、磷、钾和多种微量元素等物质。这些营养对人体骨骼、皮肤和神经系统的生长发育具有良好的促进作用，西欧和日本等国将其作为老人和儿童的保健食品；台湾同胞把草莓称为"活的维生素丸"。因此，它已成为儿童、老人的最佳滋补果品。另外，草莓中所含的胡萝卜素又称维生素 A 原，在肝脏可转变成维生素 A，具有明目养肝的作用。

草莓酒所含的有机酸、纤维素和果胶，能促进胃肠蠕动，对帮助消化、解除便秘等也有较好的效果。

2. 桑椹酒

桑椹果性凉、味甘、酸，可滋阴补血，生津止渴，润肠通便，补益肝肾，安神益智，明耳目，乌头发。主治肝肾阴虚、目暗耳鸣、头晕心悸、失眠健忘、津

液不足、须发早白、血虚便秘及风湿性关节痛。这在《本草纲目》中有明确的记载。桑椹是血液的清道夫，酸酸甜甜非常美味，可当水果直接吃，也可以做果酱或酿桑椹酒、桑果汁。

桑椹果酒是一种新兴的果酒，是以极富营养价值和保健功效的桑果为原料，利用现代酿酒技术精酿而成，其营养价值远远高于葡萄酒。例如，微量元素硒，含量是葡萄酒的 12.41 倍，蛋白质为葡萄酒的 8.44 倍，赖氨酸是葡萄酒的 9.23 倍，抗氧化物质等也远远高于葡萄酒。饮用后，不但可以改善女性手脚冰冷毛病，更有补血、强身、益肝、补肾、明目等功效。早晚饮用效果更佳。

3. 猕猴桃酒

猕猴桃是美味的水果，富含维生素 C、维生素 B 族、碳水化合物、钙、铁、磷、硒等人体所需的营养和矿物质。尤其维生素 C 含量为其他水果的数倍至数十倍，故有水果之王的美誉，是被人们公认的特色水果。猕猴桃鲜果及其深加工产品，深受国内外消费者的青睐。猕猴桃果品中独特的香气成分和加工制成品中维生素 C 的高含量(据测定每升猕猴桃果酒中含有的维生素 C 达到 250～480mg)为一大特色，比葡萄酒高出数十倍。

猕猴桃是在世界消费量最大的前 26 种水果中营养最丰富最全面的水果，是公认的水果之王，又称"美容果"、"长寿果"、"奇异果"、"基维果"。猕猴桃含植物蛋白、超氧化物歧化酶（SOD），具有养颜美容、延缓衰老等功效。

猕猴桃极高的营养价值体现为"两高三多"。即高钾，每 100g 猕猴桃含钾超过 320mg，远比香蕉和橙子高；高钙，每 100g 猕猴桃含钙 58mg，高于所有水果。维生素 C，比苹果高 20～80 倍，比梨高 30～140 倍，比柑橘高 5～10 倍。多粗纤维，其含量 3 倍于芹菜，5～25 倍于谷类食物。多氨基酸，含有人体所需的 20 种氨基酸，特别是含人体需要而自身又不能够合成，从食物中摄取的 8 种必需氨基酸，具有增强人体免疫力等功能。

猕猴桃具有较高的医疗、保健作用，并具有显著的防癌、抗癌效果。猕猴桃高钾低钠,可帮助高血压患者降低血压;猕猴桃含钙高,轻松补钙最安全;多维生素 C、多粗纤维,可促进排铅,润肠通便,是理想的排毒养颜、减肥食品。

猕猴桃果酒,酒液清亮、呈浅黄天然色泽,口感醇厚柔和,果香浓郁,营养丰富,纯美质量,堪称果酒翘楚。

不同季节,酿制不同的果酒

在不同的季节,可以酿造不同的水果酒,自己酿酒,更能感受酿果酒的喜悦,品尝酒液芳香的风情,享受果香四溢的美食。

春季可酿制:梅子酒、草莓酒、桃子酒、枇杷酒、杨梅酒、桑椹酒。

夏季可酿制:樱桃酒、荔枝酒、李子酒、水蜜桃酒、葡萄酒、油桃酒、芒果酒、西瓜酒、龙眼酒、百香果酒、火龙果酒、榴莲酒、酪梨酒。

秋季可酿制:石榴酒、鸭梨酒、梨子酒、柚子酒、柿子酒、苹果酒。

冬季可酿制:葡萄柚酒、西红柿酒、奇异果酒、柳橙酒、橘子酒、金橘酒、金枣酒。

一年四季均可酿制的有:杨桃酒、番石榴酒、莲雾酒、菠萝酒、木瓜酒、香蕉酒、柠檬酒、椰子酒、莱姆酒、香瓜酒、哈密瓜酒。

家庭自制山楂酒

山楂是我国特有的果品,在我国有悠久的栽培史。现在,我国栽培的山楂有 20 多个品种,它结果早,寿命长,而且极少病虫害。山楂果又叫山里红、红果等,皮薄,红艳,果肉色白,酸中透甜,望之生津,诱人食欲。山楂含有多种营养成分,最突出的是维生素 C 和矿物质。

中医学认为,山楂能够健脾胃,消食积,行结气,散瘀血。现代药理研究证实,它还含有三萜类和黄酮类成分,能够增加冠状动脉的血流量,扩张血管,降低血压,降低血清胆固醇。所以能够防治动脉粥样硬化,进而防治多种心、脑血管疾病。最近发现,山楂对人脑中的衰老物质单胺氧化酶,具有明显的抑制作用,因此还有抗老防衰作用。

用山楂制成的山楂酒亦称红果酒,深受民间百姓的欢迎。在家庭中,可以自制山楂酒。山楂酒以山楂、白糖为主要原料,经发酵即可成酒。山楂酒色泽红艳、透明晶亮,突出红果香气,醇厚丰满、甜酸适度、柔和爽口、略有微涩,是优质配制饮料酒。酒度为13度左右,糖分25%,总酸0.85%。明代著名医学家李时珍说:"红果,酸、甘、微温。"它可"醒脾气,消肉食,破瘀血,散结,消胀,解酒,化痰,除痄积,止泻痢。"故该酒有清痰利气、消食化滞、降压活血、健胃益脾之功效。加之酒性温和,适应性强,男女均可饮用。

具体制作方法如下:

配方:新鲜山楂1000克,白糖400克。

制作方法:将山楂洗净,去核,捣碎,放入大口瓶中,加白糖拌匀,加盖,放置温处。经常搅拌,经1～2个月,发酵而成山楂酒,以纱布绞榨,去渣过滤,即成山楂酒。

功效与主治:活血,补气,健脾。此酒对补充精力、恢复疲劳、促进食欲有较显著功效。

服法:每日2次,每次1小杯。

酒 的 分 类

以上我们谈了许多酒，现在有必要系统地梳理一下，谈谈酒的分类。

根据酿造方法和酒精含量分类

酒的分类方法有多种。根据酿造方法可分为发酵原酒、蒸馏酒和配制酒。

发酵原酒是将原料经过糖化和酒精发酵后用过滤或压榨的方法，将酒和酒糟分开，如此取得的酒，就是发酵原酒。发酵原酒的酒精含量较低，一般在 20％以下，含有糖、蛋白质、氨基酸、B 族维生素等，因此具有一定营养价值。黄酒、啤酒、葡萄酒、果酒都属于发酵原酒。

发酵原酒的原料：啤酒为大麦；黄酒为大米（糯米）、玉米。而果酒的原料众多，有仁果类，如苹果、山楂；核果类，如桃、杏；柑橘类，如橘、橙；浆果类，如葡萄、猕猴桃等。在各类原料酿制的果酒中，以葡萄酒的产量最大，花色品种最多，工艺最成熟，质量也最好。所以在酒的分类中，有学者将葡萄酒从果酒中分离出来，另成一类，就叫葡萄酒，以和其他果酒区别。

蒸馏酒是将原料经过糖化和发酵后，再通过蒸馏而得的酒。蒸馏酒酒精含量高，如白酒、白兰地等，都是蒸馏酒。

蒸馏酒因其原料和具体生产工艺的不同，品种繁多，风味各异。我国的蒸馏酒称白酒或烧酒，是以粮谷、薯类、糖蜜为主要原料，在固态或液态下经糊化、糖化、发酵和蒸馏而成，乙醇含量一般在 60％以下。蒸馏酒的原料较多，有高粱、大米、玉米、小麦、甘薯、马铃薯、甜菜、糖蜜等。辅料有谷糠、稻壳、玉米芯、麸皮等。

配制酒是用食用酒精，或成品酒，按一定比例配合加入糖分、芳香原料混合储藏后，再经过过滤而制成。又叫再制酒、改制酒、露酒、色酒等。用中药材配制的又叫做药酒，如枸杞子酒、五加皮酒、蛤蚧酒等。用芳香原料配制的又叫做露酒,如青梅酒、橘子酒、玫瑰酒等。

根据酒中酒精含量的高低,又可将酒分为高度酒、中度酒和低度酒3类。

高度酒是用蒸馏方法酿造的酒,酒精含量都在 30 度以上,白酒都是高度酒,但高度的程度不同,有 60 度的白酒,也有 38 度的白酒。

中度酒的酒精度数在 20～30 度之间,如露酒和药酒。

低度酒一般在 20 度以下,如啤酒、黄酒、葡萄酒等。

按商品分类

还有一种分类方法是按商品分类,这也是全国评酒会议的分类方法,他们将酒分为白酒、黄酒、葡萄酒、果露酒、啤酒等。本文按这种分类方法进行叙述。

1. 白酒

白酒的酿制历史迟于黄酒。白酒是蒸馏酒。为了获得高精度的白酒,关键在于人们必须掌握蒸馏方法,以文物为证,1975 年,考古工作者在河北省青龙县发现了一套金代(公元 1115～1234 年)的铜制蒸酒锅,这就有力地证明,我国白酒酿制的时代,最迟也不晚于金世宗大定年间(1161～1189),至今已有 800 多年了。

白酒主要是以谷物及富含淀粉的农副产品为原料蒸馏出来的酒,酒精度一般在 30 度以上。我国大多数名酒和优质酒的生产工序,仍保留着手工操作,十分重视传统的经验,所以还可以认为它是手工艺品。不仅在国外难以仿制,即使在国内,用同样的原料、同样的方法异地生产,也生产不出原汁原味的酒来。我国不少白酒风靡世界,成为举世无双的珍品,决不是偶然的。

白酒按使用曲种、生产工艺、质量特点和香型,又可分成诸多种类。

按采用的曲的种类,可分为大曲白酒、小曲白酒、麸曲白酒等。大曲是用小麦或大麦、豌豆等原料经自然发酵制成的,由于用曲量大,耗粮多,出酒率低,因此只有酿制名酒、优质酒,才使用大曲。大曲酒中若含有较多的己酸乙酯,属于浓香型,如五粮液;而如果含有较多醋酸乙酯,则属清香型,如汾酒。

小曲白酒是用米粉和米糠加中药制成的,其香味清淡,用曲少,出酒率高,属于米香型,如三花酒。

麸曲白酒是用麸皮酒糟制成的散状曲,称为麸曲。用麸曲酿酒,节约粮食,出酒率高,生产周期短,适合于机械化生产,不过酒的风味不如大曲。

另外,按白酒生产工艺分,又可分为固态发酵白酒和液态发酵白酒。根据白酒的质量特点又可分为清香型、浓香型、酱香型、米香型以及各种兼香型,不一一叙述。

白酒经过 800 多年的演进,其产销数量已在我国饮料中占第一位,为广大人民群众所喜爱,全国各地许多地区都有白酒生产。由于我国土地辽阔,气候各异,原料丰富,工艺操作和生产设备互有差异,因而白酒品种繁多,质量风格也各有千秋。

2. 黄酒

黄酒酿制的历史最为悠久,不仅在我国,而且在全世界也是最古老的饮料酒。4000 年前,我们祖先酿制的酒就是黄酒的初产品,经过历代劳动人民的辛勤劳动,积累了丰富的经验,目前酿造已达到了很高的水平,酒质优秀、质量纯正、风味独特、口感良好,深受广大人们喜爱,在国际上也享有崇高的声誉,尤其为日本及东南亚人民所喜爱。

黄酒是以粮食谷物为原料,有一整套特定的加工酿造过程。由于原料受到酒药、曲、浆水中多种细菌、真菌、酵母菌的共同作用,就形成了一类低度的原汁酒,即压榨酒。黄酒中含有丰富而复杂的成分,主要有糖分、糊精、有机酸、氨基酸、酯类、甘油、高级醇、维生素等。所以,黄酒是一种具有营养价值的饮料。

由于各种成分的不同组合和配比,以及配合后的化学变化,这就形成了黄酒多种多样的风味。例如,同样是绍兴酒,不同的品牌则各有自己的特色:元红酒颜色朱红,带有黑枣的香甜味;加饭酒呈深黄色,有突出的芳香;

善酿酒糖分较多,酒质醇厚,口味甜美;香雪酒呈琥珀色,香气浓郁,味醇而甘美;而竹叶青则呈浅绿色,味道微苦,有特殊的清香。

不管风味是如何不同,既然是黄酒,就有黄酒的共同特点。就颜色而言,深红、浅绿、深黄、琥珀,无论颜色怎样变化,都应该有黄色的成分,或者其他颜色或多或少地掩盖了黄色。笼统地讲,绝大多数黄酒都是黄亮或黄中带红的颜色。

黄酒在酿造过程中,淀粉糖化,酒精发酵,成酸作用和成酯作用同时进行,因而糖分浓度不致过高,酒精含量可达 15%～20%。黄酒在酿造过程中,由于使用了麦曲或红曲,所以黄酒带有曲味和曲香。黄酒在储存过程中,还有"后熟"作用,所以越陈越香。黄酒在储存中产生一定的沉淀,习惯上不被看作是质量问题,而是作为老酒的象征。

3. 啤酒

啤酒酿造的历史更为悠久,约在 9000 年前,在中亚的亚述人(今叙利亚)向女神尼哈罗(Niharo)贡酒,就是用大麦酿造的酒。在 2000 年前的巴比伦汉模纳比(Hammounabi)时代已编著出《啤酒酿造法》。后来,啤酒由埃及传播到欧洲各国。我国生产啤酒在酒类中是较晚的一类。20 世纪初,才开始出现近代化的啤酒厂。

啤酒是用大麦芽和大米为主要原料,加入有特殊香味的酒花,经过糖化、前发酵、后发酵等酿造工艺过程而制成的,是含酒精量最低的酒类,酒精量一般不超过 4%。

在墨西哥召开的世界营养食品会上,规定营养食品应具备 3 个条件:即含有丰富的氨基酸,产热量大,所含营养成分绝大部分能被人体吸收和利用。啤酒完全符合这 3 个条件。

啤酒中含有 17 种氨基酸,其中 8 种氨基酸是人体所必需的。啤酒的产热量高,1000 毫升啤酒可产热 3 179 千焦(760 大卡)的热量,相当于一般活动的成年人一天所需热量的 1/3。啤酒所含的营养成分很容易被人体吸收利用,啤酒的营养特点是含有多种维生素 B 和维生素 P(烟酸)。B 族维生素具有增进食欲、帮助消化的作用;而曲克芦丁(维生素 P)则有软化血管的作用,还有助于降低血压。因此,啤酒被称为"液体面包"。

啤酒的分类方法也有多种。按麦汁浓度的不同,可分为低浓度、中浓度、高浓度 3 种。低浓度啤酒的度数为 6～8 度。这个度不是酒精度,而是糖化后的麦汁浓度,是用巴林糖度计测量的。其实酒精的含量只有 2% 左右。中浓度啤酒的麦汁浓度在 9~12 度,其中以 12 度为最普遍。酒精含量在 3.5% 左右。这是目前我国生产量最高的啤酒。高浓度啤酒的麦汁浓度在 14~20 度,而酒精含量在 4%~5%。这种啤酒生产周期长,含固形物较多,稳定性较强,适合于储存或远途销售。

根据啤酒颜色来分,又可将啤酒分为黄啤和黑啤。黄啤颜色淡黄,酒花香气突出,口味清爽,是我国啤酒生产中的主要品种;黑啤呈咖啡色,富有光泽,味道醇厚,有明显的麦芽香。

根据是否杀过菌,又可将啤酒分为鲜啤酒和熟啤酒。鲜啤酒又称生啤酒,未经过杀菌。经过冰镇后再饮用,清凉可口,是夏季畅销的消暑饮料,但稳定性差,保存时间短,在夏天不超过 3 天。熟啤酒是经过杀菌工序的啤酒,稳定性强,储存期长,一般可以保存 60 天以上,适用于远途运销。

4. 葡萄酒

葡萄酒在我国酿造的历史也很悠久。《史记》中就有我国西部地区许多地方生产葡萄并酿以为酒的记述。在西汉时,中原地区也开始种植葡萄。三国时,魏文帝曹丕对葡萄和葡萄酒作了这样的描述:"蒲桃(当时称葡萄为蒲桃)当夏末涉秋,尚有余暑,醉酒宿醒,掩露而食,甘而不饴,酸而不酢,冷而不寒,味长多汁,除烦解渴,又酿为酒,甘于曲蘖,善醉而易醒,他方之果,宁有匹之者乎?"这是曹丕在《诏群臣》中说的话,他对葡萄和葡萄酒的评价是相当高的。

在唐代,葡萄酒的酿造达到了极盛时期。唐太宗李世民曾写诗赞美葡萄酒:"千日醉不醒,十年味不散。"诗人刘禹锡写诗曰:"自言我晋人,种此如种玉,酿之成美酒,令人饮不足。"另一诗人岑参也有诗曰:"桂林蒲桃新叶蔓,武城刺蜜未可餐。"说明当时葡萄已经在南方栽培。至于王翰的《凉州词》,则更为大家所熟悉:"葡萄美酒夜光杯,欲饮琵琶马上催"。说明当时葡萄酒已经广为流传,一个出征人也可以喝上几杯葡萄酒了。

葡萄酒的分类方法很多。按色泽分类,可分为红葡萄酒、白葡萄酒。红葡萄酒是用红色或紫色葡萄为原料,为了使果皮中的葡萄色素和单宁在发酵过程中溶于酒中,采用果皮和果汁混合发酵制成。红葡萄酒颜色暗红,犹如红宝石,澄清透明,含糖量较高,口味甘美,稍带酸涩,芳香扑鼻,很受儿童和妇女的欢迎。白葡萄酒是用黄绿色葡萄或红皮白肉的葡萄酿造而成,它是将果皮和果肉分离,单独采用葡萄汁发酵而制成,酒呈浅黄色,澄清透明,含糖量较低,酸度较高,酸甜爽口,香气芬芳,口味纯正。

按糖分含量分类,可将葡萄酒分为甜葡萄酒和干葡萄酒。甜葡萄酒含糖分较多,是在葡萄酒中加入适量的糖浆而制成。根据加糖量的多少,又分为普通甜葡萄酒和特浓甜葡萄酒,普通甜葡萄酒含糖分 4%～14%,而特浓甜葡萄酒含糖量超过 14%,甜味浓郁,酒液黏稠,口感甚甜。干葡萄酒含糖量甚少,含量在 1%～4%的叫半干葡萄酒,在 1%以下的叫极干葡萄酒。另外根据色泽又可分为干红葡萄酒和干白葡萄酒。我国广大群众爱喝糖分较多的甜葡萄酒,而干葡萄酒多用于出口,或满足外宾的需要。

按加工的方法不同,又将葡萄酒分为原汁葡萄酒、半汁葡萄酒、加料葡萄酒、蒸馏葡萄酒、起泡葡萄酒等。气泡葡萄酒含有二氧化碳,开启瓶子后有大量泡沫产生,香槟酒就属于这一类。

5. 果酒和露酒

我国气候温和,水果资源丰富,我们的祖先在原始社会时期已开始有意识地用含糖水果来酿酒了。由于用谷物酿酒的工艺,已经达到了相当高的水平,后来人们着重地发展了谷物酿酒,而果酒的发展就没有受到重视。历史文献中记载的果酒名称虽然不少,但大多数是就地取材,因地制宜,此起彼落的小批量生产,未像白酒、黄酒那样在大范围内普遍酿造。现在酿制果酒的已经多了起来,酿制方法与葡萄酒基本相似,根据全国各地生产的水果不同,又根据各地消费者的习惯不同,配制了各种不同风味的果酒,命名都是根据果实的名称命名。我国的果酒均属于甜酒型,目前常见的有青梅酒、紫梅酒、杨梅酒、草莓酒、玫瑰酒、山楂酒、橘子酒、苹果酒、梨酒、海棠酒、桑椹酒、猕猴桃酒等。

露酒是我国对美酒的一种称呼,就其生产方法来说,大多数是以蒸馏酒为酒基,配以香花、果品、药材提炼的香料,以取得自然、优美、芬芳的特殊风味,有的还具有健身强体的作用。它属于配制酒的范围。

仪狄造酒的传说

《战国策》的记载

中国是世界上最早发明酒的国家之一,关于酒的记载,史不绝书,但我们的祖先中是谁最早创制了酒,这项发明的桂冠应该属于谁呢?

千百年来这个问题一直众说纷纭,莫衷一是。但最常见的说法有两种,即仪狄造酒和杜康造酒。

西晋人江统在《酒诰》中说:"酒之所兴,肇之上皇。或云仪狄,一曰杜康。"而在这两种说法中,又以杜康造酒之说流传更广,更为人们所熟知。这应该归功于曹操,他的《短歌行》:"慨当以慷,幽思难忘,何以解忧,惟有杜康。"可见,杜康因其最早造酒,早在汉代他的名字已成为酒的代名词,曹操是东汉末年人,但关于杜康造酒的记载却要早得多。秦汉时期成书的《世本》有"少康作秫酒"之说,《说文解字》中解释"少康,杜康也"。其后,历代都有杜康造酒的记载与传说。

现在我们先说仪狄造酒,再说杜康造酒。

仪狄是什么时代的人呢? 比起杜康来,古籍中的记载要一致些。例如,《世本》、《吕氏春秋》、《战国策》中都认为他是夏禹时代的人。他到底是从事什么职务的人呢? 是司酒造业的"工匠",还是夏禹手下的臣属? 他生于何地、葬于何处? 都没有确凿的史料可考。那么,他是怎样发明酿酒的呢?《战国策·魏策》中说:"昔者,帝女令仪狄作酒而美,进于禹,禹饮而甘之,遂疏仪狄,绝旨酒,曰:'后世必有以酒亡其国者'。"这一段记载,较之其他古籍中关于杜康造酒的记载业,就算详细的了。根据这段记载,情况大体是这样的:夏禹的女人,令仪狄去监造酿酒,仪狄经过一番努力,做出来的酒味道很好,于是奉献给夏禹品尝。夏禹喝了之后,觉得的确很美好。可是这位被后世人奉为"圣明之君"的夏禹,不仅没有奖励造酒有功的仪狄,反而从此疏远了他,对他不仅不再信任和重用了,反而自己从此和美酒绝了缘。还说什么:后世一定会有因为饮酒无度而误国的君王。

旨,是味道鲜美的意思。《诗经·小雅》写道:"尔酒既旨,尔肴既嘉。"引申为赞美之词。旨甘,或者甘旨,是美好的食品,多指养亲的食品。《礼记·内则》:"味爽而朝,慈以旨甘;日出而退,各从其事;日入而夕,慈以旨甘。"慈,就是进奉的意思。可见在那个时代,人们是非常孝顺的,每天早晚,都要向长辈进奉美味的食物。《红楼梦》中,儿孙们每天早晚也都要向贾母请安问好。这应该说是中华民族的优良传统。

"后世必有以酒亡其国者。"看来夏禹的担心是有道理的,也屡被历史所证明。夏桀就是一个突出的例子。夏桀是第一个纵酒亡国的天子。他曾用池子盛酒,酒糟堆积如山,喝酒时让乐队奏起靡靡之音,美女翩翩起舞,他坐在用珠宝装修的楼台之上,观看 3 000 人俯身就酒池如牛饮水般地喝酒、取乐。如此昏聩之君,焉有不亡国之理? 夏桀被商汤打败,逃到南方,不久就死去了。一代帝王就这样的亡国亡身了。

历史有惊人的相似。商王朝的最后一个帝王——殷纣王也是同样的下场。殷纣王是一个亲近女色、荒淫无耻的暴虐之君。他听信妃子妲己的谗言,采用惨无人道的酷刑,来对待给他提意见的人。他在摘星楼下挖了两个大池子,右池装满醇酒,名曰"酒海";左池以糟丘为山,插满树枝,并在其上面挂满肉片,名曰"肉林"。终日饮酒享乐,"为长夜之欢",不问朝政。这就是成语"酒池肉林"的来历(见《史记·殷本纪》)。殷纣王和一群男女,裸体在"酒池肉林"追逐嬉戏,喝酒吃肉,不分昼夜,有时甚至长达七昼夜之久。像这样的国王,不亡国才怪呢!

仪狄始作酒醪

史籍中有多处提到仪狄"作酒而美"、"始作酒醪"的记载,似乎仪狄乃制酒之始祖。这是否事实,有待于进一步考证。很多学者并不相信"仪狄始作酒醪"的说法。在古籍中也有许多否定仪狄"始作酒"的记载,有的书认为神农时代就有酒了;也有说帝尧、帝舜时就有酒了。这神农、黄帝、尧、舜都早于夏禹,可见仪狄始作酒是值得怀疑的。最初的酒绝不是有意制造,而只能是无意中发现的,如前所述,酒是粮食和果品自然发酵形成的。粮食,水果在一定温度下滋生出酵母菌，就会变馊，到一定程度，恰好就是酒味。晋朝人江统的《酒诰》指出了这个秘密，他说："有饭不尽，委余空桑；郁积成味，久蓄气芳；本出于此，不由奇方。"事实上，酿酒方法的创造发明，不可能由某一个人完成。

还有一种说法叫"仪狄作酒醪，杜康作秫酒"。这里并无时代先后之分，似乎是讲他们作的是不同的酒。"醪"，是一种糯米经过发酵而成的"醪糟儿"。性温软，其味甜，多产于江浙一带。现在的不少家庭中，仍自制醪糟儿。醪糟儿洁白细腻，稠状的糟糊可当主食，上面的清亮汁液颇近于"酒秫"，秫是高粱的别称。杜康作秫酒，指的是杜康造酒所使用的原料是高粱。如果硬要将仪狄或杜康确定为酒的创始人的话，只能说仪狄是黄酒的创始人，而杜康则是高粱酒的创始人。

那么，仪狄到底是不是酒的"始作"者呢？有的古籍中还有与《世本》相矛盾的说法。例如孔子八世孙孔鲋，说帝尧、帝舜都是饮酒量很大的君王。黄帝、尧、舜，都早于夏禹，尧、舜都善饮酒，他们饮的是谁人制造的酒呢？可见说夏禹的臣属仪狄"始作酒醪"是不大确切的。事实上用粮食酿酒是件程序、工艺都很复杂的事，单凭个人力量是难以完成的。仪狄再有能耐，首先发明造酒，似不大可能。如果说他是位善酿美酒的匠人、大师，或是监督酿酒的官员，他总结了前人的经验，完善了酿造酒的方法，终于酿出了质地优良的酒醪，这还是可能的。所以，郭沫若说，相传禹臣仪狄开始造酒，这是指比原始社会时代的酒更甘美浓烈的旨酒。这种说法似乎更可信。

《战国策》的记载给我们透露了另外的信息，即仪狄造酒也应在河洛一带。既然是"帝女命仪狄作酒"，禹的都城在阳城（今河南登封），统治中心在河洛，仪狄造酒的地方也应当在此一带，这样的推测应该是合情合理的。

与文献、传说相比，事实更有说服力。迄今为止，全国各地考古发掘的有关酒的实物也以河洛为最多。从裴李岗文化、仰韶文化到龙山文化，河洛地区均出土了大量与酒有关的实物。偃师二里头文化遗址（龙山文化发展而来），出土有多种用来温酒或饮酒的铜爵，有平底的、凸底的；其他发现的殷商时代的酒器，如：壶（贮酒器），樽（贮酒而备斟之器），卣（成酓备移运之器），爵、觚和斝（均为饮酒器），斗（斟酒器）等，种类繁多；在郑州还发掘出了商代酿酒作坊。另外，安阳出土的甲骨文中，出现了"酉、酊、酓、醴"等字，学术界一致公认这些是中国酒最初的名字。

不管是文献记载、历史传说，还是考古发掘，都有力地印证了杜康造酒与仪狄造酒的真实历史，而且他们两人造酒的地方都在河洛地区。因此，可以确切地说，广袤丰厚的河洛大地是中国酒的起源地。

杜康是酒圣

中国传统有十大圣人,酒圣就是杜康。杜康是古代酿酒的专家,有关他的记载和传说很多,而且有不同的版本。现在在我国,有"杜康沟"、"杜康泉"、"杜康河"、"杜康庙"、"杜康墓"、"杜康叭"、"杜康祠"、"杜康仙庄"等,而且建有"杜康酒厂"、生产系列杜康酒。

杜康造酒的传说

有一种说法是将未吃完的剩饭,放置在桑园的树洞里,剩饭在洞中发酵后,有芳香的气味传出。这就是酒的作法,并无什么奇异的办法。由一点生活中的偶尔的机会作契机,启迪创造发明之灵感,这是很合乎一些发明创造的规律的,这段记载在后世流传,杜康便成了很能够留心周围的小事,并能及时启动创作灵感之发明家了。

曹操的《短歌行》咏道:

对酒当歌,人生几何!譬如朝露,去日苦多。慨当以慷,幽思难忘。何以解忧,惟有杜康……

自此之后,认为酒就是杜康所创的说法似乎更多了。

然而,窦苹考据了"杜"姓的起源及沿革,认为"杜氏本出于刘,累在商为豕韦氏,武王封之于杜,传至杜伯,为宣王所诛,子孙奔晋,遂有杜氏者,士会和言其后也。"杜姓到杜康的时候,已经是禹之后很久的事情了,在此上古时期,就已经有"尧酒千钟"之说了。如果说酒是杜康所创,那么尧喝的是什么人创造的酒呢?

历史上杜康确有其人。古籍中如《世本》、《吕氏春秋》、《战国策》、《说文解字》等书,对杜康都有过记载自不必说。清乾隆十九年重修的《白水县志》中,对杜康也有过较详的记载。白水县,位于陕北高原南缘与关中平原交接处。因流经县治的一条河水底多白色头而得名。白水县,系"古雍州之城,周末为彭戏,春秋为彭衙",“汉景帝建粟邑衙县",“唐建白水县于今治",可谓历史悠久了。

杜康,字仲宁,相传为白水县康家卫人,善造酒。康家卫是一个至今还有的小村庄,西距县城七八公里。村边有一道大沟,长约十公里,最宽处一百多米,最深处也近百米,人们叫它“杜康沟"。沟的起源处有一眼泉,四周绿树环绕,草木丛生,名“杜康泉"。县志上说“俗传杜康取此水造酒",“乡民谓此水至今有酒味"。有酒味故然不确,但此泉水质清冽甘爽却是事实。清流从泉眼中汩汩涌出,沿着沟底流淌,最后汇入白水河,人们称它为“杜康河"。杜康泉旁边的土坡上,有个直径五六米的大土包,以砖墙围护着,传说是杜康埋骸之所。杜康庙就在坟墓左侧,凿壁为室,供奉杜康造像。可惜庙与像均毁于“十年浩劫"了。据县志记载,往日,乡民每逢正月二十一日,都要带上供品,到这里来祭祀,组织“赛享"活动。这一天热闹非常,搭台演戏,商贩云集,熙熙攘攘,直至日落西山,人们方尽兴而散。如今,杜康墓和杜康庙均在修整,杜康泉上已建好一座凉亭。亭呈六角形,红柱绿瓦,五彩飞檐,楣上绘着“杜康醉刘伶"、“青梅煮酒论英雄"等故事图画。尽管杜康的出生地等均系“相传",但据考古工作者在此一带发现的残砖断瓦考定,商之时,此地确有建筑物。这里产酒的历史也颇为悠久。唐代大诗人杜甫于“安史之乱"时,曾挈家来此依其舅崔少府,写下了《白水舅宅喜雨》等诗多首,诗句中有“今日醉弦歌"、“生开桑落酒"等饮酒的记载。酿酒专家们对杜康泉水也作过化验,认为水质适于造酒。1976 年,白水县在杜康泉附近建立了一家现代化酒厂,定名为“杜康酒厂",用该泉之水酿酒,产品名“杜康酒",曾获得国家轻工业部全国酒类大赛的铜杯奖。

杜康造酒的又一传说

无独有偶,清道光十八年重修的《伊阳县志》和道光二十年修的《汝州全志》中，也都有过关于杜康遗址的记载。《伊阳县志》中《水》条里，有"杜水河"一语，释曰"俗传杜康造酒于此"。《汝州全志》中说："杜康叽"，"在城北五十里"处的地方。今天，这里倒是有一个叫"杜康仙庄"的小村，人们说这里就是杜康叽。"叽"，本义是指石头的破裂声，而杜康仙庄一带的土壤又正是山石风化而成的。从地隙中涌出许多股清冽的泉水，汇入村旁流过的一小河中，人们说这段河就是杜水河。令人感到有趣的是在傍村这段河道中，生长着一种长约一厘米的小虾，全身澄黄，蜷腰横行，为别处所罕见。此外，生长在这段河套上的鸭子生的蛋，蛋黄泛红，远较他处的颜色深。此地村民由于饮用这段河水，竟没有患胃病的人。在距杜康仙庄北约十多公里的伊川县境内，有一个名叫"上皇古泉"的泉眼，相传也是杜康取过水的泉子。

从九朝故都洛阳南去，过龙门，溯伊水而上数十里，可见一道清清的溪流从汝阳县境由南而北汇入伊水，这就是杜康河。杜康河畔，一个村子傍山而座，这就是杜康仙庄。有名的伊川杜康酒就出在这里。据传说，杜康原是黄帝手下的一位大臣。黄帝建立部落联盟后，经过神农氏尝百草，辨五谷，开始耕地种粮食。黄帝命杜康管理生产粮食，杜康很负责任。由于土地肥沃，风调雨顺，连年丰收，粮食越打越多，那时候由于没有仓库，更没有科学保管方法，杜康把丰收的粮食堆在山洞里，时间一长，因山洞里潮湿，粮食全霉坏了。黄帝知道这件事，非常生气，下令把杜康撤职，只让他当粮食保管员，并且说，以后如果粮食还有霉坏，就要处死杜康。

杜康由一个负责管理粮食生产的大臣，一下子降为粮食保管员，心里十分难过。但他又想到嫘祖、凤后、仓颉等臣，都有所发明创造，立下大功，唯独自己没有什么功劳，还犯了罪。想到这里，他的怒气全消了，并且暗自下决心：非把粮食保管这件事做好不可。有一天，杜康在森林里发现了一片开阔地，周围有几棵大树枯死了，只剩下粗大树干。树干里边已空了。杜康灵机一动，他想，如果把粮食装在树洞时，也许就不会霉坏了。于是，他把树林里凡是枯死的大树，都一一进行了掏空处理。不几天，就把打下的粮食装进树洞里了。

谁知，两年以后，装在树洞里的粮食，经过风吹、日晒、雨淋，慢慢地发酵了。一天，杜康上山查看粮食时，突然发现一棵装有粮食的枯树周围躺着几只山羊、野猪和兔子。开始他以为这些野兽都是死的，走近一看，发现它们还活着，似乎都在睡大觉。杜康一时弄不清是啥原因，还在纳闷，一头野猪醒了过来。它一见来人,马上蹿进树林去了。紧接着,山羊、兔子也一只只醒来逃走了。杜康上山时没带弓箭,所以也没有追赶。他正准备往回走,又发现两只山羊在装着粮食的树洞跟前低头用舌头舔着什么。杜康连忙躲到一棵大树背后观察,只见两只山羊舔了一会儿,就摇摇晃晃起来,走不远都躺倒在地上了。杜康飞快地跑过去把两只山羊捆起来,然后才详细察看山羊刚才用舌头在树洞上舔什么。不看则罢,一看可把杜康吓了一跳。原来装粮食的树洞,已裂开一条缝子,里面的水不断往外渗出,山羊、野猪和兔子就是舔了这种水才倒在地上的。杜康用鼻子闻了一下,渗出来的水特别清香,自己不由得也尝了一口。味道虽然有些辛辣,但却特别醇美。他越尝越想尝,最后一连喝了几口。这一喝不要紧,霎时,只觉得天旋地转,刚向前走了两步,便身不由主地倒在地上昏昏沉沉地睡着了。不知过了多长时间,当他醒来时,只见原来捆绑的两只山羊已有一只跑掉了,另一只正在挣扎。他翻起身来,只觉得精神饱满,浑身是劲,一不小心,就把正在挣扎的那只山羊踩死了。他顺手摘下腰间的尖底罐,将树洞里渗出来的这种味道浓香的水盛了半罐。

回来后,杜康把看到的情况,向其他保管粮食的人讲了一遍,又把带回来的味道浓香的水让大家品尝,大家都觉得很奇怪。有人建议把此事赶快向黄帝报告,有的人却不同意,理由是杜康过去把粮食霉坏了,被降了职,现在又把粮食装进树洞里,变成了水。黄帝如果知道了,不杀他的头,也会把杜康打个半死。杜康听后却不慌不忙地对大伙说:"事到如今,不论是好是坏,都不能瞒着黄帝。"说着,他提起尖底罐便去找黄帝了。

黄帝听完杜康的报告,又仔细品尝了他带来的味道浓香的水,立刻与大臣们商议此事。大臣们一致认为这是粮食中的一种元气,并非毒水。黄帝没有责备杜康,命他继续观察,仔细琢磨其中的道理。又命仓颉给这种香味很浓的水取个名字。仓颉随口道:"此水味香而醇,饮而得神。"说完便造了一个"酒"字。黄帝和大臣们都认为这个名字取得好。

从这以后,我国远古时候的酿酒事业开始出现了。后世人为了纪念杜康,便将他尊为酿酒始祖。

史籍中还有少康造酒的记载。少康即杜康,不过是年代不同的称谓罢了。那么,酒之源究竟在哪里呢?窦苹认为"予谓智者作之,天下后世循之而莫能废"这是很有道理的。劳动人民在经年累月的劳动实践中,积累下了制造酒的方法，经过有知识、有远见的"智者"归纳总结，后代人按照先祖传下来的办法一代一代地相袭相循，流传至今。这个说法是比较接近实际，也是合乎唯物主义的认识论的。

"杜康仙庄"为周平王封赐

杜康仙庄是酒祖造酒遗址，是酒文化发源地。位于洛阳东南 50 公里杜康村。是全国少有的酒文化研究中心和旅游圣地。杜康仙庄有 16 个酒文化自然景观和 22 个酒文化人文景观，山门是琉璃瓦的朱红门楼，进入庄内有杜康祠，爬山碑廊，雕栏池，樱花园和七贤台。最引人注目的是中国酒文化博览中心，内里分设"中国酒类博物馆"、"中国酒类包装装潢馆"、"中国酒史工艺馆"、"中国酒类史料馆"。它是一座中国酒文化的历史宝库。

汝阳杜康仙庄村是中国秫酒的发源地，中国酒文化的摇篮，酒祖杜康在此创造了秫酒，开创了酿酒之先河。据《直隶汝州志》记载，公元前 770 年，周平王因半壁江山被西戎蛮主侵占，不思饮食，卧床不起，于是便引招天下名医诊治，杜康后人献上美酒，平王食后振神增食，龙颜大悦，遂封杜康酒为"贡酒"，封杜康村为"杜康仙庄"。

该村三山环抱，一溪旁流。村南杜康河里流水潺潺，清澈见底，其中酒泉沟一段，百泉喷涌，清冽碧透，夹岸树木葱郁，景色宜人。酒泉沟旁有杜康祠，始建于汉光武帝刘秀建武年间。近年来，当地企业出资重建了杜康祠、香醇园、杜康墓园、杜康酒家、酒泉亭、二仙桥、葫芦湖、知恩亭、古酿斋、七贤遗址、魏武居、饮中八仙殿等 20 多个景点，并办起中国酒类博物馆等，使杜康仙庄大放异彩，成为我国第一个酒文化旅游圣地。

几千年来，酒祖之乡的人们凭借天资宝泉，继承传统工艺，使杜康酒不断发展，创造了中国酒文化的一座座丰碑，并遵照万里委员长"杜康村是中国秫酒的发源地，中国酒文化的摇篮，有很多宝贵的酒文化遗产，你们要很好地加以保护，造福子孙后代"的指示，在杜康造酒遗址建成了中国第一个酒文化旅游胜地——杜康仙庄。

杜康仙庄位于城北 25 公里，龙岭和凤岭之间，依山傍水，仿古设计，主体建筑为廊院式格局，高低错落，虚实对比，结构、造型、色彩集汉、唐、宋、明、清之萃，表现了显著历史、文化时代风尚之格局。

杜康美酒醉刘伶

西晋"竹林七贤"之一的刘伶,据说和杜康还有一段渊源呢!

传说刘伶好饮酒也极能饮酒。酒量之大,举世无双。由于对当时的政治不满,他便经常出外游历,喝酒。

有一次,刘伶来到洛阳南边,走到杜康酒坊门前,抬头看见门上有副对联,写道:

"猛虎一杯山中醉,蛟龙两盏海底眠。"高处的横批写着:"不醉三年不要钱。"

刘伶一看这副对子,心里很不高兴。心想,这开酒坊的人也该先打听一下我刘伶的名声,再想想该不该夸此海口。谁人不知我刘伶:往东喝到东海,往西喝过四川,往南喝到云南地,往北喝到塞外边。东南西北都喝遍,也没把我醉半天。既然你口气这么大,我就把你的坛坛罐罐都喝干,不出三天就叫你把门关。

刘伶带着气进了酒馆。杜康便拿出酒来叫他喝,喝了一杯还要喝,杜康就劝他不要再喝,他不依。喝了第二杯,他还要喝,杜康说,再喝就要醉了。他不听,又要了第三杯。三杯下肚,刘伶说道:"头杯酒甜如蜜,二杯酒比蜜还甜,三杯酒一下肚,只觉得天也转,地也旋,头脑眩晕,眼发蓝,只觉得桌椅板凳、盆盆罐罐把家搬。"他果真喝醉了,出了酒坊往家走去,一路东摇西晃,口里还嘟嘟囔囔说着胡话。

一回到家,刘伶就醉倒了。他交代妻子说:"我要死了,把我埋在酒池内,上边埋上酒糟,把酒盅酒壶给我放在棺材里。"说完,他就死了。他一生好饮酒,因而他的妻子按照他说的安葬了他。

不知不觉,三年过去了。一天,杜康到村上来找刘伶。刘伶的妻子上前开门,问他有什么事情。杜康说:"刘伶三年前喝了我的酒还没有给酒钱呢!"刘伶的妻子听了十分恼火,说:"刘伶三年前不知喝了谁家的酒,回家就死了,原来是喝了你家的酒呀!你还来要酒钱,我还要找你要人呢!"杜康忙说道:"他不是死了,是醉了,走走走,你快领我到埋他的地方看看去。"

他们来到刘伶埋葬的地方,挖开坟墓,打开棺材一看,刘伶穿戴整齐,面色红润，像生前一样。杜康上前拍拍他的肩膀，叫道："刘伶醒来，醒来！"刘伶果然打了个哈欠，伸伸胳膊，睁开了眼，嘴里犹喃喃夸道："好酒，好酒！"从此以后，"杜康美酒，一醉三年"就传开了。

杜康传说是东周人，而刘伶是西晋人，杜康美酒怎能醉刘伶呢？原来两个都是仙人，仙人可以在不同的年代会面，这就好解释了。当然，这个故事本来就是传说，有点荒诞，姑且作为饭后谈资。

我们对传说的看法

考查人类饮酒历史，源远流长。酒之滥觞，当是落地野果在一定湿度和温度条件下自然发酵形成之浆液。先民尝之，味道奇妙，感觉独特，名之曰"酒"，得而啜之，引为幸事。因此，最早之酒应不属人类之发明，而是造化之产物。

晋代江统所撰《酒诰》云："酒之所兴，肇自上皇，或云仪狄，又云杜康。有饭不尽，委余空桑，郁积成味，久蓄气芳，本出于此，不由奇方。历代悠远，经口弥长，稽古五帝，上迈三皇，虽曰贤圣，亦咸斯尝。"由此可见，江统乃持剩饭自然发酵成酒之观点，也是我国历史上首位提出谷物自然发酵酿酒学说之人。

严格地讲，人类酿酒，并非发明而是发现。在原始社会，谷物储藏方法粗放。天然谷物受潮后会发霉和发芽，吃剩的熟谷物也会发霉，这些发霉发芽的谷粒，便是上古时期的天然酒曲，将之浸入水中，便发酵成酒。在远古时代人们的食物中，无论是野果还是谷物，往往无须经过液化和糖化便可发酵成酒。先民因不断接触天然酒曲和天然酒，久之，人工酒曲和香气浓郁的人工酒应运而生。最初，人工酿酒乃是对天工之模仿。其先决条件，必是陶器之出现，否则便无从酿起。在仰韶文化遗址中，已发现大量陶罐和陶杯。由此可以推知，约在六七千年前，人工酿酒就有可能开始。

制酒之法，不见于正史记载，而《战国策·魏策二》有云："梁王魏婴觞诸侯于范台。酒酣，请鲁君举觞。鲁君兴，避席择言曰：昔者，帝女令仪狄作酒而美，进之禹，禹饮而甘之，遂疏仪狄，绝旨酒，曰：后世必有以酒亡其国者。"注曰："帝女，尧或舜之女。《博物志》云，仪狄，禹时人。"至东汉时，许慎所著《说文解字》中，其"酉"字条有云："酉，就也，八月黍成可为酒酎。……酒，就也，所以就人性之善恶，从水从酉，酉亦声。一曰造也，吉凶所造也。古者仪狄作酒醪,禹尝之而美,遂疏仪狄。杜康作秫酒。"其"帚"字条记:"古者少康初作箕帚、秫酒。少康,杜康也。葬长垣。"据此,我国先民中最早懂得酿酒者当是与大禹同时代之仪狄和杜康;而曹操则持杜康造酒说,其于《短歌行》有云:"慨当以慷,幽思难忘,何以解忧,惟有杜康。"后人著述亦多采此说。

《太平御览》所引《世本》有云:"少康作箕帚,仪狄作酒醪,变五味,少康作秫酒。"按:《世本》成书早于《说文解字》,但原书已散佚,有关"仪狄杜康造酒"之说则散见于后世某些著述之引文中。至明代冯时化撰《酒史》,认为"酒自仪狄杜康始作,厥后作者日繁,愈出愈奇,南方多糯米,北方多黍米,为品不一"。其实,发明酿酒之功,亦绝非一二人物所能完成。而仪狄杜康酿酒之说既然已被普遍接受,则不必深究也。

中国酿酒已有 5000 年以上的历史,并具有自身的独特风格。虽有少量果酒,但以粮食为原料酿制的白酒一直居于主流。白酒以生长真菌为主要微生物的酒曲为糖化发酵剂,复式、半固态发酵为其特征。

酒文化是依托于酒的酿制和应用而衍生出的一种特殊文化现象,在传统的中国文化中具有独特地位。数千年来,酒已渗透到社会生活的各个方面。作为传统的农业大国,一切社会活动皆须以农业为立足点。而农产品中最主要者为谷物,所以绝大多数国酒以谷物酿造也就顺理成章。

酒依附于农业并与之消长,粮食之丰歉便成为酒业兴衰的晴雨表,历代统治者之禁酒与开禁,往往与粮食盈亏情况息息相关。在一定程度上,酒业的繁荣对粮食生产可起到一定的刺激作用;且酿酒业利润可观,有利可图,所以多有以此业谋生赢利者。但总体而言,由于历史上长期存在着粮食短缺的状况,大量粮食用于酿酒,则会导致粮食供应不足,影响一般民众的生活水平甚至引发粮荒。因此,统治者很早便对酿酒业实行严格的控制政策。

汉武帝时期,朝廷开始对酒类实行专卖,从酿酒业收取专卖费或专税,便成为国家财政收入的主要来源之一。历朝历代,酒税往往是国家、商贾富豪及民众的争夺对象,关乎国计民生。谈到酒之用途,宋人朱翼曾撰《北山酒经》,有"大哉,酒之一于世也,礼天地,事鬼神,射乡之饮,鹿鸣之歌,宾主百拜,左右秩秩,上至缙绅,下逮闾里,诗人墨客,樵夫渔父,无一可以缺此"之语。对酒之于礼仪、享乐和助思等方面的功用进行了初步总结。笔者认为,酒之功用大致可归纳为七类,即以酒成礼,以酒助思,以酒解忧,以酒驱寒,以酒壮胆,以酒养生,以酒治病。

李白是酒仙

李白一生与酒为伴

李白一生与酒为伴，被称为"酒中仙"、"酒仙"。李白嗜好饮酒，"……酒入豪肠，七分酿成了月光，余下的三分啸成剑气，绣口一吐就是半个盛唐。"李白是屈原之后我国最伟大的浪漫主义诗人，他"生之处亦荣，死之处亦荣，流之处亦荣，囚之处亦荣；不流不囚不游不到之处，读其书，见其人，亦荣！亦荣！"

有学者统计，现存李白的诗作900多首中，就有近二分之一是与酒有关的。下面仅摘取一部分为例，就可见酒在李白诗中的地位：

《梁甫吟》："君不见高阳酒徒起草中，长揖山东隆准公。"

《梁园吟》："千台为客忧思多，对酒遂作梁园歌。"

《行路难》："金樽清酒斗十千，玉盘珍馐值万钱。"

《丁都护歌》："水浊不可饮，壶浆半成土。"

《下终南山过斛斯山人宿置酒》："欢言得所憩，美酒聊共挥。……我醉君复乐，陶然共忘机。"

《月下独酌》："花间一壶酒，独酌无相亲。举杯邀明月，对影成三人。月既不解饮，影徒随我身。……醒时同交欢，醉后各分散。"

《金陵酒肆留别》："风吹柳花满店香，吴姬压酒劝客尝。金陵子弟来相送，欲行不行各尽觞。"

《鸣皋歌送岑征君》:"交鼓吹兮弹丝,筋清冷之池阁。"

《宣州谢朓楼饯别校书叔云》:"抽刀断水水更流,举杯消愁愁更愁。人生在世不称意,明朝散发弄扁舟。"

《答王十二寒夜独酌有怀》:"怀余对酒夜霜白,玉床金井冰峥嵘。人生飘忽百年内,且须酣畅万古情。"

李白和杜甫是好朋友,杜甫与李白告别时,李白以诗相送:《鲁郡东石门送杜甫》:"醉别复几日,登临遍池台。何时石门路,重有金樽开?秋波落泗水,海色明徂徕。飞蓬各自远,且尽手中杯!"

而更具代表性的是《将进酒》:"人生得意须尽欢,莫使金樽空对月。天生我材必有用,千金散尽还复来。烹羊宰牛且为乐,会须一饮三百杯。岑夫子,丹邱生,将进酒,杯莫停。……钟鼓馔玉不足贵,但愿长醉不愿醒。古来圣贤皆寂寞,惟有饮者留其名。陈王昔时宴平乐,斗酒十千恣欢谑。主人何为言少钱,径须沽取对君酌。"

他到暮年时甚至将悬在腰间多年心爱的宝剑也摘下来换酒喝。杜甫在《饮中八仙歌》中写道:"李白一斗诗百篇,长安市上酒家眠。"于是"斗酒诗百篇"便成了一句成语。唐寅《把酒对月歌》写道:"李白能诗复能酒,我今百杯复千首。"这也从侧面反映了李白是"酒仙"。

李白的故事

李白,字太白,为什么有这个名字呢?

我国民间传统的习俗是孩子在1周岁时"抓周"。李白的父母也照此办理,将各种玩物和生活用具摆在前面,让他去抓。《红楼梦》告诉我们,贾宝玉在"抓周"的时候,别的一概都不抓,只将那些脂粉钗环抓来玩弄。贾政便不喜欢,说将来不过是酒色之徒,因此不甚爱惜。李白"抓周"时抓了《诗经》这本书,他父亲很高兴,料定孩子长大必是诗才,于是想给他起一个理想的名字。果然不出父亲所料,李白从小聪明过人,7岁那年,一次全家在院中游玩,他父亲想作一首七言绝句考考儿子,便以春日为题咏了两句:"春风送暖等花开,迎春绽金它先来。后两句他不说了,让李白和他母亲续上。李白母亲想了一会说:"火烧古林红霞落。"她的话音刚落,李白便指着院中白花怒放的李子树说:"李花怒放一树白。"父亲听后,连声叫好。忽然心中一动,这句诗的头一个字，不正是自家姓吗？这最后一个字"白"不正说出李花圣洁高雅吗？于是当即决定为儿子取名叫李白。这时李白已经7岁。

那么，"字"为什么叫太白呢？

据说，李白母亲生李白时，夜梦长庚星。长庚星就是太白金星。古人认为，梦太白星是吉祥之兆，故李白"字"为太白。

李 白 醉 酒

有一次，唐玄宗携杨贵妃夜游禁苑，当时正值牡丹盛开之际，唐玄宗嫌艺人演奏的乐曲太老，又欠雅意，就叫人找李白写些乐府新词。但醉酒的李白根本不在意什么圣旨，对来人说："我欲醉，卿且去。"因为君命不可违，来人只好将李白用绳子捆起来送进宫去。唐玄宗见状也哭笑不得，立即令人用冷水将李白喷醒。李白醒后就笔走龙蛇地一连写下了十余篇，其中著名的诗句有："云想衣裳花想容，春风指槛露华浓。""一枝红艳露凝香，云雨巫山枉断肠。"

又有一次，唐玄宗游览白莲池，一时心血来潮，欲召李白撰写序文。但那时李白正卧于街市的酒家，只得在他人搀扶下勉强登舟受命。在唐玄宗的眼中，李白不过是一个满足自己享乐欲望的"御用文人"，这当然不是李白所期望的，而李白则阐述自己对国事的看法，并对唐玄宗的"声色犬马"进行劝谏。两种观念发生激烈的碰撞，于是李白被逐出长安。在怀才不遇的时候，满腔激愤只能借酒来宣泄，于是喝酒更多了。

李 白 之 死

唐代宗宝应元年(公元762年)11月，李白卒于安徽当涂县，享年62岁。这一点没有疑问，而死亡的原因则有两种说法。

一种说法是病死。诗人皮日休《七爱诗》写道："竟遭腐胁疾，醉魂归八极。"就是说，因"腐胁疾"而死亡。根据医学知识推测，这个病可能是化脓性胸膜炎(脓胸)向胸壁穿通，要是现在，这个病的治疗毫无问题，可以治愈。但那是1200多年以前，医疗技术远没有现在发达，死亡当然是不可避免的。

第二种 说法是"捞月落水"、"骑鲸升天"，即溺水死亡。

遍查唐代一切有关资料，包括墓志、碑、传，都没有确切的记载。这些倒从侧面说明他的死大有文章。因为溺水属于非正常死亡，人们都忌讳说。当时当涂县的县令李阳冰是李白的族叔，他为《草堂集》作序时李白尚在，序里只说"疾亟"，是否死于病，李阳冰没有"再版后记"。李白死后，那位长于碑版文字的李华偏偏惜墨如金，在李白墓志铭里寥寥十三字巧妙地回避了死因："年六十有二，不偶，赋《临终歌》而卒。"55年之后，与李氏有"通家之旧"的范传正在李白新墓碑中写到死因时也只用了8个字："盘桓利居，竟卒于此。"看来李白有病不假，但没有足够证据说是死于病。

我们可以这样推测，假若李白因病善终，李阳冰大可以补"跋"，李华也无须回避，范传更可以言之凿凿，没有必要掩饰、躲藏。古代的民俗，溺死属于"横死"、"非善终"，是不祥之死，亲友不能吊唁，甚至还影响子孙前程。为了掩饰真相，往往还当做病故。这样看来，撰写墓志铭者"闪烁其辞"是可以理解的。

后代诗人更多倾向于是"揽月落水"。如宗臣写："醉来江底抱明月，惊落天心万片秋。"吴璞诗："当时醉弄波间月，今作寒光万里流。"李东阳诗："人间未有飞腾地，老去骑鲸却上天。"

当代学者安旗对李白的死，有一段极为精彩的摹拟式描述，现摘抄如下："夜，已深了；人，已醉了；歌，已终了；泪，已尽了；李白的生命也到了最后一刻了。此时，夜月中天，水波不兴，月亮映在江中，好像一轮白玉盘，一阵微风过处，又散作万点银光。多么美丽！多么光明！多么诱人！'我追求了一生的光明，原来在这里！'醉倚在船舷上的李白，伸出了他的双手，向着一片银色的光辉扑去……，只听得船老大一声惊呼，诗人已投入万顷波涛。船夫恍惚看见，刚才邀他喝过三杯的李先生，跨在一条鲸鱼背上随波逐流去了，去远了，永远地去了。"

显然，富有诗人气质的安旗，宁肯相信这位"天上谪仙人"是跨鲸背而仙游羽化的。

《红楼梦》中的酒诗

  《红楼梦》是一部诗化了的小说杰作,其中又有大量的诗词歌赋。这些诗词歌赋,犹如镶嵌在茫茫太空中的明星,闪耀着奇异的光芒,给小说增色不少。曹雪芹的才能是非凡的,他能文会诗,工曲善画,博学多识;他上自天文、下至地理、中至人事,无所不知,无所不晓,正因为此,才出现了《红楼梦》这部宏伟的历史画卷。有人说《红楼梦》是中国封建社会的百科全书,是十分中肯的。

  据初步统计,在《红楼梦》中,出现了近百首诗词。就诗而论,有五绝、七绝、五律、七律、排律、歌行、骚体,有咏怀诗、泳物诗、怀古诗、即景诗、即事诗、谜语诗、打油诗,有限韵的、限题的、限诗体的、同题分咏的、分题合咏的,有应制体、联句体、拟古体……可以说是应有尽有。这些诗词曲赋,与作品中人物的心灵、思想、命运、文化素养紧密联系,是塑造艺术形象的重要一环,是小说的有机组成部分。

  文章、诗词是什么? 有一个绝妙的比喻:文章是饭,诗词是酒,都是粮食做成。"文则炊而为饭,诗则酿而为酒。饭不变米形,酒则变尽。啖饭则饱,饮酒则醉,醉则忧者以乐,喜者以悲……"一首好诗,像一杯醇酒,只有慢斟细酌,才能品出它的味道。《红楼梦》这部长篇小说,既有饭,又有酒;既可充饥,又能醉人,绝妙之极。其中的诗,也需要我们细细地品味,享受它的醇厚和甘美。

  那么,我们就先从酒与诗的关系说起。

芳气袭人是酒香

  洋洋大观的《红楼梦》中,出现了近百首诗词,这些诗词是这座艺术宝库的重要组成部分,同时又可以进行单独的鉴赏和品评。在这些诗词中,有一部分与酒有直接关系,现在我们就选择其中的一部分进行鉴赏。

《红楼梦》第5回《贾宝玉神游太虚境，警幻仙曲演红楼梦》，写到宝玉一时觉得倦怠，欲睡中觉，贾母命人好生哄着歇息一会再来。当时秦氏引他到上房内间，宝玉抬头一看是一幅"燃藜图"，两边的对联是"世事洞明皆学问，人情练达即文章"。大为反感，忙说："快出去！快出去！"后来又到秦氏卧房。"刚至房中，便有一股细细的甜香，宝玉此时便觉眼饧骨软，连说："好香！"入房向壁上看时，有唐伯虎画的"海棠春睡图"，两边有宋学士秦太虚写的一幅对联："嫩寒锁梦因春冷，芳气袭人是酒香。"

这对联虽是借用来的，却与环境很协调，自然也是为秦氏所欣赏的，宝玉对这样的环境也很适应。这对联从秦氏的角度看是她作为一个少妇的追求；而作为宝玉来说，如果与前面在上房因见到那样的画和对联而产生的态度相比较，可以见到他对封建礼教的仇视。一幅对联写了两个人，一箭双雕，真是大手笔。

第18回写的是元春省亲。元春让宝玉和众姊妹们各题一匾一诗，众姊妹都题了匾额和诗，元春的评价是"终是薛林二妹之作与众不同，非愚姊妹所及。"而在所有诗作之中，唯有黛玉的诗中有"酒"字："香融金谷酒，花媚玉堂人。"

《四季即事》酒意浓

第23回，在元春省亲之后，宝钗住了蘅芜院，黛玉住了潇湘馆，迎春住了缀锦楼，探春住了秋爽斋，惜春住了蓼风轩，李纨住了稻乡村，宝玉住了怡红院。宝玉自进园以来，心满意足，再无别项可生贪求之心，每日只和姊妹丫鬟们一处，或读书，或写字，或弹琴下棋，作画吟诗，以至描鸾刺凤，斗草簪花，低吟悄唱，拆字猜枚，无所不至，倒也十分快意。在这个时候，他写了"春夜"、"夏夜"、"秋夜"、"冬夜"，在这4首"即事"诗中3首都写到了酒：

《夏夜即事》有："琥珀杯倾荷露滑，玻璃槛纳柳风凉"。"荷露"是一种酒，这种酒以花命名；"滑"是指酒味醇美。

《秋夜即事》有："静夜不眠因酒渴，沉烟重拨索烹茶"。

《冬夜即事》有："女儿翠袖诗怀冷，公子金貂酒力轻"。后一句是写冬夜严寒，公子穿戴着貂皮尚嫌酒力不足御寒。

此时大观园刚建成不久，贾府中虽然潜伏着严重的危机，但还未充分暴露，贾府正处在鼎盛时期，贾宝玉这个"富贵闲人"如此乐观是自然的。《四时即事》是他生活的自我写照。然而大观园不是世外桃源，它同样存在着勾心斗角，"一个个像乌眼鸡似的，恨不得你吃了我，我吃了你。"当宝玉领略到"悲凉之雾，遍被华林"的时候，他就不能再悠闲地生活下去，于是愤懑、痛苦、绝望，最后"撒手悬崖"。曹雪芹能让自己的人物在不同的时期有不同的诗作，表现不同时期的思想感情，正是他的高明之处。

菊花诗中多有酒

《红楼梦》第38回是一个精彩的篇章，《林潇湘魁夺菊花诗，薛蘅芜讽和螃蟹咏》，大观园的女儿们个个都是诗人，写出了许多关于菊花的诗歌。这些诗，写出了菊花在不同场合的千姿百态，也写出了不同人物对菊花的不同感受，把咏菊、叙事和咏人三者紧密结合，水乳交融。从中流露出各人的思想性格，暗示了人物的不同命运。

在这12首诗中，与酒有关的就有贾宝玉的《访菊》《种菊》；贾探春的《簪菊》；林黛玉的《咏菊》《梦菊》《问菊》；薛宝钗的《画菊》；史湘云的《供菊》《菊影》，共9首，占75%，可见酒在咏菊中的地位。

《访菊》：酒杯药盏莫淹留。

《种菊》：醉酹寒香酒一杯。

《供菊》：弹琴酌酒喜堪俦。

《咏菊》：一从陶令平章后，千古高风说到今。

《问菊》：喃喃负手叩东篱。

《画菊》：莫认东篱闲采撷，粘屏聊以慰重阳。

《簪菊》：彭泽先生是酒狂。

《梦菊》：篱畔秋酣一觉清，和云伴月不分明。登仙非慕庄生蝶，忆旧还寻陶令盟。

《菊影》：凭谁醉眼认朦胧。

这9首诗都直接或间接提到了酒。其中提到陶渊明先生的就有5首，上面写有"陶令"、"彭泽先生"等，"东篱"其实也是来自陶渊明，他的诗句有"采菊东篱下"，诗句以"东篱"代表菊花。那我们就谈谈陶渊明吧。

陶渊明又名陶潜，是东晋时代的大诗人，一生嗜酒。他在41岁的时候任彭泽县令，所以后人称他为"陶令"或"彭泽先生"。《归去来辞》、《桃花源记》都是他的名篇。陶渊明爱菊，也爱酒，南朝·梁·萧统《陶渊明传》云："江州刺史王弘欲结识之，不能致也。……尝九月九日无酒，出宅边菊丛中坐，久之，满手把菊。忽值弘送酒至，即便就坐，醉而归。"这就是"白衣送酒"的故事。还有一个"钱留酒家"的故事：陶渊明有一位朋友叫颜延之，一天，来看望陶渊明，临走时留下了两万钱，以接济他的生活，陶氏收受后，待来客一走，就将这笔钱悉数放到酒家那里，以便日后随时可以去喝酒。这足见他的酒瘾之大，酒兴之浓。

在陶渊明现存的百余篇诗中，有"酒"者约近半数。其中有一组《饮酒》诗共20首，集中地表达了有以酒解忧排愤的思想感情，成为在中国诗史上咏酒的第一人。

林黛玉夺魁菊花诗《咏菊》写道："一从陶令平章处，千古高风说到今。"就是歌颂陶渊明不为五斗米折腰，毅然辞去县令职务，归隐田园，显示他的高风亮节。贾探春的《簪菊》诗有"彭泽先生是酒狂"，则是对他爱酒的写照。

《螃蟹咏》中酒登场

《螃蟹咏》是《菊花诗》的余音。在大观园中，一群青年男女刚刚评过大家所写的菊花诗，余兴未尽，接着又吃了热酒肥蟹，诗意增浓。宝玉笑道："今日持蟹赏桂，亦不可无诗。"在宝玉的倡导下，他和黛玉、宝钗各写了一首咏蟹诗。值得注意的是，这三首诗中都有"酒"。

贾宝玉写道："饕餮王孙应有酒，横行公子却无肠。"表现了饮酒吃蟹时情酣意畅、手舞足蹈的狂态。语带双关，句句咏蟹，又句句写人，咏物与言志紧密配合。赞扬螃蟹的横行无忌，并以螃蟹自况。

林黛玉写的诗，首当一句是"铁甲长戈死未忘"，热情地赞颂螃蟹那永远战斗的精神。下面就写到酒："多肉更怜卿八足，助情谁劝我千觞。""对斟佳品酬佳节……"黛玉的诗，一往情深地歌颂螃蟹至死不忘战斗的精神，实际是叛逆性格的自我写照。

薛宝钗的诗有两句写到酒："桂霭桐阴坐举觞，长安涎口盼重阳。……酒未敌腥还用菊，性防积冷定须姜。"宝钗的诗最为优秀，所以标题就是《薛蘅芜讽和螃蟹咏》。大家看了薛宝钗的诗，都说："这方是食蟹的绝唱！这些小题目，原要寓大意思，才算是大才。——只是讽刺世人太毒了些！"宝钗精通世故人情，作诗含蓄老练，为人虽然随分从时，平和宽容，却绝不软弱胡涂。她又是一个很有心计的人，必要时也能做"口角锋芒"的强者。这样的人，吟出这样的诗，是非常合理的。

联句酒香亦诱人

《红楼梦》中还有两篇长长的"联句诗"。所谓联句，是有两人或两人以上共同对诗，是一种比赛作诗技巧的文字游戏。它起源于宫廷，在清代比较流行。在第 50 回，就有《芦雪庭即景联句》。

具体的联句方法是由一人起第一句，接的人就联二、三句，以后再接的人都是联一对句，以对别人的出句，并拟下一句的出句，让别人来对，最后一人用一句作结。

当时宝玉与众姊妹相聚于芦雪庭"割腥啖膻"，饮酒赏雪，就来了一段联句。

王熙凤起第一句："一夜北风紧"，

李纨对一句，再起一句："开门雪尚飘。入泥怜洁白，"

下面是香菱对一句，并再起一句："匝地惜琼瑶。有意荣枯草，"

下面该探春了,她就说到了酒:"无心饰萎苕。价高村酿熟,"

李绮接:"年稔府粱绕……"

后面与酒有关的句子还有史湘云的"煮酒叶难烧",薛宝钗的"淋竹醉堪调"。这次参加联句的有 12 人,盛况空前。

第二次联句在第 76 回,时间在抄检大观园之后,作者借此明写贾府的衰颓景象。当时正值仲秋之夜,联句的人只有黛玉和湘云二人。"三五中秋夕,清游似上元。撒天箕斗灿,匝地管弦繁。几处狂飞盏……"除"狂飞盏"之外,写到酒的还有"觥筹乱绮园"、"射覆听三宣"、"骰彩红成点"、"传花鼓乱喧"、"酒尽情犹在"等。

后来在黛玉对到:"冷月葬诗魂"的时候,妙玉出现了:"……我听见这一首中,有几句虽好,只是过于颓败凄楚。此亦关人之气数,所以我出来止住你们。三人一同来到拢翠庵,妙玉将他们对好的 22 韵写出,并继续往下续,直至 35 韵。这就是"中秋夜大观园即景联句三十五韵"。尽管有酒烘托,但最终还是一场悲剧。湘云的"庭烟敛夕楂(树名,又叫合欢)"、"盈虚轮莫定",象征她的命运变幻;黛玉的"阶露团朝菌"、"壶漏声将涸"也预兆她的生命将尽。

《红楼梦》中用"酒"和酒派生出来的诗句还有很多。如第 25 回《叹通灵玉》:"沉酣一梦终须醒,冤孽偿清好散场。"第 50 回《咏红梅花》:邢岫烟写了"缟仙扶醉跨残红";李纨则写了:"逞艳先迎醉眼开。"贾宝玉的《访妙玉乞红梅》:"酒未开樽句未裁,寻春问腊到蓬莱。"第 70 回林黛玉的《桃花行》:"春酣欲醒移珊枕"。在著名的《芙蓉女儿诔》中,贾宝玉写道:"文瓟瓠以为觯斝兮,泶醽醁以浮桂醑耶?"意思是"在葫芦上雕刻花纹作为饮器啊!是你在酌绿酒饮桂浆吗?"

总之,在《红楼梦》的诸多诗词中,到处可以闻到酒的芳香,酒为诗增色不少。

从秦可卿房中的酒联说起

酒联——对联中的一个分支

秦可卿卧房中有一幅唐伯虎画的"海棠春睡图",画的是杨贵妃醉酒后沉睡的美态。画的两边有宋学士秦太虚写的一幅对联:

嫩寒锁梦因春冷,芳气袭人是酒香。

秦太虚即秦观,北宋词人,生于公元 1049 年,卒于 1100 年,字少游,太虚也是他的字,号淮海居士,高邮人,曾任太学博士及国史院编修官,文词为苏轼所赏识,是"苏门四学士"之一。他的诗词多写男女情爱,风格纤细靡丽。这幅对联反映了秦可卿作为一个少妇的追求,加上那副画和房内摆设的种种器物,都是历史上有名的"香艳故事"。这样的描写,暗示了秦氏的奢华和堕落,虽然用的是侧笔烘染,含意却是明确的。

对联是一种独特的文学艺术形式,它始于五代,盛于明清,迄今已有 1000 多年的历史,已经形成了一个庞大的学科,蔚为壮观。对联中一个分支就是酒联,秦氏房中的就可视为酒联。

名酒及其对联

1915 年,贵州茅台酒荣获巴拿马万国博览会金奖,有人赠一副对联:

酒味冲天鸟成凤,酒糟抛河鱼化龙。

天上的鸟闻见茅台酒的气味就变成凤凰;河里的鱼遇到茅台酒的酒糟就化为飞龙——茅台酒是多么地了不起啊!

山西名酒"竹叶青"和"汾酒"也曾荣获世界博览会大奖,于是有人撰联祝贺:

瓶中色映葡萄紫;瓮里香浮竹叶青。

佳酿首推竹叶青;醇醪独出杏花村。

竹叶杯中,万里溪山闲送绿;杏花村里,一帘风月独飘香。

赞西凤酒的酒联有:

柳林千家醉;西凤万里香。

西歧飞彩凤;斗酒壮秦川。

人游西府胜地;心醉柳林酒香。

赞杜康酒的对联有:

酿成春夏秋冬酒;醉倒东西南北人。

酒泉芳香眠龙凤;杜康甘醇醉神仙。

赞五粮液酒的酒联有:

太白若饮五粮液;唐诗定添三百章。

赞泸州老窖的酒联有:

芳流十里外;香溢泸州城。

赞绍兴老酒的酒联有:

兰亭共流觞;香肴集斯橱。

鉴湖醇酒名扬四海;山阴烹调誉满万家。

上大人,孔乙己,高朋满座;化三千,七十二,玉壶生香。

酒馆、酒楼的酒联

如果您稍微注意一下,在街头林立的酒馆、酒店或酒楼前,都可以看到许多酒联。这些酒联生动有趣,含意深远,值得细细品味。

某酒楼有这样的对联:

刘伶借问谁家好;李白还言此处香。

刘伶是魏晋时期"竹林七贤"之一,其留世传文的数量虽不及阮籍、嵇康二人,但其《酒德颂》为千古绝唱,它颂扬以酒为德,酗酒为德,唯酒是德的饮酒思想。"天生刘伶,以酒为名",他每每外出饮酒,必带一小童背锹相随,"死便埋我"之语惊世骇俗。他的放浪形骸,透漏出一种对个性的极度张扬,对人精神自由的变相追求。杜康造酒醉刘伶的传说,更是妇孺皆知。这副对联用两个嗜酒专家:刘伶和李白,一问一答,在妙对当中说该处的酒好,应该说是权威的结论。

还有一座叫做"天然居"的酒楼,其对联更是妙不可言:

客上天然居;居然天上客。

此对联虽然没有写一个"酒"字,却把饮酒的那种感觉写了出来,而且将句子的字颠倒过来,还将意思表达得如此得当,妙不可言,真是撰写对联的高手,令人佩服。

山西太原一家酒店的酒联:

几处青帘沽酒市;一竿红日卖花声。

一幅多么优美的市井风俗画!

有的酒店的对联是:

东不管,西不管,酒管(馆);兴也罢,衰也罢,喝罢(吧)。

幽默风趣,雅俗共赏,竟引来众多顾客光临。

四川成都某酒馆的酒联:

绵香浓蜀酒特色;麻辣烫川味正宗。

河南少林寺附近某酒馆的酒联:

四大皆空,坐片刻无分你我;两头是路,喝几杯各自东西。

湖南岳阳城一家酒店的酒联:

长剑一杯酒;高楼万里心。

浙江绍兴咸亨酒店的酒联:

小店名气大;老酒醉人多。

绍兴百年老店荣禄春酒楼的酒联:

矮墙披藤隔闹市;下桥流水连万家。

可点可圈的酒馆、酒楼酒联还有:

花看半开;酒饮微醺。

一醉千愁解;三杯万事和。

开坛千君醉；上桌十里香。

楼小乾坤大；酒香顾客多。

捧杯消倦意；把酒振精神。

人走茶不凉；客来酒尤香。

三杯能壮英雄胆；两盏便成锦绣文。

美味招来天下客；酒香引出洞中仙。

三杯入腹浑身爽；一滴沾唇满口香。

经济小吃饱暖快；酒肴大宴余味长。

美酒佳肴君莫醉；真情实意客常来。

润诗润画犹润颜；醉笔醉情亦醉心。

美食烹美肴美味可口；热情温热酒热气暖心。

对酒当歌，自是英雄本色；祝酒把盏，先为祖国干杯。

远客来沽，只因开坛十里香；近邻不饮，原为隔壁醉三家。

菜蔬本无奇，厨师巧制十样锦；酒肉真有味，顾客能闻百里香。

交朋待友宴宾客，本店特备佳酿；消愁解闷散闷气，我家实无良药。

交不可滥，以免良莠难辨，引以为戒；酒勿过醉，谨防乐极生悲，懊悔莫及。

为名忙，为利忙，忙里偷闲，且饮两杯茶去；

劳心苦，劳力苦，苦中作乐，再拿一壶酒来。

正逢柳梢青，应三迭歌来，劝君更进一杯酒；

恰遇李太白，使三篇和去，与尔同销万古愁。

集诗词为酒联

古代关于酒的诗句很多，将这些诗句联系配搭起来，组成一副对联，也算一种创新。如："劝君更进一杯酒；与尔同消万古愁。"前句是王维的《送元二使之安西》中的名句；后句则出自李白的名作《将进酒》。

集名句的酒联还有：

曹植的诗句：

玉樽盈桂酒；河泊献神鱼。

陶渊明的诗句：

酒能祛百虑；菊为制颓龄。

李贺的诗句：

> 遥望齐州九点烟，一泓海水杯中泻。

李白的诗句：

> 闲吟步竹石；长醉歌芳菲。

杜甫的诗句联有：

> 甘从千日醉；耻与万人同。

> 万里秋风吹锦水；九重春色醉仙桃。

黄庭坚诗句联有：

> 园中鸟语劝沽酒；窗下日长宜读书。

苏轼的诗句：

> 寒心未肯随春态；酒晕无端上玉肌。

唐寅的诗句：

> 李白能诗复能酒，我今百杯复千首。

华罗庚的诗句：

> 豪饮李太白；雅酌陶渊明。

另外还有集词句联。例如：

晏殊的词：

　　一场愁梦酒醒时，斜阳却照深深院。

欧阳修的词：

　　买花载酒长安市；垂杨紫陌洛城东。

苏轼的词：

　　对酒卷帘邀明月；酒酣胸胆尚开张。

　　夜饮东坡醒复醉；料峭春风吹酒醒。

陆游的词：

　　莫笑农家腊酒浑，丰年留客足鸡豚。

其他的词还有：

　　翠药红蕖几番诗酒；黄花绿菊好个霜天。

　　试上小红楼，论诗说剑；更进一杯酒，举首高歌。

游览胜地的酒联

我国有许多游览胜地，这些地方有一些酒联很有特色，现摘录如下：

九江浔阳酒楼：

　　世间无此酒，天下有名楼。

九江烟水亭：

　　请看世事如棋，天演竞争，万国人情同剧里；

　　好向湖亭举杯，烟波浩淼，双峰剑影落樽前。

苏州张旭洞：

　　书道入神明，落纸云烟，今古竞传八法，

　　酒狂称草圣。满堂风雨，岁时宜奠三杯。

苏州漱碧山庄：

　　丘壑在胸中，看迭石疏泉，有天然画意；

　　园林甲天下，愿楼琴载酒，作人外清游。

安徽采石矶太白楼：

联一

吾辈此中惟饮酒，先生在上莫题诗。

联二

　　　　公昔登临,想诗境满怀,酒杯在手,

　　　　我来依旧,见青山对面,明月当头。

北京陶然亭:

　　　　长戈满池,一亭独幽,客子河梁携手去,

　　　　把酒问天,陶然共醉,西山秋色上衣来。

节 俗 酒 联

　　在众多的春节对联中,写酒的不在少数。如:

　　　　对酒歌盛世;举杯庆升平,

　　　　屠苏醉饮三春酒;爆竹联欢四化年。

　　　　新图美景花方绽;合家团圆酒更香,

　　　　围炉共话富国路;把盏齐歌幸福年。

　　还有以属相作为对联内容的对联,而且写到了酒:

　　　　虎岁刚饮祝捷酒,兔年又放报春花。

　　　　卯时美景花方艳,兔岁良辰酒更醇。

　　　　刚唱兔岁歌一首,又饮龙年酒三杯。

　　　　各策战马迎新年,满斟美酒贺丰年。

　　我国传统文化有十二个属相,上面涉及到虎、兔、龙、马4个属相。其实,这些都可以灵活变通。刚唱兔岁歌一首,又饮龙年酒三杯。可以将上联的兔改为龙、蛇、马、羊、猴、鸡、狗、猪、鼠、牛、虎等。而将下联的龙,依次改为蛇、马、羊、猴、鸡、狗、猪、鼠、牛、虎、兔等。

　　还有许多与节日有关的酒联:

　　万户酒歌庆盛世;满天烟火旭春光。(元宵节)

　　雪月梅柳开春景;灯鼓酒花闹元宵。(元宵节)

　　榴花彩绚朱明节;蒲叶香浮绿醑樽。(端午节)

　　艾酒溢幽芳香传四海;龙舟掀巨浪气吞八荒。(端午节)

　　喜得天开清旷域;宛然饮得桂花酒。(中秋节)

　　几处笙歌留朗月;万家果酒乐中秋。(中秋节)

　　菊花辟恶酒;汤饼茱萸香。(重阳节)

黄菊倚风春酒熟;柴门临水稻花香。（重阳节）

身健在,且加餐,把酒再三嘱;人已老,欢犹在,为寿百千春。（重阳节）

祝 寿 酒 联

为老人祝寿要敬献对联,其中也不乏酒联。如:

酒介南山寿;殇开北海樽。

紫毫粉壁题仙籍;玉液琼浆作寿杯。

海屋仙筹添鹤算;华堂春酒宴蟠桃。

人如天上珠星聚;春到筵前柏酒香。

琥珀盏斟千岁酒;琉璃瓶插四时花。

露浥青松多寿色;月明丹桂酿灵根。

海屋仙筹添鹤算;华堂春酒宴蟠桃。

称觞共庆千秋节;祝嘏高悬百寿图。

杨柳晚风深情酒;桃花春水幸福人。

北海开樽西园载酒;南山献寿东阁宴宾。

桃熟三千瑶池启宴;筹添一百海屋称觞。

结婚喜庆的酒联

共对一樽酒;相看万里人。

杯交玉液飞鹦鹉;乐奏瑶笙舞凤凰。

海誓山盟期百岁;情投意合乐千觞。

花开连理描新样;酒饮交杯醉太平。

文窗绣户垂帘幕;银烛金杯映翡翠。

春窗绣出鸳鸯谱;夜月香斟琥珀杯。

合家欢畅新婚酒;夫妇同饮比翼诗。

闲拈古帖临池写;静把清樽对竹开。

杨柳晚风深情酒;桃花春水幸福人。

结婚筵前共饮合欢酒;庆功会上同唱胜利歌。

其 他

关于酒的对联还有许多。如

对酒歌盛世；笑语满人间。

一醉千愁解；三杯万事和。

喜看阳春花千树，笑饮新岁酒一杯。

山径摘花春酿酒；竹窗留月夜品香。

酒闻十里春无价；醉买三杯梦亦香。

一川风月留酣饮，万里山河尽浩歌。

酌来竹叶凝杯绿，饮罢桃花上脸红。

山径摘花春酿酒，竹窗留月夜品香。

玉井秋香清泉可酿，洞庭春色生涯日佳。

襟怀谁开，登楼远眺；江山如此，有酒盈樽。

件件随心饥有佳肴醉有酒，般般适合冷添汽水热添茶。

我国酒令大观

酒令是中国酒文化的精华

酒令是酒席上的一种助兴游戏,一般是指席间推举一人为令官,余者听令轮流说诗词、联语或其他类似游戏,违令者或负者罚酒一杯(也可以是三杯,完全按约定而定),所以又称"行令饮酒"。

酒令的历史十分悠久,它的起源可追溯到春秋战国时代。当时王公贵族、诸侯大夫,每逢酒宴都要"当筵歌诗"、"即席作歌"或者在酒席宴筵上投壶掷杯,以助酒兴。这些举措应视为酒令的早期雏形。

有关专家考证说,"酒令"二字的文字记载,最早见于西汉刘向的《说苑》一书。书中记载了当时皇帝设宴召集大臣饮酒,席间令其赋诗取乐,如赋诗不成,则罚以唱歌或饮酒。

晋武帝司马炎是中国大地的又一个统一者,当然,统一中国的主要功劳是他的祖父司马懿和他的父亲司马昭,但真正统一中国建立了晋朝(史称西晋)的,还是司马炎,是他灭了东吴,结束了三国鼎立的局面,使纷乱了近百年(从黄巾起义、诸侯纷争开始)的中国又回归统一。

据记载,司马炎统一中国后大宴群臣,席间问东吴的旧主孙皓道:"南人好做尔汝歌,颇能为否?"孙皓正在喝酒,因此举杯敬武帝道:"昔与汝为邻,今与汝为臣,上尔一杯酒,祝尔万寿春。"晋武帝听了,非常高兴,觉得吟咏诗歌的劝酒方法甚好,因而下令,在酒席上推而广之。

到了东晋,书法家王羲之(321～379,一作 303～361)于穆帝永和九年(公元 353 年)三月三日,和谢安、孙绰等 41 人,在山阴(今浙江绍兴)兰亭聚会,借宛转溪水饮酒作诗。最后由王羲之作序,这就是大名鼎鼎的《兰亭宴集序》,或者叫《兰亭序》、《兰亭集序》。序中记叙兰亭周围山水之美和聚会的欢乐之情,抒发作者好景不长、生死无常的感慨。这种"曲水流觞",从此千古流芳。

酒令的发展，经过唐宋明清，已经颇具规模，蔚为大观。清代学者俞敦培著的《酒令丛抄》载酒令322种。有人将之分为4类：古令、雅令、通令、筹令，举凡天地间的人事物件、花鸟鱼虫、诗文曲牌、戏剧小说、佛经八卦、风俗节气等，皆可入令。

古令的年代已久，有的已经失传，只存酒令的名字。即使有具体方法的记载，很多已经不适合现代社会，基本不用。

雅令是文人的酒令，所行之令必须引经据典，分韵联唱，当席构思。如后面说的贾宝玉的"女儿令"，就是雅令，比较复杂。但也有简单易行的雅令，如"花非花令"，席上诸人只要挨个说出一种不是花的花即可，答不上来者即罚酒。这些"花非花"有很多。如"雪花"、"浪花"、"灯花"、"火花"、"酒花"……与"花非花令"相反的是"非花花令"，所举之花必须在字面上不是花字。如夜来香、映山红、干枝梅、夹竹桃、玫瑰、牡丹……

又如"山水令"，要求说出两句成语，分别以"山"、"水"开头，说不出，或者说错，都要罚酒。如山珍海味，水落石出；山清水秀，水天一色；山光水色，水涨船高；山重水复，水乳交融；山高水长，水滴石穿；山盟海誓，水到渠成；山摇地动，水深火热；山雨欲来风满楼，水至清则无鱼……以上这些还可以交叉配套，就能够衍化出更多的酒令。这些酒令需要较多的文学知识，所以叫做雅令。

筹令，是用竹或木片制成筹子，上刻饮法。如"觥筹交错令"，是准备48只木签（或竹签），行令之始，"令官"（或叫"酒监"）先喝一杯，然后取令筹一枚，当众宣读辞令，依辞令罚某喝酒。木签上可写各种不同的辞令，如"年长者一杯"、"年幼者一杯"、"自饮一杯"、"左邻座一杯"、"右邻座一杯"、"左右邻座各一杯"、"免饮"、"饮两杯"……若是善饮者，掣得"对座代饮"或者"免饮"，只得暗暗叫苦。而不善饮者，如果掣得"饮两杯"，只得自认倒霉。

被罚者喝酒之后，就取得执筹资格，再取令筹宣读辞令，依次进行，周而复始。白居易有诗云："花时同醉破春愁，醉折花枝当酒筹。"元人姚文奂的《竹枝词》也说道："剥将莲子猜拳子，玉手双开不睹空。"欧阳修在《醉翁亭记》写道："觥筹交错起坐而喧哗者，众宾欢也。"以上都写到了酒筹，而且酒筹可以多种多样，真没有酒签时，"花枝"、"莲子"皆可以当作酒筹。

通令就是普通的酒令，又叫俗令。如掷骰子、说笑话、猜谜语、敲杠子、大压小、划拳（猜枚、拇战）、击鼓传花，以及各种规矩的地方酒令。划拳使用最广，如"宝一对"、"一心敬"、"一锭金"、"哥俩好"、"三桃园"、"三星照"、"四季财"、"五魁首"、"五福至"、"六六顺"、"巧七枚"、"八大仙"、"九盅酒"、"满福寿"、"满堂红"、"全来到"……

酒 令 拾 趣

有的雅令如同对歌一般，令人拍案叫绝。据说清代的蒲松龄去朋友家做客，东道主"侍郎"毕际先开酒令："三字同头左右友，三字同旁沾清酒，今日幸逢左右友，聊表寸心沾清酒。"接着"尚书"王渔祥对曰："三字同头官宦家，三字同旁绸缎纱，若非当朝官宦家，谁人能穿绸缎纱。"最后蒲松龄更是淋漓尽致地"以令言志"，一番对答："三字同头哭咒骂，三字同旁狗狐狼，山野声声哭咒骂，只因道道狗狐狼。"每个人的酒令都有自己的特色。蒲松龄笔下为什么会出现那么多人妖颠倒的故事，由此可见一斑。正如"文如其人"一样，也是"令如其人"。

在宋代，著名文人苏东坡邀请学生黄庭坚同游西湖。船至湖心，明月当空。苏东坡对黄庭坚说："今晚我备了酒菜，咱俩痛饮一番。以前佛印总是不请自到，看他这次如何插翅飞来！"黄庭坚："那咱就即景说个酒令吧，是否用'哉'字作结尾呢？""甚好！"苏东坡接着说："浮云拨开，明月出来。天何言哉？天何言哉？"黄庭坚望着湖中荷花随即应对："莲萍拨开，游鱼出来。得其所哉！得其所哉！"没有料到的是，佛印就藏在船舱板下面，忍不住顶开舱板，爬了上来，急着说道："船板拨开，佛印出来。憋煞人哉！憋煞人哉！"苏东坡和黄庭坚先惊后喜道："今夜到底还是被你吃上了。"三人哈哈大笑。

在明代，著名才子唐伯虎与好友文征明一起饮酒，另一才子祝枝山闻着酒香追来。唐伯虎对文征明使了个眼色："今天我们吃酒得行个昆虫酒令，作不出来不准喝酒。"说完唐伯虎就以"蝇"为谜底吟道:"菜肴香,老酒醇,不唤自来是此君。不怕别人生嫌恶,撞来席上自营营。"文征明接着说"蚊子谜"道:"华明灯,喜盈盈,不唤自来是此君。吃人嘴脸生来惯,贪吃图喝乱钻营。"祝枝山是个聪明人,焉能不知道他俩以蚊蝇取笑自己,接着用"蚕"为谜底说道:"来得巧,正逢时,劝君莫吝盘中食。此公满腹锦绣才,不让吃喝哪来诗(丝)?"说了之后,三人大笑,遂开怀畅饮。这些都属于"雅令"。

相传有几个文人聚会,饮酒行令。有人提出每人制一谜语为酒令,猜中了出谜者喝酒,而猜不中则大家喝酒。其中有一位贫寒书生,论到他时,出了一则谜语:"天不知地知,你不知我知。"大家猜了半天也没有猜出来,只好认输。当大家问他谜底的时候,只见这位书生翘起自己的脚说:"鞋底破一洞。"众人忍俊不禁。

酒令的分类

酒令是中国酒文化的精华之一,是中国独有的"国粹"。有复杂的,有简单的,或庄或谐,融入历史掌故、风俗人情、节令物候等,多得不可胜数。

现代李争平先生是研究酒文化的大家,他将酒令分为以下几类:

1. 射覆划拳类

(1)射覆:包括掘藏令、打擂令、两覆一射、猜诗令、猜朵令、猜子令、猜花令、猜枚、藏阄仪、藏花令、钓鱼令、揭彩令、武揭彩令、渔翁下网令、手势令等15种。

(2)划拳:包括小霸王拳、状元游街拳、五行生克令、五毒拳、抢三筹令、抬轿令、摆擂台令、哑拳、添减正拳、内拳、空拳、走马拳、通关拳、竹节通关拳、鹅毛扇拳通关令、霸王拳、七星赶月令等17种。

2. 口头文字类

(1)口令:包括马无形令、水以山名令、"酒"字令、字体象形兼筋斗令、字体抽梁换柱令、字体四柱册令、无税良田令、《四书》隐药名令、一字化为三字令、一字化为三贯谚语令、一字换半合成语成字令、一字藏六字令、一字中有反义词令 等13种。

(2)字令:包括一字象形令、一音无二字令、二字两半同音令、二字音同字异令、二字俱非本音令、三奇令、三合五行令等7种。

(3) 写字令：包括迭并字令、反切令、拆字令、动不动字令、拆字对令、推字换形令、增损重迭字令、写字令、离合字俗语令、离合同音令、同色离合令、并头离合字令、前后离合字令、葩经离合字令 等14种。

3. 骰子类

(1) 飞禽、果名贯骨牌、官名令。

(2) 花名贯《四书》顶针令。

(3) "雪"字掷骰令。

(4) 戒本色令。

(5) 立夏掷骰令。

(6) 五月掷骰令。

(7) 六月掷骰令。

(8) 七月掷骰令。

(9) 七夕掷骰令。

(10) 中秋掷骰令。

(11) 九月掷骰令。

(12) 重阳掷骰令。

(13) 十月掷骰令。

(14) 十一月掷骰令。

(15) 十二月掷骰令。

(16) 杂诗掷骰令。

以上共16种。

4. 其他

包括牌类、筹子类、杂类。杂类又有流觞曲水、卷白波令、钓鳌竿令、骰盘令、鞍马令等，不一一叙述。

可见酒令种类之繁多。每一种又可稍作演变，或者几种结合起来，又会衍化出许多种，形成千变万化、多姿多彩的酒令。

历史发展到今天，上述那些酒令仍然使用者已经不多。只有大众化的"猜拳"使用最广。

贾宝玉的"女儿令"

贾宝玉的唱段堪称"三绝"

《红楼梦》第28回是一个精彩的篇章。其中一段就是在冯紫英家筵席上的酒令。宝玉、冯紫英、薛蟠、蒋玉函，加上锦香院的妓女云儿，共有5个人。摆上酒菜，依次坐定，喝了一会酒，宝玉笑道："听我说罢，这么滥饮，易醉而无味，我先喝一大碗，发一个新令，有不遵者，连罚十大海逐出席外，给人斟酒。"

这个酒令是要说"悲"、"愁"、"喜"、"乐"四个字，却要说出"女儿"来，还要注明这四个字的原故。说完了，喝门杯，酒面要唱一个新鲜曲子，酒底要席上生风一样东西——或古诗、旧对，《四书》《五经》成语。

薛蟠不学无术，胸无点墨，自然害怕这个"雅令"，先站起来拦道："我不来，别算我。这竟是玩我呢！"被人拉住。于是酒令开始。

贾宝玉说道："女儿悲，青春已大守空闺；女儿愁，悔教夫婿觅封侯；女儿喜，对镜晨妆颜色美；女儿乐，秋千架上春衫薄。"

然后是一段精彩的唱段：

滴不尽相思血泪抛红豆；开不完春柳春花满画楼；睡不稳纱窗风雨黄昏后；忘不了新愁与旧愁；咽不下玉粒金莼噎满喉；照不尽菱花镜里形容瘦；展不开的眉头；捱不明的更漏；呀！恰便是遮不住的青山隐隐，流不断的绿水悠悠。

曹雪芹真不愧为语言大师，一段短短的唱词竟用了10个排比，而且一个一个都不一样，对仗工整，选词精湛，前后呼应，从各个方位进行展示、比喻、描述，可以称之为经典。例如，滴不尽，后面是"相思血泪"，注意"相思"二字，既然是血泪，必然是红色的，那么不就是"红豆""吗？特别是用了动词"抛"，是神来之笔，如果改成其他动词，竟不能选出更恰当的一个。其他如开不完、睡不稳、忘不了，咽不下，照不尽，展不开，捱不明，遮不住，流不断等等，皆是如此。更重要的是充满着感情，也只有宝黛之间的纯真爱情，才会如此真切，如此感人！书上是这样写的："唱完，大家齐声喝彩"，其实，我们读了之后，又何尝不是"齐声喝彩!"

贾宝玉唱的是他时时刻刻想念的林黛玉，还有他们之间那真真切切、感人肺腑的爱情，比喻贴切，文辞优美。在电视连续剧《红楼梦》中，由作曲家王立平谱曲，歌唱家王洁实和陈力演唱，将这一段唱词唱得感情深沉，节奏舒缓，如泣如诉，催人泪下，使人百听不厌。这不仅是唱词的经典，而且是曲子的经典、演唱的经典，加在一起，可称为"三绝"。感谢音乐家王立平和歌唱家王洁石、陈力，将曹雪芹的思想感情如此真切地表现出来！

草蛇灰线，伏脉千里

贾宝玉的酒令结束后，依次有冯紫英、云儿、薛蟠、蒋玉函等人说和唱。

冯紫英的酒令是："女儿喜，头胎养了双生子；女儿乐，私向花园掏蟋蟀；女儿悲，儿夫染病在垂危；女儿愁，大风吹倒梳妆楼。"他的唱词和古诗从略。

妓女云儿的酒令是："女儿悲，将来终身依靠谁？女儿愁，妈妈打骂何时休？女儿喜，情郎不舍还家里；女儿乐，住了箫管弄弦索。"她的唱词是："豆蔻花开三月三，一个虫儿往里钻；钻了半日钻不进，爬到花儿上打秋千。肉儿小心肝，我不开了，你怎么钻？"喝了门杯之后，说了一句诗：桃之夭夭。

该薛蟠说了，这个不学无术的呆霸王，也只会说出一些低级的、庸俗的酒令："女儿悲，嫁了个男人是乌龟；女儿愁，绣房里钻出个大马猴；女儿喜，洞房花烛朝慵起（他到底是受到书香门第的熏陶，竟想起了这么雅的一句）；女儿乐，一根几巴往里戳。"唱的曲也十分庸俗："一个蚊子哼哼哼，两个苍蝇嗡嗡嗡……"这其间还夹杂一些逗笑，曹雪芹将酒席场面写得有声有色，跃然纸上。

蒋玉菡的酒令是："女儿悲，丈夫一去不回归；女儿愁，无钱去打桂花油；女儿喜，灯花并头结双蕊；女儿乐，夫唱妇随真和合。"他的唱词是："可喜你天生成百媚娇，恰便是活神仙离碧霄。度青春，年正小；配鸾凤，真也着。呀！看天河正高，听谯楼鼓敲，剔银灯，同入鸳帏悄。"古诗是：花气袭人知昼暖。

他们 5 人所有的曲、令都切合自己的身份、地位、性格和教养。如呆大爷薛蟠，他的酒令和曲子，活生生地刻画了一个纨绔子弟的丑相。

人物言语和形象应符合他的身份，也正是通过语言和行动来勾勒艺术形象，这一点并不稀奇，许多作家都会掌握这一点。了不起的是第二层，曹雪芹在里面还藏有深意。如贾宝玉的首句"青春已大守空闺"，即成了后来他出家、宝钗守寡的预言。第二句"悔教夫婿觅封侯"，看似随便借用了大家最熟悉的唐诗，其实，非常确切地暗示了宝玉弃宝钗当和尚的原因。以"仕途经济"那一套来劝谏宝玉的人，终将使宝玉厌恶而与之决裂。

而蒋玉菡的酒令、曲子，着重说的是女儿的"喜"和"乐"。很明显，这是他后来迎娶袭人的"吉谶"。他说的"悲"、"愁"两句，倒也与袭人想做宝玉二姨娘，因贾府事败、宝玉潦倒而不得实现的境况相合，在这里就已经埋下了"伏笔"。曹雪芹经常用这种"草蛇灰线，伏脉千里"的手法，应该说是《红楼梦》的一大特色。

酒令大如军令

鸳鸯其人

《红楼梦》第 40 回《史太君两宴大观园，金鸳鸯三宣牙牌令》，写的是刘姥姥二进大观园，贾母高兴，领着孙子、孙女、刘姥姥一大帮人，在缀锦阁大摆筵席。

大家坐定，贾母先笑道："咱们先吃两杯，今日也行一个令，才有意思。"凤姐说："既行令，还叫鸳鸯姐姐来行才好。"于是鸳鸯半推半就，吃了一盅酒，笑道："酒令大如军令，不论尊卑，唯我是主，违了我的话，是要受罚的。"这样鸳鸯就当上了酒令官。

这一回，曹雪芹将鸳鸯的才情、性格、神态，渲染得淋漓尽致。鸳鸯是贾母房中的大丫头，"家生子儿"，备受信任。贾母玩牌，她坐在旁边出主意；贾母摆宴，她入坐充当令官。因为这个缘故，她在贾府丫头中的地位是很高的。甚至比"准姨娘"平儿还要体面，还要尊贵。同时鸳鸯又自重自爱，从不以此自傲，仗势欺人，因此深得上下各色人等的好感和尊重。

由于她长得漂亮，被大老爷贾赦看中，要收做"屋里人"。邢夫人奉夫君贾赦之命，到儿媳妇凤姐这边吹风并征求意见。凤姐对婆婆说："老太太离了鸳鸯饭也吃不下去。"凤姐这是肺腑之言，决非平日巧舌如簧，夸大其词。作为荣府大院"实权派"的凤姐，对鸳鸯的分量、能量，体会至切至深。她和丈夫贾琏就曾恳请"通天派"鸳鸯，把老祖宗的家私倒腾出来，送进当铺，换银子救急。所以，凤姐把公爹的这个想法看做是异想天开，"拿草棍儿戳老虎的鼻眼儿"。

还是凤姐想得对，第 46 回就写了《尴尬人难免尴尬事，鸳鸯女誓绝鸳鸯偶》。做这个老头子的"屋里人"，鸳鸯当然不愿意，于是就有"鸳鸯抗婚"这一段的描写。这一句用了两个"尴尬"，前一个尴尬的意思是"二百五"，指

"禀性愚强"、"左性"的邢夫人；后一个尴尬是指这件事她碰了一鼻子灰。

鸳鸯自有自己的主见："别说大老爷要我做小老婆，就是太太这会子死了，他三媒六证的娶我去做大老婆，我也不能去！""纵到了至急为难，我剪了头发做姑子去；不然，还有一死。一辈子不嫁男人，又怎么样？乐得干净呢！"后来又跪在贾母面前，一面说，一面哭："我是横了心的，当作众人在这里，我这一辈子，别说是宝玉，就是'宝金'、'宝银'、'宝天王'、'宝皇帝'，横竖不嫁人就完了！就是老太太逼着我，一刀子抹死了，也不能从命！"说得斩钉截铁，掷地有声，慷慨悲壮。这是一个多么高尚、刚强的女性！一个奴才终于反抗了。在贾母死后，她也自尽随贾母而去，这一方面是为了"尽忠"，更重要的是她已经无路可走。因为贾母一死，虎视眈眈的贾赦决不会放过她。她以死向人们宣告，她纵然挣脱不了奴婢的枷锁，但却是"威武不能屈"，宁愿站着死，决不跪着生。

鸳鸯的死是悲壮的，她用生命维护了自身的"干净"，维护了人格的尊严。仅此，就使人对她刮目相看。

在这次宴会上，鸳鸯当了令官，而且明确了"酒令大如军令，"还说"不论尊卑，唯我是主，违了我的话，是要受罚的。"王夫人等都笑道："一定如此，快些说。"

酒令大如军令的来源

"酒令大如军令"，并不是鸳鸯的胡诌，它来源于一个历史故事。

在汉代，刘邦的夫人吕后为人阴险，曾以邀韩信赴宴为名诱杀了韩信。刘邦死后，其子孝惠帝即位，由于其性格比较软弱，故政权实际由吕后掌握。吕后大权独揽，特别是虐待戚夫人：斩断戚夫人的手脚，挖去眼睛，用火烧聋她的耳朵,并给她吃"哑药",使她讲不出话来。然后把她扔到厕所里,称为"人彘"。当惠帝知道"人彘"就是戚夫人时,便放声大哭,一病不起;并派人去对吕后说:"这真不是人干的事情。母后如此为人处事,我作为太后的儿子,实在无法治理国家。"从此,惠帝便不理朝政,终日饮酒淫乐,心情抑郁,久病不愈,不久就病死了。

吕后专权,任用了许多吕氏家族的人员当了大官,一时权倾朝野,谁也没有办法。这时原来的一帮大臣和刘氏亲王,看在眼里,恨在心里。他们始终记着汉高祖刘邦的遗言:"非刘氏而王,天下共击之。"其中大臣刘章就是一个代表。

一次,吕侯大宴群臣,刘章被推做"酒使"、"觥录事",就是现在说的"酒监"或"令官"。这虽是逢场作戏,但刘章却心生一计,提出了要以军令行酒令。吕后高兴,没有仔细考虑就应允了。在酒宴上,刘章巧妙地将吕氏一帮人灌了个人仰马翻。其中一人实在受不了,离席而逃。刘章急追上去,拔剑将其杀了,回来报告吕后:"有亡酒一人,臣谨行军法斩之。"吕后大惊失色,但答应过以军法行酒令,故眼看着自己的亲信被杀,也不便发作。这就是"酒令大如军令"的来源。

这个典故出自《史记·齐悼惠王世家》:"高后令刘章为酒史,请以军法行酒。诸吕有一人醉亡酒,章追仗剑斩之。"

鸳鸯虽然是丫鬟,但在酒席上,就做了令官。既然是令官,身份就不再是丫鬟,要坐在酒席上。王夫人说了:"既在令内,没有站着的理"。于是为她安排座次,命小丫头:"端一张椅子,放在你二位奶奶的席上。"二位奶奶是指李纨和凤姐,鸳鸯和她们同席而坐,就是鸳鸯的座次了。尽管有贾母、王夫人等主子,鸳鸯还是"一朝权在手,就把令来行"。

鸳鸯的"牙牌令"

预示鸳鸯香魂出窍

鸳鸯做了令官,说:"如今我说骨牌副儿,从老太太起,顺领说下去,至刘姥姥止。比如我说一副儿,将这三张牌拆开,先说头一张,次说第二张,再说第三张,说完了,合成这一副儿的名字,无论诗词歌赋,成语俗话,比上一句,都要合韵。错了的罚一杯。"这个酒令叫做"牙牌令"或"骨牌令"。

酒令开始,鸳鸯道:"我有一副了。左边是张'天'。"贾母道:"头上有青天。"鸳鸯道:"当中是个五合六。"贾母道:"六桥梅花香彻骨。"鸳鸯道:"剩下一张六合么。"贾母道:"一轮红日出云霄。"鸳鸯道:"凑成却是个'蓬头鬼'。"贾母道:"这鬼抱住钟馗腿,"说完,大家笑着喝彩。贾母饮了一杯。

曹雪芹用他的如椽巨笔,将这一情节写得栩栩如生,跃然纸上。我们仿佛听到鸳鸯的笑声娇音,看见贾母的银发喜纹。进而又似乎看到鸳鸯那婀娜身段、神采飞扬,贾母乐得前仰后合。更重要的是我们还大致听清了鸳鸯、贾母口中所念的令谜、令面。

"头上青天"、"六桥梅花"、"一轮红日",这些词是赞叹贾母的,但又何尝不是赞叹鸳鸯的?最妙的是鸳鸯道:"凑成便是'蓬头鬼'。"是鸳鸯的自喻自嘲。贾母对答得十分巧妙:"这鬼抱住钟馗腿"。后来的情节证实,鸳鸯是依靠贾母这棵大树,才摆脱了做贾赦"小老婆"的命运。"大树底下好乘凉",而一旦这棵大树倒下,

鸳鸯的命运便不能自己做主了,因为贾赦有话在先:"凭他嫁到了谁家,也难出我的手心:除非他死了……"在这种情况下,鸳鸯只有"自杀"这一条路。这个酒令也是为后面篇章埋下的伏线。

于是,第 110 回《史太君寿终归地府》之后,第 111 回,鸳鸯"自己又哭了一回,听见外头人客散去,恐有人进来,急忙关上屋门,然后端了一个脚凳,自己站上,把汗巾拴上扣儿,套在咽喉,便把脚凳蹬开。可怜咽喉气绝,香魂出窍!"一个才情灵秀的姑娘就这样死去了,从中我们看到封建礼教的血腥与残酷。

黛玉——爱情、友情皆纯真

让我们再回到宴席上。贾母喝完酒之后,接着是薛姨妈、史湘云、薛宝钗。

然后该林黛玉了。鸳鸯道:"左边一个'天'。"黛玉道:"良辰美景奈何天"。宝钗听了,回头看着她。黛玉只顾怕罚,也不理论。鸳鸯道:"中间'锦屏'颜色俏。"黛玉道:"纱窗也没有红娘报"。鸳鸯道:"剩了'二六'八点齐。"黛玉道:"双瞻玉座引朝仪。"鸳鸯道:"凑成'篮子'好采花。"黛玉道:"仙杖香桃芍药花。"说完,饮了一口。

迎春过后,就该刘姥姥了。刘姥姥虽是村野中人,但老于世故,知情达理,随机应变,具有很高的智商和情商,知道酒宴是小辈们要讨老太太的欢喜,也便甘心扮演被戏弄的角色。

鸳鸯说:"左边'大四'是个'人'。"刘姥姥听了,想了半日,说道:"是个庄稼人罢!"众人哄堂笑了。贾母笑道:"说的好,就是这么说。"刘姥姥也笑道:"我们庄稼人不过是现成的本色儿,姑娘姐姐别笑,"鸳鸯道:"中间'三四'绿配红。"刘姥姥道:"大火烧了毛毛虫。"众人笑道:"这是有的,还说你的本色。"鸳鸯笑道:"右边'么四'真好看。"刘姥姥道:"一个萝卜一头蒜。"众人又笑了。鸳鸯笑道:"凑成便是'一枝花'。"刘姥姥两只手比着,也要笑,却又掌住了,说道:"花儿落了结个大倭瓜。"众人听了,由不的大笑起来。将整个筵席的气氛推上了高潮。

曹雪芹写酒令,不是单纯地写酒令,里面的内容很多,含义很深,而且是"草蛇灰线,伏脉千里"。黛玉在行酒令时,由于怕罚酒,竟在紧张中说出了

"良辰美景奈何天"、"纱窗也没有红娘报"。这些是《牡丹亭》、《西厢记》中的句子,在封建社会,这两本书都是"淫书"、"禁书",特别是女孩子,是绝对不许看的。幸亏贾母、王夫人都不懂得,或者没有在意,就自然地过去了。可是心细的薛宝钗,全部知道里面的奥秘。

在第42回,林黛玉去蘅芜院见薛宝钗。宝钗笑道:"您还不给我跪下?我要审你呢!""好个千金小姐!好个不出屋门的女孩儿!满嘴里说的是什么?你只实说罢。"

黛玉还不知何事,经提醒才知道是说了《牡丹亭》、《西厢记》中的句子。宝钗见黛玉羞得满脸通红、满口央告,也款款的告诉他道:"你当我的谁?我也是个淘气的,从小儿七八岁上,也够个人缠的。我们家也算是个读书人家,祖父手里也极爱藏书。先时人口多,姐妹兄弟也在一处,——都怕看正经书。弟兄们也有爱诗的,也有爱词的,诸如这些《西厢》、《琵琶》以及《元人百种》,无所不有。他们背着我们偷看,我们也背着他们偷看。……至于你我,只该做些针线纺绩的事才是,偏又认得几个字。既认得了字,不过拣那正经书看也罢了,最怕见些杂书,移了性情,就不可救了。"

一夕话,说得黛玉垂头吃茶,心下暗服,只有答应"是"的一字。这段情节被红学家们称为"钗黛言好"。自此,黛玉开始毫无心机地爱着宝姐姐。黛玉没有任何虚伪,它的爱情、友情都是纯真的,她的性格魅力深深地吸引着读者。

高难的射覆酒令

射覆酒令的玩法

射覆是一个高雅的酒令。射者，猜度也；覆者，遮盖隐藏也。射覆游戏早期的玩法是制谜、猜谜，或者用盆、盂、碗等把某物隐藏遮盖起来，让人猜度。这两种玩法都是比较直接的。后来，在此基础上又产生了一种间接曲折的语言文字形式的射覆游戏，其玩法是用相连字句隐寓事物，令人猜度。若射者猜不出或猜错，或者覆者误判射者的猜度，都要罚酒。

在一桌酒席上，玩射覆酒令，先要"分曹"，就是分队。这需要掷骰子，对了点的为一对。唐代诗人李商隐曾有一首《无题》诗，就是写的"分曹射覆"：

昨夜星辰昨夜风，画楼西畔桂堂东。身无彩凤双飞翼，心有灵犀一点通。

隔座送钩春酒暖，分曹射覆蜡灯红。嗟余听鼓应官去，走马兰台类转蓬。

《红楼梦》中的人物众多，在同一天生日的就有 4 人：宝玉、平儿、宝琴、岫烟。为给他们庆贺生日，在"红香圃"设了酒宴，共有 4 桌。宝玉便说："雅坐无趣，须要行令才是。"众人中有说这个令好的，有说那个令好的。黛玉道："依我说，拿了笔砚，将各色酒令都写了，拈成阄儿，咱们抓出那个来就是那个。"众人都道："妙极！"共写了 10 来个酒令，抓出一个阄是"射覆"。

宝钗笑道："把个令祖宗拈出来了！射覆从古有的，如今失了传；这是后纂的，比一切的令都难。……"

游戏开始了。探春道："我吃一杯，我是令官；也不用宣，只听我分派。取了骰子令盆来，从琴妹妹掷起，挨着掷下去，对了点的二人射覆。"这其实就是"分曹"。

游戏按顺序进行下去。宝钗和探春掷骰对了点子后，探春便覆了个

"人"字,宝钗说"人"字泛得很,探春又覆了一个"窗"字,两覆一射。宝钗见席上有鸡,便射着探春用的是"鸡窗"、"鸡人"二典,鸡覆的"鸡"字,因而射了一个"埘"字。探春一听,知他射着,用了"鸡栖于埘"的典,二人一笑,相互会意,各饮了一口酒。

《酒令丛钞·古令》记载:"然今酒座所谓射覆,又名射雕覆者,殊不类此。法以上一字为雕,下一字为覆。设注意'酒'字,则言'春'字,'浆'字使人射之,盖'春酒'、'酒浆'也,射者言某字,彼此会意。"这基本上说明了射覆酒令游戏的玩法原理。

射覆酒令的确高雅,需要知道很多典故,如果没有一定的文学根底,没有广泛的历史知识,或者缺乏想象力,缺乏思维的敏捷性,就很难玩转这个酒令。曹雪芹写这个酒令,主要是突出红楼人物的才华和修养,在这个"诗礼簪缨之族",不乏优秀的女诗人、女才子。

现代射覆酒令例举

现在我们以两个射覆酒令为例子,再加以说明:

李( )( )广

"李广"是西汉一位著名大将,武艺高强,善射箭,力大无穷,曾有李广射虎(其实射的是石头)的故事。《水浒传》里的花荣箭法高明,百发百中,绰号就叫"小李广"。这个射覆令要求在中间空格填入我国著名电影演员的名字,并使前两字为一唐代诗人名;后两字为一隋代人名。

答案是"白杨"。白杨是我国著名电影演员,李白是唐代诗人,杨广是隋代皇帝。

又如:红( )( )( )霞

《红霞》为歌剧名。要求在中间空格填入三字是亚洲一海名,并使前两字和后两字均为国产故事片名。

答案是"日本海"。《红日》和《海霞》都是国产故事片。

现代也有演化成简易的,或初级的射覆酒令。如猜子令,行令者手握一枚瓜子,左右手一实一空,令对方猜瓜子在哪个手中。猜不中罚酒,猜中了则由覆者饮酒。这可以认为是最简单的射覆令。这种令又叫做"藏钩"令或"送钩"令,现在通俗的叫法是"猜有无"或"猜子令"。

怡红院的"占花名"酒令

薛宝钗是牡丹花

《红楼梦》第 63 回《寿怡红群芳开夜宴》写的是怡红院的丫鬟们给宝玉做生日,在夜晚开酒宴。又将黛玉、宝钗、李纨、探春、宝琴、香菱请来。

在酒宴上,宝玉说:"咱们也该行个令才好",于是选择了"占花令"。晴雯笑道:"早已想弄这个玩意儿。"

人到齐后,晴雯拿了一个竹雕的签筒来,里面装着象牙花名签子,摇了一摇,放在当中。又取过骰子来,盛在盒内,摇了一摇,揭开一看,里面是六点,数至宝钗。宝钗将筒摇了一摇,伸手掣出一签,大家一看,只见签上画着一枝牡丹,题着"艳冠群芳"四字。下面又有镌的小字,一首唐诗:任是无情也动人。众人都笑说:"巧得很! 你也原配牡丹花。"

薛宝钗的长相是无可挑剔的,请看第 28 回的描写:"再看宝钗的形容,只见脸若银盆,眼同水杏,唇不点而含丹,眉不画而横翠:比黛玉另具一种妩媚风流。"以至"艳冠群芳",当然她"也原配牡丹花"。然而唐诗写的是:任是无情也动人。

原诗《牡丹花》是这样的:"似顾东风别有因,绛罗高卷不胜春。若教解语应倾国,任是无情也动人。……"

众所周知,牡丹是花王。唐代诗人刘禹锡说:"唯有牡丹真国色,花开时节动京城。"在每年的谷雨前后,洛阳的牡丹开放了,远远望去如同繁华仙境。近着观她,不但会感到她无比的惊艳,而且会感到一种震撼的、惊心动魄的魅力。与兰花的幽香,梅花的暗香不同,当走近牡丹园时,往往是还没见花,先觉其香了。赏牡丹,风中、雨中、雾中、朝霞映、夕阳照、月色下,都各有特色。再与她的香气相配,真正是国色天香。

这样的花,感染了多少大艺术家。吴昌硕、齐白石、李苦蝉以及他们的传承者在牡丹这一题材上的传世佳作数量可观。这是大师们的感动,大师们的表达,大师们的寄怀。

李白说:"名花倾国两相欢,长得君王带笑看。"

《红楼梦》人物的命名和暗喻都是很有讲究的,寄寓爱憎褒贬,隐喻人物的性格命运,格外耐人寻味。以花寓人,牡丹寓的是薛宝钗。

薛宝钗的"动人"是毋庸置疑的,关键是"任是无情"4个字。她是有名的"冷美人",连吃的药也是"冷香丸"。当薛家知道尤三姐自尽、柳湘莲出走之后,薛姨妈叹息,薛蟠也为之落泪,而宝钗却"并不在意",提醒他们应当及时酬谢那些贩货的伙计,"别叫人家看着无理似的"(第67回)。金钏儿含冤投井而死,她安慰正在垂泪的王夫人,说金钏儿即使为了赌气而投井,"也不过是个胡涂人,也不为可惜。"(第32回)这充分表现了她的冷漠和无情。"任是无情也动人"真是准确的高度概括。曹雪芹善于抓住每一个细节来塑造人物。

大观园的女儿皆是花

重又回到酒宴上。宝钗掷了一个十六点,数到探春。探春伸手掣了一根签,上面是一枝杏花,写着"瑶池仙品"四字,诗云:日边红杏倚云栽。众人说:"我们家已有了王妃。难道你也是王妃不成?"

探春掷了个十九点出来,该李纨了。李纨掣出的签是一枝老梅,写着"霜晓寒姿"四个字。那一面旧诗是:竹篱茅舍自甘心。

下面是湘云掣,掣出的签上画着一枝海棠,题着"香梦沉酣"四字,另一面的诗是:只恐夜深花睡去。黛玉打趣她将"夜深"二字改为"石凉",那是史湘云醉眠芍药裀的事。众人都知道这是黛玉打趣史湘云,可史湘云也毫不示弱,笑着指那自行船给黛玉

看,说:"快坐上那船家去罢,别多说了!"众人都笑了。

因为签上写着:掣此签者,不便饮酒,只令上下两家各饮一杯。湘云的上下两家恰好的黛玉和宝玉。所以湘云拍手笑道:"阿弥陀佛!真是好签!"黛玉、湘云二人,一个巧嘴,一个利舌;一个聪明,一个机智,二人个性之逼真,简直呼之欲出。

下面是麝月掣,掣出了一枝荼蘼花,题着"韶华胜极"四字,背面的诗是:开到荼蘼花事了。

下面是香菱,掣了一根签,上面画着并蒂花,题着"联春绕瑞",旧诗是:连理枝头花正开。

林黛玉是芙蓉花

下面是黛玉,伸手取了一根,上面画着一枝芙蓉花,题着"风露清愁"四字。旧诗是:莫怨东风当自嗟。众人笑说:"这个好极!除了她,别人不配做芙蓉!"黛玉也自笑了,于是饮了酒。自此,人们都知道黛玉是芙蓉花,但并不知主何吉凶。

宝玉曾作《芙蓉女儿诔》,黛玉与他共同切磋(第79回),黛玉笑道:"我的窗即可为你之窗,何必如此分析,也太生疏了。古人异姓陌路,尚然'肥马轻裘,敝之无憾'何况咱们?"于是宝玉把原文中的四句改做:"茜纱窗下,我本无缘;黄土陇中,卿何薄命!"黛玉听了,陡然变色。虽然无限狐疑,外面却不肯露出。作为芙蓉花的黛玉,已经预感到不幸的结局即将来临。其实,《芙蓉女儿诔》与其说是悼念晴雯的,还不如说是悼念黛玉的。晴雯就是黛玉的影子。在"金陵十二钗"中,活着看到自己祭文的只有黛玉。

下面是袭人,取了一枝出来,却是一枝桃花,题着"武陵别景",旧诗是:桃红又见一年春。

后来有人叫门,夜也深了,酒令到此结束。

曹雪芹写了"花名签酒令"8首。这些旧诗当时十分流行,在《千家诗》中可以找到,人们也比较熟悉,所以只要提起一句,就容易联想到全诗。这就便于作者采用隐前歇后的手法,对掣签人的命运进行暗示。

如李纨的诗出自宋代诗人王琪《梅》诗:"不受尘埃半点侵,竹篱茅舍自甘心。只因误识林和靖,惹得诗人说到今。"前两句比喻她的操守,含意自明，她是封建时代寡欲守节妇女的典型。后两句是说她后来得以荣耀，并非本意想占上风，而是受人"牵连"之故，所以她的命运不值得钦羡。

林黛玉那一首诗出自欧阳修的《明妃曲·再和王介甫》，诗较长，不引用。最后两句是："红颜胜人多薄命，莫怨东风当自嗟。"暗示她后来受不了贾府事败、宝玉避祸出走的巨大打击，而终于泪尽而逝。

作者每写一人一事都是胸有成竹、胸怀全局，目光贯彻始终，连酒令也是如此，真不愧是艺术大师。

大观园的击鼓传花令

三处描写击鼓传花令

《红楼梦》中有3处描写了"击鼓传花令"。第一处在第54回,第二处在第63回,第三处在第75回。第一处是正月十五元宵节,传的是梅花;第二处是平儿还席,传的是芍药花。第三处是八月十五中秋节,传的是桂花。

击鼓传花,这是一种既热闹,又紧张的罚酒方式。在酒宴上宾客依次坐定位置。由一人击鼓,击鼓的地方与传花的地方是分开的,以示公正。开始击鼓时,花束就开始依次传递,鼓声一落,如果花束在某人手中,则该人就得罚酒。因此花束的传递很快,每个人都唯恐花束留在自己的手中。击鼓的人也得有些技巧,有时紧,有时慢,造成一种捉摸不定的气氛,更加剧了场上的紧张程度,一旦鼓声停止,大家都会不约而同地将目光投向接花者,此时大家一哄而笑,紧张的气氛一消而散。接花者只好饮酒。如果花束正好在两人手中,则两人可通过猜拳或其他方式决定负者。

击鼓传花是一种老少皆宜的方式,但多用于女客。在《红楼梦》中有生动的描写。

王熙凤是"喝猴尿的"

在第54回《史太君破陈腐旧套,王熙凤效戏彩斑衣》里,正值元宵佳节之夜。凤姐儿因贾母十分高兴,便倡议行一套"春喜上眉梢"的令。贾母笑道:"这是个好令啊!正对时对景儿。"忙命人取了黑漆铜钉花腔令鼓来,给女先儿击着。席上取了一枝红梅,贾母笑道:"到了谁手里住了鼓,吃一杯,——也要说些什么才好!"后来决定说个笑话。

鼓声响起,那女先儿都是惯熟的,或紧或慢,或如残漏之滴,或如进豆之

急，或如惊马之驰，或如疾电之光，忽然暗其鼓声，那梅方递至贾母手中，鼓声恰住，大家哈哈大笑。贾蓉忙上来斟了一杯，众人都笑道："自然老太太先喜了，我们才托赖些喜。"

贾母说的笑话是一家子养了十个儿子，取了十房媳妇，唯有第十房媳妇聪明伶俐，心巧嘴乖，公婆最疼，成日家说那九个不孝顺。这九个媳妇委屈，便商议着去阎王庙给阎王爷烧香，问为什么单给老十媳妇一张乖嘴。阎王爷没有等到，却来了孙行者。说那日你们托生时，我到阎王那里去，因为撒了一泡尿在地下，老十媳妇便吃了，所以嘴乖。你们如今要伶俐嘴乖，便撒泡尿你们吃就是了。

说毕，大家都笑起来。凤姐儿笑道："好的呀！幸而我们都是夯嘴夯腮的！不然，也就吃了猴儿尿了！"尤氏娄氏都笑向李纨道："咱们这里头谁是吃过猴儿尿的，别装没事人儿！"这当然是指王熙凤的，因为她的口才是众所周知，"再要赌口齿，十个会说的男人也说不过她呢！"（周瑞家的原话）薛姨妈笑道："笑话儿在对景就发笑。"

贾政说的笑话

《红楼梦》第63回，写了平儿还席，在榆荫堂中，以酒为名，大家玩笑，命女先儿击鼓。平儿采了一枝芍药，大家约二十来人，传花为令，热闹了一回。写得比较简单。

《红楼梦》第75回说的是八月十五中秋节晚上，在凸碧山庄饮酒赏月。在厅前的平台上列下桌椅，又用一架大围屏隔着两间。凡桌椅形式皆是圆的，特取团圆之意。他们这一次行的酒令是"击鼓传花令"。贾母命人折了一枝桂花。鼓声一响，迅速挨个传递桂花，鼓声一停，桂花在谁的手中，饮酒一杯，罚说笑话一个。于是先从贾母起，次贾赦，一一接过。鼓声一停，恰恰在贾政手中,于是只得饮了酒。

这时曹雪芹写道:"众姊妹弟兄悄悄的扯我一下,我暗暗的又捏您一把,都含笑心里想着:倒要听是何笑话儿。"

贾政是"假正经",虽然并不正经,但外表是道貌岸然,不苟言笑,给人以正经的假象。现在让他说笑话,人们都感到非常稀罕。贾政见贾母欢喜,只得承欢。贾母又笑道:"要说的不笑了,还要罚。"

于是贾政说道:"一家子——一个人,最怕老婆。"只说了这一句,大家都笑了,——因为从来没听见贾政说过"怕老婆"几个字,所以才笑。贾政接着说道:"这个怕老婆的人,从不敢多走一步,偏偏那日是八月十五,到街上买东西,便见了几个朋友,死活拉到家里去吃酒。不想吃醉了,便在朋友家睡着了。第二日醒了,后悔不及,只得来家赔罪。他老婆正洗脚,说,'既是这样,你替我舔舔就饶你,'这男人只得给他舔,未免恶心,要吐。他老婆便恼了,要打,说:'你这样轻狂!'吓得他男人忙跪下求,说'并不是奶奶的脚腌臜,只因昨儿喝多了黄酒,又吃了月饼馅子,所以今日有些作酸呢。'"

说得贾母和众人都笑了。后来又传到宝玉、贾赦、贾环等人手中。贾赦说了一个笑话,宝玉和贾环在老辈面前,不宜说笑话,用作诗代替。不一一赘述。说明在那个时代,击鼓传花令是十分普及的。

贾蔷的"月字流觞令"

贾蔷等人行了月字流觞令

贾蔷风流俊俏，聪敏乖巧，是宁府中正派玄孙。大家都知道"龄官画蔷"的故事。《红楼梦》第 30 回写到了龄官，这个女孩子眉蹙春山，眼颦秋水，面薄腰纤，袅袅婷婷，大有黛玉之态。一次她在大观园的蔷薇架下，一面哽咽、悄悄流泪，一面拿着簪子在地下抠土。贾宝玉看见觉得好奇，静静观看，顺着簪子的起落，一笔一画地看下去，数一数，十八笔，自己又在手心里拿着指头按着她方才下笔的规矩写了，原来是一个"蔷"字，反复画下去，还是一个"蔷"字。龄官画迷了，宝玉看痴了。突然凉风过后，下起一阵雨来。宝玉看那女孩子头上往下滴水，衣裳顿时湿了，因此禁不住说道："不用写了，你看身上都湿了。"此时龄官才楞过神来。隐约将宝玉当成了女孩子，说"多谢姐姐提醒了我——难道姐姐在外头有什么遮雨的？"一句话提醒了宝玉，宝玉这才觉得浑身冰凉，低头看着自己身上，也都湿了。后来贾蔷为给龄官解闷，不惜花费，买来一个会串戏的笼雀，哪知反惹龄官伤感身世。贾蔷着慌，赌身立誓，及时放鸟拆笼。此情此景，使宝玉都看呆了。

这使贾宝玉悟到了一个真理，原来并不是所有的女孩子都爱他一个人，像龄官就独爱贾蔷，而与贾宝玉无缘。嗣后他对黛玉和袭人说："怪不得老爷说我是'管窥蠡测'！昨夜说：你们的眼泪单葬我，这就错了。看来我竟不能全得……"自此宝玉深悟人生情缘，各有分定，不是他能垄断的。

在后 40 回中，贾蔷与贾芸勾结王仁、邢大舅、贾环等吃酒赌钱，坑害巧姐。此类描写，与曹雪芹的原意不协调。我们姑且按通行本《红楼梦》来说。

在通行本《红楼梦》第 117 回，贾府已经十分败落，贾蔷、贾芸、邢大舅、王仁、贾环 5 人在贾家外书房吃酒。贾蔷提议一个酒令——"月字流觞令"。由贾蔷先说，"月"字数到哪个，便是哪个喝酒。还要酒面酒底：须得依着令官,不依者罚三大杯。

什么是"酒面"、"酒底"呢？我们先说"门杯"。在酒席上,每个人面前都放有一个酒杯,就是门杯。门杯是对公杯而言,公杯常用以敬酒、罚酒。酒面,就是先斟满一杯酒,不饮,先行令,称为酒面。行令之后,喝干门杯,使杯见底,就是酒底了。

贾蔷喝了一杯令酒,便说:"飞羽觞而醉月"。顺饮数到贾环。贾蔷说:"酒面要个'桂'字"。贾环便说道:"冷露无声湿桂花。——酒底呢?",贾蔷道"说个'香'字。"贾环道:"天香云外飘。"

这是《红楼梦》给我们提供的又一个酒令——"月字流觞"令。

月字流觞令的来历

"月字流觞"令是"拈字流觞"令的一种。"拈字流觞"又来源于"曲水流觞",历史十分悠久。据史料记载,在水边饮酒消灾的习俗,远在周代就已蔚然成风,而形成了曲水流觞的典故,则是东晋时期。

据东晋束晳的看法,"曲水流觞"之事,早在西周就已流行。那时周公营造东都洛邑(今河南洛阳)城,曾"因流水泛酒"举行"羽觞随波流"活动,而兰亭的"流觞曲水",是承袭之作,而不是首创。

还有一个说法是在春秋时期,郑国都城(今河南新郑)郊区的男女青年,每逢三月初三,纷纷到溱水与洧水河畔,成双成对地相约游玩。他们手持兰花,以友结情,祈求未来的幸福和安宁("招魂续魄,以被除不祥")。

由此可见,古人在暮春三月,到郊外去呼吸新鲜空气,用清冷的河水洗去污垢,刺激皮肤血液循环,以春光与美酒振奋精神,这样十分有利于身体健康。正因为此,在东晋之前,已经成为重要的民间习俗。

然而,"曲水流觞"这个典故,应该说还是来源于东晋的王羲之。在东晋时期,北方文人学士大多南迁会稽(今浙江绍兴)。会稽人才荟萃,盛行"以诗会友"的风气,而且出现了王羲之。

王羲之出身贵族,官至右军将军、会稽内史。后辞官定居山阴(今绍兴)。早年从卫夫人学习书法,后博采众长,推陈出新,创成新体。晋永和九年(公元354年)三月三日,他邀谢安、孙绰等亲友40余人,会于兰亭,在曲水之畔,以觞盛酒,顺流而下,觞流到谁的面前,谁便赋诗一首,如作不出,罚酒三觞。结果王羲之等11人各赋诗两首,另15人各赋诗1首,其余作不出被罚酒。王羲之为此诗集写序,记述聚会经过。这就是著名的《兰亭集序》。

兰亭在绍兴市西南方,现在是一组古建筑群,是一个旅游胜地。主要建筑有规模宏伟的御碑亭、精巧别致的曲水流觞亭和右将军祠等。御碑亭建在八角形的亭基上,周围有石雕栏杆,亭内御碑高10米,宽3米多,正面镌刻着康熙皇帝手录《兰亭集序》全文。曲水流觞亭,四周有回廊环绕,面临曲水,亭内有"曲水邀观处"匾额,系江夏太守李树堂旧题。右将军祠内有墨池,相传为王羲之洗笔砚的地方。这些都是后人为纪念王羲之而修建的。

当年虽然没有这些建筑物,然而却有一个兰亭。会稽山之兰亭风景秀丽,"崇山峻岭,茂林修竹,又有清流激湍,映带左右,引以为流觞曲水"。流觞曲水的方法是在水滨设宴,将酒杯注酒后放在水中,任其顺流而下,人们取杯饮酒。这对后世的影响很大,人们纷纷仿照古法而人工修造流杯之池,西安及北京的中南海、西苑等地至今仍保留有"流杯池"。

自王羲之之后,人们根据流杯古法而创造了"拈字流觞"诸令,如"花字流觞"、"月字流觞"、"密字流觞"等。甚至将在席间传杯饮酒,也叫做"流觞"。

当然,这是文人的酒令,需要一定的知识积累,特别是文史知识,否则就凑不上了。贾蔷说了之后"月字流觞"令之后,贾环还勉强可以"凑乎",而邢大舅和王仁就凑不上了。于是又改为划拳,输者饮酒,或者说一个笑话来替代酒令。

目前流行的酒令

成 语 酒 令

1. 第一个字同音令(包括谐音)

在宴桌上,按顺时针方向进行,每人说一个成语,第一个字是同音或谐音皆可。哪位说不出,或者说的不是成语,罚酒一杯。

如在鸡年春节,可用"鸡"字成语。

鸡字成语有:鸡飞蛋打、鸡毛蒜皮、鸡虫得失、鸡口牛后、鸡鸣狗盗、鸡零狗碎、鸡犬不宁、鸡犬不留、鸡犬不惊、鸡犬升天、鸡皮鹤发;鸡犬之声相闻,老死不相往来……

谐音还有:饥不择食、饥肠辘辘、饥寒交迫、机不可失、机关用尽;积年累月、积少成多、积重难返、激浊扬清、及时行乐、吉人天相、岌岌可危、急功近利、急流勇退、急中生智、急转直下、疾恶如仇、集思广益、集腋成裘、济济一堂、记忆犹新、继往开来、寄人篱下……

又如鼠年春节,可用"鼠"字成语

鼠字成语有:鼠目寸光、鼠窃狗盗、鼠牙雀角等。

谐音还有:蜀犬吠日、殊途同归、熟能生巧、熟视无睹、数典忘祖、束手待毙、束之高阁、述而不作、树碑立传、树欲静而风不止、树倒猢狲散……

不一定都用属相名字。如也可

用春、喜、秋、庆等字。

如在春节聚会喝酒,可用一个"春"字:

春风得意、春风化雨、春风满面、春华秋实、春兰秋菊、春暖花开、春秋笔法、春露秋霜、谐音还有:唇齿相依、唇亡齿寒、唇枪舌剑、蠢蠢欲动、鹑衣百结……

而在八月十五中秋节,可用一个"秋"字:

秋字成语有:秋风过耳、秋毫无犯、秋毫之末、秋水伊人、秋风扫落叶等。

谐音还有:求全责备、求仁得仁、求田问舍、求同存异、求之不得、囚首垢面;求大同、存小异;求人不如求己……

2. 首尾相连成语令(包括谐音)

第一个人先说一个成语,第二个人接成语的最后一个字,可以字同,也可以音同,作为所说成语的第一个字,依此类推,顺序接下去,都得是成语。说不出,或者说的不是成语,罚酒一杯。

如:春暖花开——开卷有益——意气风发——发奋图强——强词夺理——礼尚往来——来者不拒——据理力争——争先恐后——后会有期——欺人太甚——甚嚣尘上——上蹿下跳——挑肥拣瘦——手不释卷——卷土重来——来日方长——长生不老——老当益壮——壮志未酬——踌躇满志——……

以上仅是举例,这中间可千变万化。如春暖花开,我们的例子是接开卷有益,也可以接:开诚布公、开诚相见、开花结果、开门见山、开天辟地……有许多选择的余地。

"拍七"酒令(名7暗7)

所谓明7,就是7和末位数是7的数字,如7、17、27、37、47、57……所谓暗7,是指7的倍数,如14、21、28、35、42、49、56……由第一人开始说1,按顺时针方向每个人往下接着说。说的规则是按自然数顺序数下去,遇到明7和暗7都要隔过去。如1、2、3、4、5、6、8、9、10、11、12、13、15、16、18、19、20、22、23、25、26、29……注意6和8中间,13和15中间,16和18之间,20和22中间都是隔1个数,而26和29之间是隔2个数。如果说错了,或者不能及时说出,都要罚酒。

这个酒令可考验注意力和思维的敏捷性。

春 字 诗 令

每人说一句诗,诗中必须带个"春"字。带"春"字的诗句很多,如"春眠不觉晓,处处闻啼鸟";"春宵一刻值千金";"阳春一曲和皆难";"却疑春色在邻家";"草木知春不久归";"总是一年春好处";"妆楼翠幌教春住";"万紫千红总是春";"春风不相识,何事入罗帏";"兰叶春葳蕤,桂华秋皎洁";"江淮度寒食,京洛缝春衣";"昨别今已春,鬓丝生几缕";"谁言寸草心,报得三春晖";"少妇今春意,良人昨夜情";"海日生残夜,江春入旧年";"国破山河在,城春草木深";"随意春芳歇,王孙自可留";"长江一帆远,落日五湖春";"野火烧不尽,春风吹又生";"芳心向春尽,所得是沾衣";"春风对青冢,白日落梁州";"云里帝城双凤阙,雨中春树万人家";"映阶碧草自春色,隔叶黄鹂空好音";"舍南舍北皆春水,但见群鸥日日来";"白首放歌须纵酒,青春作伴好还乡";"锦江春色来天地,玉垒浮云变古今";"画图省识春风面,环佩空归月夜魂";"世事茫茫难自料,春愁黯黯独成眠";"庄生晓梦迷蝴蝶,望帝春心托杜鹃";"隔座送钩春酒暖,分曹射覆蜡灯红";"春草明年绿,王孙归不归";"红豆生南国,春来发几枝";"闺中少妇不曾愁,春日凝妆上翠楼";"春潮带雨晚来急,野渡无人舟自横";"春城无处不飞花,寒食东风御柳斜";"今夜偏知春意暖,虫声新透绿窗纱";"三春白雪归青冢,万里黄河绕黑山";"春风十里扬州路,卷上竹帘总不知";"为有云屏无限娇,凤城寒尽怕春宵";"解释春风无限恨,沉香亭北倚阑干"……

如果是中秋节、重阳节、国庆节宴会,还可以用"秋"字当酒令;如果是结婚喜庆,也可以用"喜"字;为老人祝寿,则可以用"寿"字。

打老虎杠子

杠子打老虎,老虎吃鸡,鸡吃虫,虫蛀杠子。这是一个循环。行酒令时,两人同时击筷子,或与桌面相击,发出声响,同时说出这4种的任何一个,看能否压住对方。如果是老虎和虫,鸡和杠子,或者虫和老虎,则不相干,继续往下说。如果是老虎和鸡,当然是老虎吃鸡,鸡败,喝酒一杯。

大 压 小

5个指头"大压小"的顺序是：拇指、食指（或叫示指）、中指、无名指、小指；小指最小，但能够压住拇指，形成一个循环。如果是拇指和中指，食指和无名指，中指和小指，……则不相干，继续往下说。直至拇指压食指，食指压中指，……小指压拇指，才算这一次结束，输者被罚酒一杯。

划 拳

酒令分雅令和通令。雅令的行令方法是：先推一人为令官，或出诗句，或出对子，其他人按首令之意续令，所续必在内容与形式上相符，不然则被罚饮酒。行雅令时，必须引经据典，分韵联吟，当席构思，即席应对，这就要求行酒令者既有文采和才华，又要敏捷和机智，所以它是酒令中最能展示饮者才思的项目。

通令的行令方法主要掷骰、抽签、划拳、猜数等。通令很容易造成酒宴中热闹的气氛，因此较流行。但通令捋拳奋臂，叫号喧争，有失风度，显得粗俗、单调、嘈杂。

最常见，也最简单的通令就是"猜拳"，又叫"同数"，一般用手指中的若干个手指的手姿代表某个数，两人出手后，相加后必等于某数，出手的同时，每人报一个数字，如果甲所说的数正好与加数之和相同，则算赢家，输者就得喝酒。如果两人说的数相同，则不计胜负，重新再来一次。

目前在我国城乡，划拳使用最广。划拳又叫"猜枚"、"猜拳"。场面活跃，气氛热烈。其中又分"两人对猜"、"打通关"等各种形式。喝酒时可一输一喝，或者三输一喝。一输一喝，是一次决定胜负，负者喝酒。三输一喝是三战两胜，负者喝酒。划拳时，两人同时说出一个数字，两人数字相加之和，与你说的数字相同时，为胜。在喊枚时，一般都说吉利数字。如"一心敬你"、"宝一对"、"一锭金"、"一定恭喜"、"哥俩好"、"三桃园"、"三星照"、"四季财"、"四喜"、"五魁首"、"五福至"、"五子登科"、"六六顺"、"巧七枚"、"八大仙"、"九盅酒"、"满福寿"、"满堂红"、"全来到"……

我国幅原辽阔，人口众多，民俗、民风都不一样，还有许多地方酒令，不一一叙述。如果要广泛收集的话，足足有成百上千个酒令。

酒令的作用

酒令是一种很好的游艺活动,粗略地讲,有以下几个作用:

第一,酒令是劝人进酒的一种方式。亲朋好友对坐畅饮,好客的主人总是要劝客人多喝几杯,这是主人的殷切期望。然而仅仅用"请!请!"来劝酒,不仅单调乏味,而且效果也不好。而有了酒令,不仅活泼自然,而且达到了劝进酒的目的。

第二,酒令为酒宴增添欢乐气氛。宴会需要的是热烈、欢乐,而假若没有酒令,则宴席上往往是严肃有余,活泼不足,死气沉沉、缺乏朝气,甚至使客人处于尴尬境地。何况酒席上有时坐的都是客人,互不认识是很常见的,行令就像催化剂,顿使酒席上的气氛活跃起来。

《红楼梦》第62回《憨湘云醉卧芍药裀,呆香菱情解石榴裙》,写到宝玉生日那天,在红香圃里摆了4桌酒席。酒席自然有酒令,在行酒令的时候,湘云等不得,早和宝玉"三""五"乱叫,猜起拳来。平儿、袭人也作了一对。叮叮当当,只听得腕上镯子响,场面十分热烈。书中写道:"大家又该对点掷拳,这些人因贾母王夫人不在家,没了管束,便任意取乐,呼三喝四,喊七叫八,满厅中红飞翠舞,玉动珠摇,真是十分热闹。"试想,假若没有酒令,会有这样的效果吗?

总的说来,酒令虽然是用来罚酒的,但实行酒令最主要的目的是活跃饮酒时的气氛。

第三,酒令可增长知识。行酒令是一种猜谜活动,不仅需要丰富的知识储备,而且需要脑筋灵活。用大脑生理学来解释,就是连接神经细胞的通路要畅通无阻、速度还要迅速。特别是那些"雅令",不仅要有一定的文学修养,还必须思路宽阔,随机应变。在行这些"雅令"时,确实能学到许多知识,也会督促自己在平时认真掌握这些知识。

第四,酒令能增进友谊。酒席上不仅能会会老朋友,还能结识新朋友。新友相会,双方都不了解,谈话也显得拘谨,越拘谨越显得生分。而若行起

史湘云偶填
柳絮词

酒令来，则气氛顿时活跃，彼此谈话自如，很快就会熟悉起来，也就很自然地增进了彼此的了解和友谊，而老朋友之间则关系更加融洽。

第五，酒令使传统文化发扬光大。酒令使整个饮酒活动变得轻松活泼，人们在这活动中斗智斗勇，享受无穷乐趣。此时饮酒活动已经演化为文化活动，优良的文化活动也由此发扬光大。好的酒令形式不应是以追求胜负为目的，而应是以活跃酒筵气氛、调节宴饮节奏为旨要。

第六，酒令还能增进健康。我们都知道，喝"闷酒"是不好的，借酒浇愁，易醉而伤身。李白写道："举杯浇愁愁更愁"，所以我们不主张喝"闷酒"。而在心情愉快时，和几个知心好友促膝而坐，款款叙谈，再加上适当的酒令，情绪欢快，那么这种气氛本身就有良好的心理刺激作用，对健康大有裨益。在心情舒畅时，血液循环加速，生理功能运行良好，还能促进酒精的发散，所以对健康有好处。

酒令是我国古老的传统，是饮食文化的重要组成部分，应该继承、整理并发扬光大。

热衷功名，直抒胸臆
——贾雨村的醉态

从甄士隐到贾雨村

在洋洋大观的《红楼梦》中，开篇明义第 1 回就写了酒，可见酒在《红楼梦》中的位置。

第 1 回《甄士隐梦幻识通灵，贾雨村风尘怀闺秀》中，写到空空道人与"石头"的对话。石头说："……我这半世亲见亲闻的几个女子，虽不敢说强似前代书中所有之人，但观其事迹原委，亦可消愁破闷；至于几首歪诗，也可以喷饭供酒；其间离合悲欢，兴衰际遇，俱是按迹循踪，不敢稍加穿凿，至失其真。只愿世人当那醉余睡醒之时，或避事消愁之际，把此一玩，不但是洗旧翻新，却也省了些寿命筋力，不更去谋虚逐妄了。"

短短几句话，就出现了"喷饭供酒"、"醉余睡醒"等词。

然后写到姑苏城间门外的十里街仁清巷居住的乡绅甄士隐。这位甄士隐是当地的望族，他"禀性恬淡，不以功名为念，每日只以观花种竹，酌酒吟诗为乐，倒是神仙一流人物……"注意，"酌酒吟诗"，又一次提到了酒，而且将酒与诗连在一起。

对酒更多的描写是在那年的中秋之夜。甄士隐乐善好施，想到贾雨村"旅寄僧房，不无寂寥之感，故特具小酌"，邀请贾雨村到家中饮酒。

就在这一次，贾雨村喝醉了，现出了醉态，而且"吐了真言"。

甄士隐和贾雨村是《红楼梦》中的两个重要人物。甄士隐就是"真事

隐去"，而贾雨村是"假语村言"。作者在开卷第1回里就明白表示他撰拟这两个名字的寓意。写甄士隐是为了写一个经历了骨肉分离、家遭火灾、下半世坎坷而终于醒悟出世的人物形象。这是提系着全书主题的一个线索，作者把《红楼梦》由盛至衰最后败落这一主题，首先从甄士隐的经历这个雏形故事预演出来，甄士隐的彻悟就预示着贾宝玉最后的彻悟，二人结局何等相似乃尔。

从医学角度看醉酒

　　酒的主要成分就是酒精，当然还含有其他众多成分，如茅台酒的组成成分已经分析出100多种。正是这众多的成分，才形成了各种不同风味的名酒。像茅台酒，酱香突出，幽雅细腻，酒体醇厚，回味悠长。五粮液是浓香型，开瓶时酒香喷放、浓郁扑鼻；饮用时香溢满口、四座生香；饮用后香留一室，余香悠长。杏花村的汾酒则清亮透明，清香雅郁，柔绵甘冽，余味净爽，回味悠长。总之，每一种名酒都有自己的特色。这些特色就在于酒中各种不同的营养成分，以及这些成分相互间的作用。这些特色是很难仿照的。

　　然而，无论何种酒，主要的成分还是酒精，没有酒精就不能称之为酒。即便是啤酒、果酒、葡萄酒、黄酒，里面都含有酒精成分，否则就不是酒，而是饮料。所以，无论是哪种酒，喝的多了都要醉，而醉态的差异又很大。这些差异，与酒的种类关系不大，而与酒精量的多少、本人体质和耐受量的多少有关系。

　　从医学角度看，醉酒实际上就是急性酒精中毒。醉酒之后，大多面色发红，自觉身心愉快，毫无顾虑，说话直爽。甚至粗鲁无礼，每以感情用事，或愠或怒，或悲或喜，谈吐滔滔不绝。头重脚轻，步履蹒跚，行动笨拙，有时语无伦次，含糊不清；呕吐、腹痛，或者寂静入睡。

　　以上只是笼统的概述。其实，由于饮酒量的不同，个人耐受量的不同，每个人机体的特点不同，甚至生活经历不同，其醉态则千差万别。另外，还有"佯醉"、"耍酒疯"等，也有"酒后吐真言"。

　　曹雪芹先生以他的如椽巨笔，给我们展示了多种多样的醉态，使我们如见其人，如临其境。通过这些醉态，又使我们加深了对人物的了解。

贾雨村其人

贾雨村，名化，字时飞，雨村是他的号。原系湖州人士，出身诗书仕宦之家，因家道中落，流寓苏州，寄居葫芦庙中卖字作文为生。乡绅甄士隐见他抱负不凡，常与他交接，并慷慨解囊相助，送他进京赶考。贾雨村会试考中进士，当了官。因贪酷之弊，又恃才侮上，官员皆侧目而视，终被上司参了一本，革职为民。后来游至扬州，当了林黛玉的家庭教师。不久朝廷起用旧职官员，贾雨村就随林黛玉一起上京，与贾政连了宗，经贾政推荐，补了个金陵应天府知府。后来几上几下，不予详述。总之，在当官时期，贾雨村干坏事不少。

甄士隐本来是他的恩人，但他为了讨好贾、史、王、薛四大家族，公然徇私枉法，草菅人命，放走杀人犯薛蟠，眼看着甄士隐的女儿英莲陷入火坑而不救。他腰里装着"护官符"，和四大家族串通一气，鱼肉百姓，同时又尔虞我诈，相互利用。在贾府兴旺时，他趋炎附势，倍献殷勤，待到出了事，他立即落井下石，"狠狠地踢了一脚"，直接导致贾府被抄。在贾雨村身上，集中体现了封建统治阶级贪婪、狠毒、权诈等思想特征。他是一个貌似有才，性实狡猾的野心家。他信奉"成则公侯败则贼"的人生哲学，完全依靠阴谋手段，青云直上，官运亨通，是一个利欲熏心的无耻文人的典型。

贾雨村的醉态

在甄士隐请贾雨村到家之后，甄家早已设下杯盘，那美酒佳肴，自不必说。二人归坐，先是慢酌浅饮，渐次谈至兴浓，不觉飞觥献斝起来。当时街坊上家家箫管，户户笙歌，当头一轮明月，飞彩凝辉，二人愈添豪情，酒到杯干。

此时雨村已有七八分酒意，狂兴不禁，乃对月寓怀，吟出一首七言绝句：
时逢三五便团圆，满把清光护玉栏；天上一轮才捧出，人间万姓仰头看。
贾雨村醉了，况且在醉酒时，又毫不掩饰。他的醉态表明，人虽在破庙，但强烈的功名心却没有消磨掉。饮酒赋诗，以诗言志，表示了他不甘久居人下的心声。他要飞黄腾达，要出人头地，让"人间万姓仰头看"。由此我们可以看出,这个郁郁不得志的穷知识分子,内心却十分热衷功名,在诗中直抒胸臆,渴望科场得意,驷马高官。

当贾雨村又一杯喝干之后,忽叹道:"非晚生酒后狂言,若论时尚之学,晚生也或可去充数挂名,只是如今行李路费,一概无措,神京路远,非赖卖字撰文即能得到……"

甄士隐不等他说完,便道:"兄何不早言,弟已久有此意,但每遇兄时,并未谈及,故未敢唐突。今既如此,弟虽不才,义利二字,却还识得;……"当下即命小童进去速封 50 两白银并两套冬衣,送给雨村。

常言道:酒后吐真言。从贾雨村的醉态不难看出,这是一个不择手段、善于钻营、颇有心计、一心向上爬的人。曹雪芹对这种人物的刻画,可以说是入木三分。

甄士隐对贾雨村是有恩的,特别是在困难时期。从此贾雨村走入仕途,高官厚禄。然而在甄士隐的女儿英莲遭难时,他却为了自己的"官帽",不顾英莲的死活,恩将仇报。荣国府的平儿性格温柔,生性善良,说话平和、稳重,而她却咬牙骂贾雨村是"饿不死的野杂种!"(第 48 回),足见贾雨村是一个什么样的人。全书如此尖锐不客气的愤词,堪称罕见,更见分量之重。

醉态可掬的真醉——刘姥姥的醉态

智商、情商都很高的村姬

刘姥姥是《红楼梦》中一个重要人物。不要以为这是一个村姬，在大观园甘愿扮演丑角，层出不穷地闹笑话，以至喝得酩酊大醉，其实，她的智商和情商都很高。

刘姥姥是个久经世故的老寡妇，膝下无子，只靠两亩薄田度日。如今和女儿、女婿一块过，生活自然十分艰难。一次，女婿狗儿吃了几杯闷酒，在家里闲寻气恼。刘姥姥劝他："姑爷，你别嗔着我多嘴：咱们村庄人家儿，那一个不是老老实实守着多大碗儿吃多大的饭呢！……没了钱就瞎生气，成了什么男子汉大丈夫了！如今咱们虽离城住着，终是天子脚下。这'长安'城中，遍地皆是钱，只可惜没人会去拿罢了。在家跳蹋也没用！"而且她认为："谋事在人，成事在天"，咱们谋到了，靠菩萨的保佑，有些机会，也未可知。于是，凭着过去和金陵王家连过宗的关系，领着外孙板儿进京去了。

如果没有一定的见识和胆识，她能有这个行动吗？

到了京城荣国府门前，仅仅进门就很困难，而见到主子就更困难，可是她凭着自己的智商和情商，一一都克服了。好不容易见到了管家奶奶凤姐，刘姥姥忍耻张口，告难求帮，终于得到了20两银子，千恩万谢，欢喜而归。这是刘姥姥一进大观园。

刘姥姥二进大观园，带着板儿和瓜蔬野味，此时贾母正想和一个积年的老人家说话，很投贾母的缘，便留住了几天。在她初次见到贾母时，立即想起了一个奇特的称呼："请老寿星安！"这话多么巧妙，多么得体！若没有很高的智商能这样吗？她虽是村野中人，但老于世故，知理识趣，随机应变，颇得众人欢心。

当时正值秋天，天气晴朗，菊花盛开。在大观园，贾母让刘姥姥"过来戴

花儿。"一语未完,凤姐儿便拉过刘姥姥来,把一盘子花,横三竖四地插了一头。贾母和众人笑的了不得。刘姥姥也笑道:"我这头也不知修了什么福,今儿这样体面起来!"众人笑道:"你还不拔下来摔到他脸上呢,把你打扮的成了老妖精了!"刘姥姥并不烦恼,笑道:"我虽老了,年轻时也风流,爱个花儿粉儿的,今儿索性作个老风流!"这都说明她有很高的情商。

在酒宴上,刘姥姥受到戏弄,但她知道这是小辈们要讨老太太的欢心,也便心甘情愿地扮演这样的角色,"哄着老太太开个心"。她心里是雪亮的,不过是装傻罢了。

贾母和刘姥姥是《红楼梦》中的两个典型人物。贾母是贵族社会的老太君,钟鸣鼎食,荣华富贵,儿孙满堂,仆从成群的人物;刘姥姥是社会底层的老太婆,年事虽高,而胼手胝足,终身勤劳而不得温饱的苦人。贾母通情达理,体谅下人,怜老惜贫,心地善良,雍容宽厚;刘姥姥则勇于为善,富于同情,诚实厚道,报德感恩,可以托孤,各有其独到之处。就社会地位而言,做贾母易,做刘姥姥难。因此,贾母可爱,刘姥姥更可爱。

刘姥姥醉态可掬

这次在大观园的宴席,贾母带着宝玉、湘云、黛玉、宝钗一桌,王夫人带着迎春姐妹三人一桌,刘姥姥挨着贾母。宴席开始了,贾母这边说声"请",刘姥姥便站起身来,高声说道:"老刘,老刘,食量大如牛:吃个老母猪,不抬头!"说完,却鼓着腮帮子,两眼直视,一声不语。众人先还发怔,后来一想,上上下下都一齐大笑起来。然后是关于"笑"的描写,这场描写被视为经典,曾被选入中学语文课本。

在宴席上,行了酒令,吃了门杯,因又斗趣,笑道:"今儿实说吧,我的手脚子粗,又喝了酒,仔细失手打了这磁杯;有木头的杯取个来,我就失了手,掉了地下,也无碍。"凤姐听如此说,便忙笑道:"果真要木头的,我就取了来,——可有一句话先说下:这木头的可不比得磁的,那都是一套,定要吃遍一套才算呢。"

刘姥姥心想:我刚才不过是趣话取笑儿,谁知他果真有。想必是小孩子们使的木碗儿,不过诓我多喝两碗;别管他,横竖这酒蜜水儿似的,多喝点子也无妨。谁知凤姐儿叫人取来了十个大套杯,那大的足足像个小盆子,极小的还有手里的杯子两个大。

刘姥姥忙说道:"拿了那小的来就是了。"

凤姐笑道:"这个杯,没有这大量的,所以没人敢使他。姥姥既要,好容易找出来,必定要挨次吃一遍,才使得。"

王夫人知道她有年纪的人,禁不起,忙说道:"说是说,笑是笑,不可多吃了,只吃这头一杯罢。"鸳鸯命人斟满了一大杯,刘姥姥两手捧着喝。

这一次,刘姥姥喝醉了。书上是这样写的:

那刘姥姥因喝了些酒,他的脾气和黄酒不相宜,且吃了许多油腻饮食发渴,多喝了几碗茶,不免通泻起来,蹲了半日方完。及出厕来,酒被风吹,且年迈之人,蹲了半天,忽一起身,只觉眼花头晕,辨不出路径……只得顺着一条石子路,慢慢的走来。进了房门,便见迎面一个女孩儿,满面含笑的迎出来。刘姥姥便赶来拉他的手——"咕咚"一声,把头蹭的生疼。细瞧了一瞧,原来是一幅画儿……

刘姥姥掀帘进去,……刚从屏后得了一个门,只见一个老婆子也从外面迎着进来。刘姥姥诧异,心中恍惚,莫非是他亲家母?因问道:"你也来了!想是见我这几日没家去。亏您找我来!……你好没见世面!见这里的花好,你就没死活戴了一头!"说着,那老婆子只是笑,也不答言。刘姥姥便伸手去羞他的脸,他也拿手来挡,两个对闹着。刘姥姥一下子却摸着了,但觉那老婆子的脸冰凉挺硬

的,倒把刘姥姥唬了一跳。猛想起:"常听见富贵人家有种穿衣镜,这别是我在镜子里头吗?"

……

忽见有一幅最精致的床帐,她此时又带了七八分酒,又走乏了,便一屁股坐在床上,只说歇歇,不承望身不由己,前仰后合的,朦胧两眼,一歪身,就睡倒在床上。

这就是刘姥姥的醉态,一个善良的村姬,在大观园醉态可掬。

醉态是人物性格的一种展现,当它和人物的刻画、故事情节联系在一起时,就具有一种特殊的审美情趣和价值。

绝妙的睡美人图画

——史湘云的醉态

是真名士自风流

史湘云,史侯家小姐,贾母内侄孙女。原籍金陵,自幼父母双亡,由叔父忠精侯史鼎抚养。婶母待她不好,"在家里竟一点儿作不得主。"针线女工都须自己动手,每被人问及家计,她便红了眼圈,史鼎被调到外省任大员,贾母舍不得她,接她来大观园中居住。于是史湘云成了大观园中的重要一员。

史湘云就其身世来讲,与林黛玉有相似之处,她们都是父母双亡、无依无靠、投奔亲戚、寄人篱下。但两人的性格却很不相同。林黛玉多愁善感,多疑任性,性格内向;史湘云则娇憨活泼,开朗豪爽,性格外向。大观园的佳丽们聚会,只要有她在场,总是气氛活跃,欢声笑语不断。

应该说,在大观园女儿国中,有浓厚的脂粉气息,而只有史湘云例外。你看她的打扮:里头穿着一件半新的靠色三镶领袖、秋香色盘金五色绣龙窄裉小袖掩衿银鼠短袄,里面短短的一件水红妆缎狐腋褶子,腰里紧束着一条蝴蝶结子长穗五色官绦,脚下也穿着鹿皮小靴:越显的蜂腰猿背,鹤势螂形!

看到这样打扮,众人笑道:"偏他只爱打扮成个小子的样儿,原比他打扮女儿更俏丽了些。"这就是所谓的"小骚达子样儿",在大观园中显得格外突出。

史湘云是全书可与林黛玉、薛宝钗"鼎足而立"的重要人物。论风姿,三人都有"倾国倾城貌",不同的是:林黛玉袅娜风流,有一种病态美;薛宝钗鲜艳妩媚,有一种健康美;而史湘云灵秀洒脱,有一种天真美。论才学,都是锦心绣口,林黛玉魁夺"菊花诗",第一、二、三名都囊括怀中,题目新,诗也新,立意更新;薛宝钗讽和"螃蟹咏",誉称绝唱;而史湘云韵和"海棠诗",压倒群芳。论门第,林黛玉是侯门之后;薛宝钗是皇商之家;而史湘云是侯门之女,与贾府都是门当户对。而史湘云的性格特点是浑厚天真,无拘无束,襟怀坦荡光明,言行豪爽自然。她的气质、风采,使人领略到晴空万里,或者皓月当空那种美的享受和沉醉。她是一个不受封建礼教穿凿、矫饰的好姑娘,宝钗没有她真情,黛玉没有她浑厚。

第 49 回,大家在芦雪庭赏雪吟诗时,独不见了湘云和宝玉,原来他们去商量着吃鹿肉。湘云把那生鹿肉切着,围着火炉烧着吃。宝琴说:"怪肮脏的!"黛玉说:"罢了! 罢了!今日芦雪庭遭劫,生生被云丫头作践了。我为芦雪庭一大哭!"

湘云说:"你知道什么!'是真名士自风流',你们都是假清高,最可厌的。我们这会子腥的膻的大吃大嚼,回来却是锦心绣口。"

这就是史湘云的特点,是真名士自风流。这样的名士,"醉态"当然也独有特色。

史湘云的醉态

在《憨湘云醉眠芍药裀》那一章,书上是这样写的:

大家又该对点划拳,这些人因贾母王夫人不在家,没了管束,便任意取乐,呼三喝四,喊七叫八,满厅中红飞翠舞,玉动珠摇,真是十分热闹。玩了一回,大家方起席散了。却忽然不见了湘云。只当她外头自便就来,谁知越等越没了影儿。使人各处去找,那里找的着?

正说着,只见一个小丫头笑嘻嘻的走来,说:"姑娘们快瞧,云姑娘吃醉了,图凉快,在山子后头一块青石板磴上睡着了!"众人听说,都笑道:"快别吵嚷。"说着,都走来看时,果见湘云卧于山石僻处一个石磴子上,业经香梦沉酣,四面芍药花飞了一身,满头脸衣襟上皆是红香散乱。手中的扇子在地下,也半被落花埋了,一群蜜蜂蝴蝶闹嚷嚷的围着。又用鲛帕包了一包芍药花瓣枕着。众人看了,又是爱,又是笑,忙上来推唤挽扶。湘云口内犹作睡语说酒令，嘟嘟嚷嚷说："泉香酒冽，……醉扶归——宜会亲友。"众人笑推她说道："快醒醒儿，吃饭去。这潮磴上还睡出病来呢！"

湘云慢启秋波，见了众人，又低头看了一下自己，方知是醉了。原是纳凉避静的，不觉因多罚了两杯酒，娇娜不胜，便睡着了，心中反觉自悔。

从医学科学的角度看，所谓醉酒，就是急性酒精中毒。急性酒精中毒分为三期：兴奋期、共济失调期和昏睡期。按湘云的表现，不是"昏睡"，因为"昏睡"是叫不醒的。而她仅仅是说话含糊不清，不分时间（正在宴席上）、地点（青石板磴上），酣然入睡，又浑然不知，应该属于第二期。

从文学的角度看，曹雪芹真不得了，短短的一段文字，就给我们展示了一幅"睡美人"的图画。

类似的睡姿出现在第21回，湘云和黛玉在潇湘馆睡觉。"……只有她姊妹两个尚躺在衾内。那黛玉严严密密裹着一幅杏子红绫被，安稳合目而睡。湘云却一把青丝，拖于枕畔，一幅桃红绸被，只齐胸盖着，衬着那一弯雪白的膀子，摞在被外，上面明显着两个金镯子。宝玉见了叹道：'睡觉还是不老实！回来吹风了，又嚷肩膀疼了。'一面说，一面轻轻的给她盖上。"

所以有人称湘云是"睡美人"，自然睡和醉酒睡都是睡美人。曹雪芹写史湘云，有豪爽的"醉态"，有妩媚的"睡态"，也有嘟嘟嚷嚷的"憨态"，不仅有美妙的图像、诗的韵味、画的格调，而且突出了湘云那豪爽豁达的性格。

世间醉态种种，独湘云最美。有评论家写道："看湘云醉卧青石，满身花影，宛若百十名姝抱云笙月鼓而簇拥太真者。"将湘云比做杨贵妃。

焦大的醉骂

焦 大 其 人

焦大是曹雪芹塑造的另一类人物——骂主子实际是尽忠于主子。焦大在《红楼梦》中总共才出现了两次，就给我们留下了深刻的印象，是一个骂主子实际是爱主子的典型。曹雪芹用了很少的笔墨，就创造了这么一个独特的人物，实在是了不起。

焦大应该说也是宁荣二府的"开国功臣"，他从小就跟着太爷宁国公打仗。宁国公贾演曾出生入死地带兵打仗，功勋赫赫，与弟弟贾源一起创下了家业，被封为宁国公，贾源被封为荣国公。贾演的儿子是贾敬，孙子是贾珍，重孙子是贾蓉，按说，焦大应该是贾演一辈的人。正因为他有功，所以跟别的奴才不一样，敢在喝醉酒时大骂，骂得淋漓尽致。

关于焦大，贾珍的媳妇尤氏曾有过简明的介绍：他从小儿跟着太爷出过三四回兵，从死人堆里把太爷背出来了，才得了命；自己挨着饿，却偷了东西给主子吃；两日没水，得了半碗水，给主子喝，他自己喝马尿。由于仗着这些功劳情分，有祖宗时，都另眼看待，如今谁肯难为他？……一味的好酒，喝醉了无人不骂。

这不，在派车送秦钟回家时又骂上了。

焦大酒后三骂

他先骂总管赖二，"不公道，欺软怕硬！有好差使派了别人；这样黑更半夜送人，就派我，没良心的王八羔子！瞎充管家！你也不想想焦大太爷跷起一条腿，比你的头还高些。二十年头里的焦大爷眼里有谁？别说你们这一把杂种们！"

这时贾蓉送凤姐的车出来，众人喝他不住，贾蓉忍不住便骂了几句，叫人"捆起来！等明日酒醒了，再问他还寻死不寻死！"

于是那焦大就又骂贾蓉："蓉哥儿，你别在焦大跟前使主子性儿！别说你这样儿的，就是你爹、你爷爷，也不敢和焦大挺腰子呢！不是焦大一个人，你们作官儿，享荣华，受富贵！你祖宗九死一生挣下这个家业，到如今不报我的恩，反和我充其主子来了。不和我说别的还可；再说别的，咱们白刀子进去，红刀子出来！"

众人见他太撒野，只得上来几个，揪翻捆倒，拖往马圈里去。焦大益发连贾珍都说出来，乱嚷乱叫，说："要往祠堂里哭太爷去，那里承望到如今生下这些畜生来！每日偷狗戏鸡，爬灰的爬灰，养小叔子的养小叔子，我什么不知道？咱们'胳膊折了往袖子里藏'！"众小厮见说出来的话有天没日的，唬的得魂飞魄丧，把他捆起来，用土和马粪满满地填了他一嘴。

这就是焦大的三骂。一骂赖二，二骂贾蓉，三骂贾珍，骂得天昏地暗，骂得惊心动魄。把众人虽知而不敢说的宁府的丑事都捅了出来，真是畅快淋漓。

对于焦大的醉骂，评论家们认为，是最动人心弦之笔，它一针见血，切中了贾府的弊端。奴才也有真知灼见，他的醉骂，是真情的流露，毫不掩饰，不留情面，具有振聋发聩之力。

焦大真心尽忠于主子

到《红楼梦》第105回《锦衣军查抄宁国府，骢马使弹劾平安州》，宁荣二府都受到查抄，全府上下乱成一团。邢王二夫人俱魂飞天外；凤姐先前圆睁两眼听着，后来一仰身便栽倒地下；贾母吓得涕泪交流，连话也说不出来；贾政在外，心惊肉跳，拈须搓手地等候旨意。

这时焦大又出现了。这是在《红楼梦》中的第二次出现，也是最后一次出现。他已经被军人捆着。贾政问他"怎么跑到这里来？"

焦大见问，便号天踩地地哭道："我天天劝这些不长进的爷们，倒拿我当作冤家！爷还不知道焦大跟着太爷受的苦吗？今儿弄到这个田地，……我活了八九十岁，只有跟着太爷捆人的，那里有倒叫人捆起来的！我说我是西府里的，就跑出来。那些人不依，押到这里，不想这里也是这么着。我如今也不要命了，和那些人拼了吧！"说着撞头。……

贾政听着，心里如刀搅一般，便道："完了，完了！不料我们一败涂地如此！"

俗话说：酒后吐真言。焦大的醉骂是真情的流露，直到贾府被抄，"树倒猢狲散"的时候，他还是为主子着想，可谓是忠心耿耿，始终不渝。鲁迅先生评论道：焦大的骂是真心地尽忠于主子。从此焦大便成了一个骂主子实际是爱主子的典型。

焦大的醉骂，并不是反抗的怒吼，而是痛惜主子没落的悲鸣。他顽固地回忆着当年祖宗们兴家立业的光荣，却无法挽救现在这些小主子们的丧德败家，同时又对他"焦大太爷"不加抬举，因而悲愤填膺。

其实，焦大也值得叹息。叹息他还是不太明白，因为时代不同了，思维也要跟着时代改变。想当年你把太爷从死人堆里背出来，你挨着饿，却偷了东西给主子吃；两日没得水，得了半碗给主子喝，自己喝马尿。还有，你只有跟着太爷捆人的，哪有倒叫人给捆起来的。然而，此一时、彼一时也。那时，宁荣二位国公爷在"九死一生"挣家业，而现在的太太小姐们，除了享受锦衣玉食的生活外，又有什么能耐呢？你现在面对的是一群穿金裹银的纨绔公子哥儿。他们所需要的已经不是偷来的食物，而是温顺的丫鬟和女戏子；他们还需要绵软动听的恭维话。他们并不需要焦大嘴里那些傻乎乎的老实话，更反感那些"逆耳的忠言"。所以，最终还是被满满地塞了一嘴马粪。

用佯醉抵抗侮辱——尤三姐的醉态

尤三姐其人

尤三姐是尤氏继母从前夫那里带过来的女儿,在宁府虽有姊妹名分,实际与尤氏异父异母,似近实远,情同寄食。

在爱情和婚姻方面,尤三姐是一个敢爱、敢恨、敢做、敢为的烈女子。贾珍等人经常受她"历言痛骂",不堪其苦,决定让尤三姐"正经拣个人聘了"。然而,尤三姐自有自己的想法:终身大事,非同儿戏,必须要找个称心如意的人,才可以嫁给他,而不能像尤二姐那样,随随便便就做人家的二房。尤三姐的这个婚姻观,就是放在现在,也是值得赞赏的。尤三姐对柳湘莲心慕已久,情有独钟,并且立下了"非他不嫁"的誓言:"若有了姓柳的来,我便嫁他。从今儿起,我吃常斋念佛,伏侍母亲,等来了嫁了他去;若一百年不来,我自己修行去了。"

当她听到柳湘莲有反悔之意、要解除婚约时,便知他在贾府中听了什么话来,把自己也当做淫奔无耻之流,不屑为妻。此时的尤三姐真是欲辩无词,跳进黄河也洗不清了。当她不得不以死去证明自己的清白时,她用鸳鸯剑割断了自己的喉管。她的爱是真挚的,她为爱付出了生命。

尤三姐是一个惊心夺目的新奇人物,光辉艳丽,独树一帜。她既不是探春、湘云一类的小姐,更不是凤姐、尤氏一类的奶奶,还不是晴雯、芳官一类的丫头,而是从贫穷、孤弱、被侮辱被损害的境地中奋身崛起的一个"小家碧玉"。她简单、洒脱、坚决、泼辣,没有斗心机的手法,没有假斯文的臭味。要就要,不要就不要,死就死!是《红楼梦》中独具特色的烈女。

柳湘莲没有料到尤三姐是"这等刚烈人",由此他发出了"真真可敬"的由衷赞叹,也为自己"无法消受"而愧悔。他永远失去了一个红颜知己,于是在愧悔与绝望中遁入了空门。

尤三姐的醉态

尤三姐和尤二姐虽然是同胞姐妹，但二姐柔，三姐刚；二姐犹豫无主，三姐明察果断。尤三姐是一个不甘出卖自己、反抗豪门侮弄的奇女子，是一个怒放在污泥中的荷花，"出淤泥而不染"，可远视而不可亵玩。

尤二姐生得比王熙凤还美，尤三姐更是"绝色"佳人，这竟是造成她们不幸的根源，更不幸的是她们做了贾珍和贾蓉的亲戚。这父子俩把这两姐妹当成共同玩弄的对象。一次贾珍、贾琏和尤三姐饮酒取乐，想调戏尤三姐，尤三姐却不甘受辱，用一种"佯醉"的方式进行反抗。

贾琏……笑嘻嘻向三姐儿道："三妹妹为什么不合大哥吃个双盅儿？我也敬一杯，给大哥合三妹妹道喜。"

三姐儿听了这话，就跳起来，站在炕上，指着贾琏冷笑道："你不用和我'花马掉嘴'的！咱们'清水下杂面——你吃我看。''提着影戏人子上场儿——好歹别戳破这层纸儿。'你别胡涂油蒙了心，打量我们不知道你府上的事呢！这会子花了几个臭钱，你们哥儿俩拿着我们姊妹两个权当粉头来取乐儿，你们就打错了算盘了！我也知道你那老婆太难缠……

我有本事先把你两个的牛黄狗宝掏出来，再和那泼妇拼了这条命！喝酒怕什么？咱们就喝！"……揪过贾琏来就灌，说："我倒没有和你哥哥喝过，今儿倒要和你喝一喝，咱们也亲近亲近。"吓的贾琏酒都醒了，贾珍也不承望三姐儿这等的拉下脸来。兄弟两个本是风流场中耍惯的，不想今日反被这个女孩儿一席话说的不能搭言。

尤三姐不但把贾珍、贾琏当做"牛"、"狗"看待，并且嬉笑怒骂，直把两个草包公子哥儿，玩弄于股掌之上。

只见这三姐索性卸了妆,脱了大衣服,松松的挽个鬏儿;身上穿着大红小袄,半掩半开的,故意露出葱绿抹胸,一痕雪脯;底下绿裤红鞋,鲜艳夺目;忽起忽坐,忽喜忽嗔,没半刻斯文,两个坠子就和打秋千一般。灯光之下越显得柳眉葱茏,檀口含丹;本是一双秋水眼,再吃了几杯酒,越发横波入鬓,转盼流光;真把那珍琏二人弄的欲近不敢,欲远不舍,迷离恍惚,落魄垂涎。再加方才一席话,直将二人禁住。弟兄两个竟全然无一点儿能为,别说调情斗口齿,竟连一句响亮话都没了。

三姐自己高谈阔论,任意挥霍,村俗流言,洒落一阵,由着性儿拿他弟兄二人嘲笑取乐。一时,他的酒足兴尽,更不容他弟兄多坐,竟撵出去了,自己关门睡去了。

尤三姐之所以如此泼辣,决非偶然,那是她深深识透了这些纨绔子弟的心理,不这样不足以震慑他们那种"癞蛤蟆想吃天鹅肉"的妄想,拘束他们那种肆无忌惮的行动。

这就是曹雪芹先生给我们展示的尤三姐的醉态。这是一出绝妙的好戏,这出戏始终在酒的陪伴下发生、演绎,达到高潮。尤三姐的"淫态风情",是以酒相助,她的醉态是"佯醉",把淫态和醉态结合在一起,就连风月场上的老手贾琏也把酒吓醒了。

在这个场合下,作为"弱者"的尤三姐也只有撕破脸皮,人家才不敢欺负。尤三姐十分清醒地知道自己所处的地位和环境,同时要争取自己掌握自己的命运。她简单,她坚决,她洒脱,她泼辣,这个性格在《红楼梦》中是少见的。

通过这一番"佯醉"的描写,使我们看到了一个被侮辱、被损害的女性,一个有着刚烈性格的女性,在奋力做着命运的抗争。这番描写,使尤三姐的性格更加光彩照人。

上面我们简略叙述了 5 个人(包括贾雨村、刘姥姥、史湘云、焦大)的醉态,人人都不相同,这完全符合生活的实际。在醉酒时,有的人沉默不语,寡言少动,如痴如呆;有的人却兴奋话多,高谈阔论,神采飞扬;有的人日平常性格拘谨,谨慎小心,而在醉酒时却一反常态,说话口满,不可一世,老子天下第一;有的人则昏昏欲睡,还不断地说着梦话。也有人表现为恶心、呕吐,吐了之后会好一些。更有像尤三姐一样,是"佯醉",其实并不醉,是一种社会应酬和交际中,表达自己愿望的手段,仗着酒力,平常不敢说或不宜说的话,现在统统说出来了。

薛宝钗的"冷热酒"论

薛宝钗的医学知识

薛宝钗是"金陵十二钗"正册之一,曹雪芹以极大的热情赞美她的才能和容貌。她学识渊博,诸子百家无所不知,唐诗宋词无所不晓,致使史湘云也甘拜下风。她的艺术造诣又深,还精通人情事故,或三言两语,或侃侃而谈,无不鞭辟入里。至于诗才之敏捷,足可与林黛玉媲美,笔挥海棠诗,讽和螃蟹咏,案翻柳絮词,赢得交口称赞。

她的长相,也是很迷人的。"生得肌骨莹润,举止娴雅","脸若银盆,眼同银杏;唇不点而含丹,眉不画而横翠;比黛玉更具一种妩媚风流"。曾使贾宝玉看得发呆。

值得提出的是,薛宝钗对医药学和养生学也有很高的造诣。在第45回,黛玉咳嗽复发,症状加重,宝钗去看她,就讲了一番医学道理。她劝黛玉道:"古人说'食谷者生',您素日吃的竟不能添养精神气血,也不是好事。"又说:"昨儿我看你那药方上,人参肉桂觉得太多了。虽说益气补神,也不宜太热。依我说:先以平肝养胃为要。肝火一平,不能克土,胃气无病,饮食就可以养人了。每日早晨,拿上等燕窝一两,冰糖五钱,用银铫子熬出粥来,要吃惯了,比药还强,最是滋阴补气的。"

这一番论述,很符合医学理论,因为脾胃为后天之本,营养是健康的物质基础,而人参肉桂的确太热了,身体太弱的时候,可能"虚不受补"。

薛宝钗的嫂子夏金桂跋扈骄悍,寻衅闹事,简直就是一个泼妇,跟她讲不清什么道理,最后竟撒泼撒到小姑宝钗身上,婆婆薛姨妈说了一句,又对着婆婆吵起来。薛姨妈哪见过这样的阵势?气满胸膛,忽然叫道:"左胁疼痛得很!"说着便向炕上躺下。吓得宝钗、香菱手足无措。薛宝钗懂得医学知识,知道母亲的病是因精神刺激引起,也等不及医生来看,先叫人去买了几钱钩藤来，浓浓地煎了一碗，给她母亲吃了。又和香菱给薛姨妈捶褪揉胸。停了一会儿，略觉安静些。因为钩藤能够清热平肝、熄风定惊、降低血压。应该说，她的医学知识是很丰富的。

这不，关于饮酒，她也有一番自己的见解，即"冷热酒"论。

薛宝钗的"冷热酒"论

《红楼梦》第 8 回《贾宝玉奇缘识金锁，薛宝钗巧合认灵通》写的是贾宝玉、林黛玉都在薛宝钗家里吃饭。薛姨妈给他们准备了茶食、鹅掌。见有鹅掌，宝玉说："这个有酒才好！"薛姨妈便命人灌了上等酒来。宝玉说："不必烫暖了，我只爱喝冷的。"

薛姨妈道："这可使不得：吃了冷酒，写字手打颤儿。"下面就是宝钗的一段妙论：

"宝兄弟，亏年每日家杂学旁收的，难道就不知道酒性最热，要热吃下去，发散的就快；要冷吃下去，便凝结在内，拿五脏去暖他岂不受害？从此还不改了呢。快别吃那冷的了。"宝玉听这话有理，便放下冷的，令人烫来方饮。

在这里，贾宝玉他们吃的是"烫热"的酒。其实，在古代，人们吃酒和现在不一样，现在没人烫酒，而在过去，烫酒是常事。一般是将酒倒入酒壶中，放在另一个稍大容器的中心处，向容器中倒入与酒壶肩膀同高的水，然后用中火将水加热到自己喜欢的温度即可。或者先把水烧开，再把装了酒的酒壶放进去，也可以。总之将酒加热，这就是"烫酒"，至于烫的温度的高低，可视自己的爱好而定，一般是与口温相当，37℃左右。

"烫酒"的理论就如薛宝钗说的那样：酒性最热，要热吃下去，发散的就快；而要冷吃下去，便凝结在内，需要用五脏去暖它，岂不受害？

清代医学家徐文弼提倡温饮酒，既不要过热，也不要过冷，就是37℃左右。因为"热饮伤肺"，而"冷饮伤脾"，他主张"最宜温服"。"热饮"是指40℃以上，喝着烫嘴；"冷饮"即指不加温，现在在酒里加冰块，也是"冷饮"。而温饮就是和口温近似。

酒的主要成分是乙醇，乙醇的制作原料主要是谷物，少数为薯类，在加曲发酵之后经过蒸馏而得。甲醇的沸点（65℃）比乙醇的沸点（78.5℃）低，所以加热蒸馏首先是甲醇而后得到的是乙醇。虽然经过多次蒸馏，但里面总会或多或少地含一些甲醇。现代研究认为，将酒加热之后，能使酒中残存的甲醇尽量地挥发。

甲醇对人体有很大的毒性，食用4～10毫升就可引起严重的中毒、损害视神经。同时，甲醇还有蓄积作用，不易排出体外，它在人体内氧化成甲醛和甲酸，而甲酸的毒性比甲醇大6倍，甲醛的毒性更比甲醇大30倍，危害更为严重。甲醇的急性中毒表现有恶心、胃痛、呼吸困难、昏迷等症状。少量的甲醇蓄积起来，会引起慢性中毒，表现为头晕、头痛、耳鸣、视力减退、视野缩小，严重者可致双目失明。

由于甲醇的毒性甚大，所以国家食品卫生标准规定，粮食白酒甲醇含量不能超过0.04克/100毫升；薯类白酒不能超过0.12克/100毫升。

若是可以信赖的厂家生产的白酒，一定会符合国家标准，可以放心地喝，没有必要加温。至于有的人爱好喝温酒，予以加温，那就是另外一会事了。若对于某个牌号的白酒不放心，那么加温之后，让其中的甲醇尽量挥发出去，当然是很好的自我保护。

对于酒的加温，元代医学家朱震亨有不同的看法，他倒主张冷饮，因为"理直冷饮，有三益焉。过于肺，入于胃，然后微温，肺先得温中之寒，可以补气；次得寒中之温，可以养胃。冷酒行迟，传以化渐，人不得恣饮也。"这就是朱震亨对冷热酒的论述。

朱震亨（1281～1358）是著名医学家，"金元四大家"之一，金华（今浙江义乌）人，世居丹溪，故又称他为丹溪翁或朱丹溪。他的学术观点是"阳常有余，阴常不足"，主张保存阴精，勿妄动相火，是养阴派的代表人物。在饮酒问题上，他主张冷饮，认为冷饮对于肺，可以补气；对于胃，可以养胃。酒的本性是热的，如果热饮，其热更甚，容易伤胃。

看来，对于饮酒的"温"与"冷"，古人都有争论。

怎样看待酒的温饮与冷饮

笔者不揣浅陋，提出自己的看法。

第一，应根据酒的种类而定。

如前所述，如果是红薯干制造的白酒，质量较差，估计含有较多的甲醇，最好将酒烫一下，使里面的甲醇尽量挥发掉，减少对身体的危害。

如果是质量好、符合国家卫生标准的白酒，可以不加温，直接饮用即可。当然，如果爱好饮温酒，加温也是可以的。

在日本，有一类酒叫做"清酒"，近似于我国的黄酒。清酒最好不要冷饮，因为冷饮使酒水味道更干，香气也被封锁住了。这正如一朵尚未开放的花骨朵儿，尽管内部有万般芳香，也无法释放出来。然而也不能过热，过热会将酒香释放掉，失去酒中应有的细腻典雅。所以建议，喜爱冷饮的朋友，酒温也不宜低于 5℃；而喜欢热饮的朋友，酒温也是在 30℃左右为宜。

再如我国的黄酒，如元红酒、加饭酒、香雪酒等，也各有自己的最佳饮用温度。元红酒在饮用时需加微温，并配以鸡鸭肉佐餐，味道更佳；加饭酒在饮用时加以微温，则酒体特别芳香醇厚。然而香雪酒则不应加温，它很适合冷饮，尤其在加入冰块之后，酒味极佳。

第二，应根据自己的体质。

人的体质有寒热之分。寒性体质主要是偏于阳虚，表现为手脚冰凉，四肢不温，特别怕冷，在低温环境中，冷得发抖。也表现为头部发沉，肩臂发僵，腰酸背痛，倦怠乏力，少气懒言，小便清长等。而热性体质主要是偏于阴虚，表现为手足心发热，下午或傍晚有低热，面部升火，两颧潮红，口燥咽干，性情急躁，夜晚失眠，精神疲倦，耳鸣，健忘，盗汗，尿少，便秘等。

对于不同的体质，饮酒时应采取不同的方法。寒性体质宜热饮，而热性体质宜冷饮。

另外，体质虚者，应该饮用补酒。虚证有气虚、血虚、阳虚、阴虚的不同，而采用药酒滋补，也应该相应地补气、补血、补阳、补阴，而不能搞错禁忌，不分青红皂白地乱补一通。中医主张辨证论治，在这里叫做辨证选酒。因为阳虚补阴，则犹如雪上加霜，而阴虚补阳，又好像火上浇油。

对于那些而血脉不通者，还应该用行气活血通络的药酒。

至于健康人，"热饮""与"冷饮"就没有太多的讲究。所谓"冷饮"，也不过是自然状态下没有加温的酒，和室温一样，对健康没有影响。其实现在绝大多数人都是这样喝酒的。即使是加入冰块，使酒温更低，也是可以的，您没有吃过冰糕吗？不必那样神经过敏。当然，若喜爱热饮，仍旧是可以的，对健康没有妨碍，这都不是主要问题。

主要的问题是饮酒量，这才是影响健康的关键，饮酒量决不可过多，不能低估酒精对身体的危害。酒是一把"双刃剑"，少饮对健康有益，多饮对健康有害，请看本书有关的章节。

酗酒对健康的危害

急性酒精中毒

醉酒实际就是急性酒精中毒。急性酒精中毒可分为 3 个不同时期。

第一期是兴奋期。饮酒者面色发红,自觉身心愉快,毫无顾虑,说话直爽,一反平时的矜持,谈吐滔滔不绝,有夸大狂的表现。另外,人们常说的"酒后吐真言",也发生在这个时期。

《红楼梦》开篇明义第 1 回,就写了一个穷儒贾雨村与乡绅甄士隐对饮时,在"已有七八分酒意"的时候,贾雨村"狂兴不禁,乃对月寓怀,口占一绝云:时逢三五便团圆,满把清光护玉栏;天上一轮才捧出,人间万姓仰头看。"这就是酒后吐真言,说出了他的抱负:一旦时机成熟,踏进官场,就可以声名显赫,高踞于万人以上。曹雪芹这样写是为以后写贾雨村作铺衬,后来贾雨村进入仕途,拍马钻营,贪赃卖法,草菅人命,干出来种种罪恶。曹雪芹写酒,自有他的用意,决非闲来之笔。

《红楼梦》第 7 回写的焦大:"他自己又老了,又不顾体面,一味的好酒,喝醉了无人不骂"。有次发起酒疯来,竟毫无顾及地骂道:"那里承望到如今生下这些畜生来! 每日偷鸡戏狗,爬灰的爬灰,养小叔子的养小叔子,我什么不知道? ……"这也应被视为酒精中毒的兴奋期。

唐代诗人元稹(779～831)的诗:"近来逢酒便高歌,醉舞诗狂渐欲魔;五斗解醒犹恨少,十分飞盏未嫌多。"活龙活现地刻画出了这一期醉酒的形象。

在酒精中毒的兴奋期,也有人感情用事,或愠或怒,或悲或喜,甚至粗鲁无礼,有盲目冒险的大胆行为,容易导致犯罪。此期血液中的酒精浓度为每 100 毫升血液中含酒精 100～150 毫克。

第二期是共济失调期。动作笨拙,步履蹒跚,有时语无伦次,含糊不清,呕吐、腹痛,或寂静入睡。此时酒精浓度为每 100 毫升血液中含酒精 150～

250 毫克。

《红楼梦》第 41 回"刘姥姥醉卧怡红院"中描写的刘姥姥醉酒就属于这一期,"只觉眼花头晕,辨不出路径"、"进了房门——便见一个女孩儿——咕咚一声,却撞到板壁上,把头蹦的生疼",原来是一幅画。后来又见到穿衣镜,闹出了许多笑话。再后就"一屁股坐在床上,只说歇歇,不承望身不由己,前仰后合的,朦胧两眼,一歪身,就睡倒在床上"。这应该看作是醉酒的第二期,即共济失调期。

《红楼梦》第 62 回《憨湘云醉卧芍药裀》,"果见湘云卧于山石僻处一个石磴子上,业经香梦沉酣,四面芍药花飞了一身,满头脸衣襟上皆是红香散乱。手中的扇子在地下,也半被落花埋了,一群蜜蜂蝴蝶闹嚷嚷的围着。又用鲛帕包了一包芍药花瓣枕着。众人看了,又是爱,又是笑,忙上来推唤搀扶。湘云口内犹作睡语说酒令,嘟嘟嚷嚷说:'泉香酒冽,……醉扶归——宜会亲友。'"这也应该是属于共济失调期。

第三期是昏睡期。昏睡是难以叫醒的,此时体温下降,面色苍白,口唇发绀,皮肤湿冷,心率加快,瞳孔散大,大小便失禁,呼吸缓慢而有鼾声,摇撼不醒,最后失去知觉。此时血液中的酒精浓度往往每 100 毫升血液中酒精含量超过 250 毫克,必须立即抢救。若酒精浓度超过 600 毫克时,可麻痹呼吸中枢,导致死亡。

也有人按"言语"二字,将急性酒精中毒分为 6 个阶段:甜言蜜语、花言巧语、豪言壮语、胡言乱语、自言自语、不言不语。在第一、二阶段,虽然肉麻一些,还无伤大局。在第三、四阶段,则有伤大雅,豪言壮语者,欺世盗名;胡言乱语者,身败名裂。进入第五、六阶段,对身体有很大损害,酒后失言是一方面,更重要的是生命危险的信号。如果酒精中毒者在一番折腾之后,不言不语,那么更要密切观察,看是不是生命垂危的信号,必要时请医生鉴定并监护。

这种急性酒精中毒，是因为酒精具有脂溶性，极易随血液循环到达全身，也能通过血脑屏障进入神经中枢。酒精对中枢神经系统具有小剂量兴奋、大剂量抑制的双重作用，所以饮酒者开始常有思维敏捷、飘飘欲仙的感觉。同时一改平时的小心谨慎、严肃认真的自我约束，而变得精神亢奋、言语滔滔不绝、说大话。有时动作粗鲁，甚至发生犯罪行为。而随着酒精浓度在血中的继续升高，就由兴奋转为抑制，于是全身瘫软、呼呼入睡。

饮酒御寒是一个误区。

很多人认为饮酒可以御寒，其实是一个误区。饮酒可使人的呼吸加快，血管扩张，血液循环增快，让人感到浑身热呼呼的；同时中枢神经出现短时间的兴奋，于是全身就有一种温暖和舒适的感觉。

但是，事实恰恰相反，这种温暖舒适的感觉是调节体温的中枢发生紊乱的前兆。时间一久，酒劲过了就觉得寒冷。因为皮肤血管扩张，会增加机体的散热，打破了机体的热平衡。散热大量增加，还会使体温下降。特别是在寒冷的环境中，机体大量散热是危险的，很容易引发感冒或冻伤，甚至致命。所以以酒驱寒并不足取，不要用感觉的假象掩盖事实。

慢性酒精中毒

慢性酒精中毒可在长期过量饮酒的基础上出现精神障碍，表现为记忆力、定向力障碍、肌肉震颤、幻觉等。英国曾就年轻酒徒的智力衰退进行了广泛调查。调查对象是在 3 年时间内每天平均饮 100 克酒（2 两）的 35 岁以下的年轻人。结果表明，被调查者中有 50% 智力衰退，其中 1/4 智力严重衰退。

酒精直接刺激并损害消化系统，能引起口腔黏膜炎、咽炎、食管炎和胃炎，特别是对胃黏膜有不良影响。酒精具有脂溶性，可以破坏黏膜的防御系统，使胃黏膜极易遭受胃酸、消化酶、胆汁的侵袭，进而引起黏膜组织水肿、糜烂、甚至出血、坏死。

当胃内酒精超过 20% 的浓度时，会对胃酸的分泌和胃的消化功能产生明显抑制作用。若是胃溃疡患者，饮酒则加重病情。

大量饮酒还导致营养不良。这是因为酒精也是能量物质，每 1 克酒精可产热 29.3 千焦（7.1 千卡）热量。由于额外增加了饮食中的热量，会影响食欲,使人饭量减少,所以营养素常常不足。酒精对胰腺的损伤,使胰酶分泌减少(胰蛋白酶、胰脂肪酶、胰淀粉酶等),影响食物的消化。酒精对胃肠黏膜的损害,导致胃肠不能正常地消化吸收各种营养物质,这些皆可以造成营养不良。

酒精与肝病有密切的关系。目前,世界上有1 500万~2 000万人酗酒,其中10%~20%有不同程度的酒精性肝病。酒精性肝病可分为酒精性脂肪肝、酒精性肝炎、酒精性肝纤维化、酒精性肝硬化,后一个由前一个发展而成,而且一个比一个严重。国外有资料表明,每天饮酒量3两,1年就可发生酒精性脂肪肝,16年便可引起酒精性肝硬化。如果饮酒者是一个慢性肝炎患者,那么饮酒更是雪上加霜,难免出现肝炎复发、加剧,导致肝功能衰竭,甚至诱发酒精性肝癌。

酒精还损害心脏。酒精及其代谢产物乙醛对心脏有直接的毒性作用,它可损害心肌细胞,引起心律失常。酗酒还引起外周血管扩张,血压下降,使冠状动脉供血不足。加上酗酒的情绪激动,心肌耗氧量增加,对有冠心病的人容易促使心绞痛或心肌梗死的发生。

酒精与癌症发生有密切关系。直接用酒精(即乙醇)做动物的诱癌实验,并不会诱发出癌肿,说明乙醇本身对动物没有直接致癌作用,但人们饮用酒精后在体内代谢,产生了乙醛,而乙醛已被证实有致癌作用。

国外研究报道,每天饮150克威士忌酒,食管癌发病的危险性为10.92。在美国,约有10%的女性患乳腺癌,其中10%至15%是由于饮酒造成的,而且饮酒量越多,患乳腺癌的概率就越大。

除以上癌症之外,过量饮酒还能引起口腔癌、咽部癌、喉癌、肝癌、胃癌、结肠直肠癌等。饮酒导致癌肿,除了乙醇的代谢物乙醛有致癌性之外,还可能与酿酒过程中的污染有关。例如,如果原料中残留农药、砷之类,或者杂有亚硝基化合物、真菌毒素等,都有导致癌症的作用。

无论是男性还是女性,长期酗酒都可导致性功能损害。有资料指出,在酒精中毒者中,有50%的男性和20%的女性出现性功能障碍。男性表现为性欲减退、阳痿、射精障碍,检查可见睾丸萎缩、乳房女性化,精子总数下降。酒精还可严重损害睾丸的间隙细胞,使之不能正常地产生雄性激素和精子,精子的畸形率增高。这当然会影响到下一代,表现为子女的智商降低。对女性的损害表现为性冷淡、性高潮丧失,或者性高潮次数和强度显著减少。

酒精更能危害腹中的胎儿。妇产科的资料指出,孕妇每天饮酒1次,其妊娠中期流产危险性是不饮酒孕妇的2倍;若每天饮酒2次,则为3.8倍。原苏联的资料更具体:饮酒妇女的早产率为34.5%,死胎为17%,死产为25.5%,妊娠中毒症的发生率为26%,新生儿窒息率为12.5%,难产率为10.5%,均高于非饮酒妇女。

孕妇饮酒对胎儿的影响更大。孕妇饮酒所生的婴儿,不仅体重较正常为低,更重要的是患"胎儿酒精综合征"(FAS),表现为发育不良、面貌丑陋、头小、鼻梁低、鼻子短、面颊窄、眼睑短、上唇薄、精神呆滞、智力低下、反应迟钝、动作笨拙。有的还出现四肢和心血管畸形。那位"将进酒,杯莫停"的李白,因长期酗酒,其子女皆智慧低下。

此外,酒精还能引起骨质疏松、视神经炎、视网膜炎、玻璃体混浊、酒精性弱视等疾病。

从陶渊明的后代看饮酒之害

陶渊明(365~427或376~427),又名潜,东晋大诗人,在文学史上占有重要地位,著作颇多,他的《桃花源记》至今广为流传。陶渊明曾经当过彭泽县令,后"不为五斗米折腰",辞职归隐,以诗酒自娱。他在自论中说:"性嗜酒,期必醉",在他的名诗《饮酒》二十首序言中说:"余闲居寡欢,兼比夜已长,有名酒,无夕不饮。顾影独尽,忽焉复醉,即醉之后,辄题数句自娱。"

岂知,酒,愉悦了他的精神,却伤害了他的身体,甚至危害到他的后代。陶渊明共有5个儿子,依次叫做舒俨、宣俟、雍份、端佚、通佟,他着手想把5个儿子都培养成才华出众的人才,然而事与愿违,5个儿子的智力都十分低下。请看陶渊明的《责子》诗:"白发被两鬓,肌肤不复实。虽有五男儿,总不好纸笔。阿舒以二八,懒惰故无匹。阿宣行志学,而不爱文术。雍端年十三,不识六与七。通子垂九龄,但觅梨与栗。天运苟如此,且进杯中物。"

按现在的医学知识,酒精可以毒害人体所有细胞,如大脑神经细胞、肝细胞、胃黏膜细胞、生殖细胞等。就生殖细胞而言,男性酗酒,使精子发育不全,活动能力减退;受精之后,使胎儿先天不足,产生各种异常,如智力减退。

女性酗酒，又使卵子遭到损伤，造成先天性畸形和发育不良。可惜陶渊明没有这方面的知识，他认为5个儿子的智力低下是因为"天运"，而不认为是酒精的危害，所以还继续"且进杯中物"。然而到了晚年，他终于意识到了："后代之鲁钝，盖缘于杯中物所贻害"，而产生自责："当恨多谬误，君当恕醉人。"原先的"责子"转变成后来的"自责"，应该说是一个进步，然而已经晚了。

我们应该接受陶渊明的教训。

饮酒对身体的益处

酒是才情，"李白斗酒诗百篇"；酒是友情，"劝君更进一杯酒，西出阳关无故人"；酒是爱情，"今宵酒醒何处，杨柳岸晓风残月"；酒是人情，"浊酒一杯喜相逢"；酒还是豪情，"曹操煮酒论英雄"、"关公温酒斩华雄"。除此之外，酒对身体还有许多好处。

酒对心理的益处

"有朋自远方来，不亦悦乎？"用酒接风洗尘，可以表其真情；送亲友异地游，略感惆怅，用酒饯行送别，可以表其厚谊。金榜提名，春风得意，唯饮酒可以尽其欢；落魄困顿，神情沮丧，又需要酒来排其忧。新婚志禧，酒是吉祥的信使；溘然长逝，酒又是悲哀的寄托。人生的诸类大事，无论是喜怒哀乐，酒都是不可或缺的伴侣。于是形成了蔚为壮观的酒文化。

酒能助兴、增情，带来融融的乐意和幸福的美感。试想，秋高气爽之际，月明星稀之时，备一壶美酒，小菜数碟，邀好友二三，举杯共饮，当是何等地惬意！若有音乐伴奏，烘托气氛，则别具一番风味。三国时代的诗人曹丕说："每至觞酌流行，丝竹并奏，酒酣耳热，仰而赋诗，当此之时，忽然不自知乐也。"

酒又能解忧去愁，有助于心态平和，使人精神振奋，缓和忧郁和紧张心理，提高生活情趣。曹操在"对酒当歌"之时，体会到"人生几何"，最后的结论是："何以解忧，唯有杜康"。这已经成为至理名言。

酒还能使人展开幻想的翅膀，激发如潮的文思。李白斗酒诗百篇，正是生动的写照。陶渊明借酒抒情，归隐田园，写出《醉翁亭记》；苏东坡把月的阴晴圆缺与人的悲欢离合联系起来，感叹"此事古难全"，进而迸发出"但愿人长久，千里共婵娟"的良好祝愿。杜甫、稽康借酒表现忧患意识；陆游、辛弃疾借酒抒发壮烈之志，……酒与诗词，自古就结下了不解之缘。

作为传统饮料,酒给人以美的享受,特别是美酒,更是如此。贵州的茅台称为"国酒",入口喷香,幽雅细腻;山西的汾酒产于著名的杏花村,香味纯正,余味清爽;广西的散花酒,入口柔绵,蜜香清雅;四川的泸州老窖绵软醇厚,窖香浓郁。此外还有葡萄酒、果酒、黄酒、低度酒,以及从国外引入的啤酒、白兰地、威士忌等等,风味不同,各有千秋,不仅给餐桌上增添了热烈的气氛,而且丰富了人们的精神生活和文化生活。

喜庆时增添欢乐,悲哀时消其忧愁,感恩时表其心情,结友时敞开心扉。聚会时用酒增进友谊,独酌时则尽情享受人生。这些对心理是一种良性刺激,自然对健康有益。

酒有一定的营养价值

酒有一定的营养价值。除了供应人体热量之外,像啤酒、葡萄酒、黄酒,还含有丰富的氨基酸、维生素和矿物质。

就以啤酒为例,1瓶啤酒可产热量 1 673.6～2 928.8 千焦(400～700 千卡),相当于 4 个鸡蛋,或 1 磅牛奶,或 160 克面包所产生的热量。所以人们将其称为"液体面包"。由于啤酒是用大麦、大米、啤酒花等为原料酿制的,所以含有 17 种氨基酸,10 多种维生素,其中以维生素 B 族含量最多。另外还含有多种矿物质。这些营养成分大部分能被人体吸收利用。所以在 1972 年 7 月于墨西哥召开的世界营养会议上,啤酒被确认为营养食品。

再以黄酒为例,每 1 升黄酒含 20 多种氨基酸,总量为 5 647 毫克,其中有 8 种必需氨基酸。尤其是赖氨酸,含量为百万分之 432.1,远远超过白酒和啤酒,甚至超过红葡萄酒。黄酒还含有麦芽糖、葡萄糖、乳酸、琥珀酸、多种维生素,以及钾、钠、钙、镁、铁、铜、锰、锌、硒等矿物质。所以有人将黄酒比喻为"液体蛋糕",比"液体面包"还要珍贵。

酒对心脏有保护作用

研究者们发现,适当饮酒(包括白酒、啤酒、果酒和黄酒)对心脏有保护作用。酒能使小动脉血管扩张,促进血液循环,这样可防止胆固醇等脂质在血管壁沉积,对防止动脉粥样硬化有一定作用。饮酒能增加血液中高密度脂蛋白(HDL)水平,HDL 能将胆固醇转运至肝脏进行代谢,其中大部分合成胆汁酸,胆汁酸又可以帮助脂肪和脂溶性维生素的消化。酒精还可能影响血小板和某些凝血因子,减少血栓的形成,并加强血栓的溶解。这对防治动脉粥样硬化和心、脑血管疾病有重要意义。

青岛医学院曾有这样一个研究课题:"即墨老酒"(属于黄酒类)对冠心病的影响。得出了这样一个结果:适量饮酒后患者心脏每搏输出量、每分输出量、心脏指数、射血指数等,均显著增加,而外周阻力显著下降;24 小时动态心电图检查,发现 ST 段和 T 波有明显改善。该研究证实了冠心病患者适量饮酒,对心功能和心电图改善有良好效果。

酒对其他器官的好处

适当饮酒还能够增进食欲,提高消化能力。因为适量的酒精能刺激胃液分泌,尤其是啤酒,里面的啤酒花有健胃消食的功效。

美国对 44 000 名 40～75 岁的男子进行一项长期调查得出结论:1 天一瓶啤酒或一杯葡萄酒,能使心肌梗死的危险降低 40%。法兰克福医生沃尔夫冈·伦施教授说:"1 天一瓶啤酒能治疗胃溃疡和十二指肠溃疡。啤酒花和高含量的 B 族维生素能镇静胃肠神经。"

啤酒花浸出的酒花油、鞣质和树脂,除使啤酒具有清香爽口的风味外,对人体还有健胃、利尿、镇静等功能。啤酒中的烟酸(维生素 PP),还有软化血管的作用,长期食用对防治高血压有益。

对于更年期妇女,适量啤酒能够缓解更年期综合征的症状,如灼热感、抑郁症、精神紧张,好发脾气等。具有独特苦味的啤酒花,含有一种植物雌激素,因而能够补偿骤然降低的雌激素,缓解更年期的紧张情绪。

葡萄酒中含有丰富的抗氧化物质——聚酚。聚酚能够扩张血管,使血管壁保持弹性,提高毛细血管的张力,有效地防止动脉硬化性心脏病。每天饮用250毫升红葡萄酒,能防止血小板聚集形成血栓,比阿司匹林更能阻止血管栓塞。葡萄酒中含的聚酚等多酚类化合物,可以缓解血管内的氧化反应,软化血管,降低血压,对心血管系统有保护作用。另外,聚酚还有使皮肤美白的效果,对色素斑、妊娠斑、老年斑有一定防治作用。

珍贵的白藜芦醇

葡萄酒中含的白藜芦醇对人体的好处更多。白藜芦醇是葡萄酒(尤其是红葡萄酒)中最重要的功效成分,它含在葡萄中,特别是葡萄皮和种仁中最多,是一种植物抗毒素,能够有效地抗灰色霉菌感染,防止葡萄腐烂。科学家对它进行了药理活性研究,发现它有明显的抗菌、抗炎、抗癌、抗血栓、抗高脂血症、抗脂质过氧化等多方面的活性。同时它还是一种植物雌激素,因此对前列腺癌、子宫内膜癌等有明显的预防作用。

大量研究文献证明,白藜芦醇是葡萄酒(尤其是红葡萄酒)中最重要的功效成分。但是,并不是所有的红葡萄酒中都有这种成分,勾兑酒和劣质酒是测不出它们的。白藜芦醇是在紫外线照射下,由葡萄产生的一种植物抗毒素。白藜芦醇在葡萄原料中以顺式结构存在。虽然葡萄原料中白藜芦醇含量较低,但是在采用先进的酿造工艺能够使白藜芦醇糖苷在β—葡萄糖苷酶的作用下,转化成反式—白藜芦醇,从而使葡萄酒中的白藜芦醇含量骤然增加。

1997年1月,美国伊利诺大学的约翰·佩朱托教授在世界著名科学杂志《科学》上,发表了有关白藜芦醇抗癌效果的报告,证明白藜芦醇在癌症发生的起始、启动和发展3个主要阶段都有抗癌活性,既能阻止健康细胞的癌变,又能防止癌细胞的扩散。令人兴奋的是,白藜芦醇可用于癌症的化学预防,用它阻断癌变的各个过程,而不是当看到癌时再来处理它。

研究发现,在花生、桑椹、葡萄等72种植物中都含有白藜芦醇,其中尤以葡萄、特别是葡萄皮和红葡萄酒中含量最高。据此,美国研究癌症的专家向人们提出了防癌的新建议:多吃葡萄,吃葡萄不吐葡萄皮;多饮葡萄酒,特别是红葡萄酒,能够起到预防癌症的作用。

老人饮红葡萄酒还可以预防老年性痴呆。丹麦健康部与哥本哈根市立医院预防医学研究所的科学家，对 1 709 名 65 岁以上的老人进行了长达 15 年的跟踪观察，就饮酒习惯对大脑功能的影响进行研究。结果发现，每周适量饮用红酒者，其大脑受损而导致痴呆症的风险降低了一半。科学家推测，这是因为红酒中的类黄酮素，能够减弱有害物质对大脑的作用。

上等烹饪调料

黄酒还是上等的烹饪调料，在烹饪时具有祛腥、去膻、增香、添味的功能。鱼肉中有一种三甲胺的化学物质，腥味甚大，若在煮鱼时加入 1～2 匙绍兴酒，三甲胺便会溶解在黄酒里。酒精的沸点为 38.3℃，容易挥发，三甲胺也随蒸汽一起跑掉了。在烹饪时再加一点醋，那么酒与醋在热锅里相遇，生成乙酸乙酯，这是一种香味物质，比鱼味更香。羊肉很膻，在炖煮中加入黄酒，那些膻味物质也会溶解于酒精中并一起挥发掉，于是羊肉更鲜美。另外，黄酒中含有很多水溶性氨基酸，其中有谷氨酸，它与食盐中的钠离子结合，能够生成谷氨酸钠。谷氨酸钠就是味精，这也是黄酒增鲜的原因之一。鉴于此，在"中国菜谱"中，很多菜肴都是用绍兴酒作调料，同时也是餐馆、酒楼、家庭必备的佐料。

酒对健康的利弊，在于一个"量"字

李时珍的真知灼见

我国伟大的医药学家李时珍在《本草纲目》中写道："酒，天之美禄也，少饮则活血行气，壮神御寒，消愁遣兴。痛饮则伤神耗血，损胃亡精，生痰动火。""若夫沉湎无度，醉以无常者，轻者致疾败行，甚者丧邦亡家，而殒躯命。其害可胜言矣！"又说："过饮不节，杀人顷刻……善摄生者宜戒之。"

李时珍在这里强调了"少饮"和"痛饮"两个概念。少饮对健康是有好处的，可以活血行气、壮神御寒、消愁遣兴。而痛饮则丧邦亡家，而殒躯命，甚至杀人顷刻。这就是"量"与"效"的关系。那么多少量为少，多少量为多呢？

如上所述，白酒的主要成分是酒精和水，而啤酒、黄酒、葡萄酒，则除了酒精和水之外，还含有众多的营养成分。这些营养成分虽然种类多，但量并不多，不至于有过多之虞。药酒则还含有药物成分。看来各种酒，主要成分还是酒精，否则就不能称之为酒，而是饮料了。

酒精是由碳、氢、氧三种元素组成的有机化合物，分子式是 C_2H_5OH ，相对分子质量为46，分子中的—OH叫做羟基，是醇的官能团，又称功能基团。酒精分子中有两个碳原子，故学名称为乙醇。根据酒中酒精含量的高低，可将酒分为高度酒、中度酒和低度酒三类。

酒"度"的划分

高度酒的酒精含量在40％以上（40％即40度），最高的可达70％。白酒绝大部分是高度酒，近年来也出现了38度的中度白酒。酒度在20～40度之间的称为中度酒，如露酒和药酒。酒精在20度以下的都属于低度酒，如葡萄酒、黄酒和啤酒。根据商业上的传统分类，可将酒分为白酒、啤酒、黄酒、葡萄酒、果酒、露酒和药酒。

注意啤酒的"度"与上面说的度并不一样,那是用巴林糖度计测定的麦汁的浓度。也分为高浓度、中浓度和低浓度。高浓度啤酒,麦汁浓度在14～20度,酒精含量为4％～5％。中浓度啤酒,麦汁浓度在10～12度之间,其中尤以12度最为普遍,酒精含量按照3.5％左右,是我国目前生产量最高的啤酒。低浓度啤酒,麦汁的浓度一般是6～8度,而酒精的含量最低,大约是2％。

酒喝进去之后,在胃、十二指肠和空肠吸收。吸收进血液之后,在体内进行代谢。乙醇(酒精)在乙醇脱氢酶的作用下,氧化为乙醛;乙醛又在乙醛脱氢酶(有7种同工酶,所谓同工酶就是催化同一种化学反应但分子结构不同的一组酶,在这里我们统称为乙醛脱氢酶)的作用下,氧化为乙酸。乙酸进一步氧化为二氧化碳和水,同时放出热能。

乙醇的中间代谢产物乙醛,会造成酒精中毒,是产生毒性甚至致癌的主要物质。一个人,体内若有较多的乙醛脱氢酶,能够及时将乙醛消除掉,那么乙醛的毒性就消失了。这种乙醛脱氢酶主要存在于肝脏,由肝细胞合成。人和人之间,乙醛脱氢酶的数量是不一样的。如果他的乙醛脱氢酶量多,能够及时处理掉乙醛,那么他的酒量就大,称之为"海量",可以"半斤八两不醉";而如果他体内乙醛脱氢酶甚少,那么酒量就小,仅仅喝上一口,就会出现醉态。至于为什么人的乙醛脱氢酶有多和少之差别呢? 主要在于遗传基因,是先天性的。

需要指出的是,即使有人乙醛脱氢酶甚多,也不可大量饮酒,因为酒精的代谢需要一个过程。如果喝的酒精量超过了其代谢速度,那么照样会使乙醛在体内大量积存,对健康的危害是不言而喻的。其实,在生活实际中,真正喝得酩酊大醉的人,并不是那那些酒量小的人,而是酒量大的人。当他们为"喝酒八分醉"而自豪的时候,他们的肝脏早已不堪重负。酒喝得越多,对肝脏损伤得越重。专家指出,醉酒一次,其危害决不亚于患一次急性轻型肝炎。

适宜的酒量是多少

科学研究指出,肝脏每天所能承受的酒精代谢能力约为每千克体重1克。那么一个体重60千克的人,每天允许的最高酒精量为60克。注意这是最高允许量,为了安全起见,应该是这个量的1/2～2/3,就是说,每天饮30～40克就可以了。

酒精摄入量的计算公式是:

摄入的酒精量(克)＝饮酒量(毫升)×酒精浓度(％)×0.8(酒精比重)

这样算来,若是饮50度的白酒,每天的饮酒量应掌握在75～100毫升,也就是说,不要超过2两。啤酒、葡萄酒、黄酒,则应按所含酒精量(酒精浓度)相应地计算。

这是指身体健康的成年男性,如果是健康的成年女性,则更应该少一些。若是儿童、孕妇、乳母,或者疾病患者,则应该禁酒。

每天摄入酒精量大于80克(50度的白酒4两),叫做"大量饮酒",具有相当的危险性。据医学的观察,每天超过80克,连续饮用5年,便可发生酒精性肝病;量再多,时间再长,则会发生酒精性肝硬化。

更有学者指出,饮酒的安全量为每天酒精量不超过10克,如果超过10克,则患癌症的危险性增大。10克酒精相当于30毫升40度的白酒,或者120毫升葡萄酒。

又有学者不是按每天计算,而是按每小时计算。他们的根据是:一个体重70千克的人,其肝脏每小时最多氧化15毫升酒精,相当于60度的白酒25毫升。因此主张正常成人每日饮60度的白酒不能超过25毫升;黄酒、葡萄酒不能超过50毫升;啤酒不能超过300毫升。

劣质酒危害更烈

以上说的是符合国家卫生标准的酒,而不是假冒伪劣的酒。若是假酒,则另当别论。前一段媒体报道的假酒中毒,主要是白酒里含有超量的甲醇。

甲醇又叫做"木精"，对人有剧毒，摄入 5～10 毫升即发生急性中毒，30 毫升即可致死。甲醇中毒一般发生在饮用毒酒 8～36 小时，初觉头痛欲裂，步态不稳，全身乏力，继之发生抽搐，直至昏迷。眼部损害表现为视物模糊，畏光，视力减退，眼球疼痛，以及视神经萎缩，双目失明。此外，还会导致消化系统、心脏和肾脏损害。

　　再一个需要提及的是杂醇油。杂醇油是产生白酒香气的重要成分，但含量过多对人体有害。一般蒸馏酒中的杂醇主要为正丙醇、异丁醇、异戊醇、戊醇等，这些杂醇对人体的危害程度比乙醇高。如果把乙醇对人体的危害程度算做 1 的话，那么正丙醇为 3.5，异丁醇为 8，异戊醇为 19。这些醇在体内代谢缓慢，停留时间长，能引起中枢神经系统充血，导致头痛、头晕、恶心、呕吐，严重者木僵、惊厥、心律紊乱，甚至昏迷。

　　其他如劣质酒还含有重金属铅、氰化物等，都会对身体造成危害，不可不慎。

酒也是一种药物

酒是一味中药

酒也是一味中药，按中医理论，它性温，味苦、辛。归入心、肝、肺、胃诸经。能够通血脉，御寒气，行药势，临床常用于治疗风寒痹痛、筋脉挛急、胸痹、心腹冷痛等症。

张仲景在《金匮要略》中写到了胸痹，他把病因病机归纳为"阳微阴弦"，即上焦阳气不足，下焦阴寒气盛。主要症状是胸背痛，心痛彻背、背痛彻心，喘息咳唾，短气不足以息，胸满，气塞，不得卧，胁下逆抢心等症。按这个描写，很像现代说的冠心病。治疗的药物之一就是酒。目前，中国中西医结合学会已将酒列为活血化瘀药之一，治疗血瘀型冠心病。

关于药性，《本草求真》有一番论述："酒性种类甚多，然总由水谷之精，熟谷之液，酝酿而成，故其味有甘有辛，有苦有淡，而性皆主热。烧酒则散寒结，然燥金涸血，败胃伤胆。水酒借面酿酝，其性则热，酒借水成，其质则寒，少饮未至有损，多饮自必见害。"

历代许多医家对酒进行了多方论述，非常客观、辩证，一分为二，令人信服。

《养生要集》写道："酒者，能益人，亦能损人。节其分剂而饮之，宣和百脉，消邪却冷也。若升量转久，饮之失度，体气使弱，精神侵昏。"最后告诫大家，"宜慎，无失节度"。

李时珍在《本草纲目》中写道："面曲之酒，少饮则和血行气，壮神御寒。痛饮则伤神耗血，损胃亡精，生痰动火。""若夫沉湎无度，醉以为常者，轻者致疾败行，甚者丧躯陨命，其害可胜言哉。"

酒在中药炮制中也大有用场。中草药的炮制，是指中药材按照医疗的要求和药物配制的需要进行的一种特殊加工方法，也就是药物在应用前或制成各种剂型之前的加工过程。

炮制的种类和方法甚多，酒炙就是其中之一。酒炙就是药料加酒拌炒，一般用黄酒，也有用白酒的。酒的性味甘、辛，大热。能引药上行，有活血通络的作用。药料经酒炙后，借酒之辛热以缓和寒性，增强活血通络的作用。同时，酒是一种良好的有机溶媒，一般生物碱、挥发油等物质，皆易溶于酒中，因此药料经酒炙后易于使有效成分析出，以提高疗效。酒炙还能够起到矫味、矫臭、去腥腐的作用。

中药理论有升降浮沉学说。升是上升，降是下降，浮是发散，沉是泄利。升降浮沉是药物作用趋向的综合，是针对疾病表现不同趋向相对而言的。人体发生病变的部位有上下、表里的不同，病势也有上逆和下陷的差异。在上在表及病势下陷者，宜用升浮，而不宜用沉降。在下在里及病势上逆者，宜用沉降，而不宜用升浮。对于中药来讲，升降浮沉的作用，每随炮制而有变化。酒炒则升，姜汁炒则散，醋炒则收敛，盐水炒则下行。可见酒炒具有升提的作用。

传统的中药剂型有汤、丸、散、膏、丹、酒、曲、胶等，新剂型更是层出不穷。酒剂就是通常说的药酒，后面将要专门论述。药酒能长期保存，并易于服用，是其优点。但不习惯饮酒的人，以及忌用酒类的疾病，则不宜应用。

另外，酒酿和酒糟也可以入药。酒酿是糯米和酒曲酿制而成的酵米，成熟的酒酿，含酒精不多，而含有多量的糖分、粗蛋白、酸类等，主要作用是益气，生津，活血。

酒糟是米、麦、高粱等酿酒后剩余的残渣。性味也是甘辛、温。主要功能是温中，消食，散瘀，止痛。可以治疗外伤淤滞疼痛、冻疮、风寒湿痹等症。

酒的药理作用

现代医学对酒进行了多方研究,证实酒有多种药理作用。

1. 对中枢神经系统的作用

酒的主要成分是酒精,即乙醇。乙醇对中枢神经的作用基本上与麻醉药相似,但由于它引起的兴奋期太长,大量则导致延髓麻痹而安全度不够,因而不能作为麻醉药。

乙醇导致的兴奋,并非真正的兴奋,而是大脑抑制功能减弱的结果。此时饮者丧失了由教育和经验而来的谦虚和自制,因而一反平时的矜持,说话口无遮拦,于是吹牛、说大话,把谁也不放在眼里,与醉酒之前判若两人。同时辨别力、记忆力、集中力、理解力也都明显减弱,视力也常出现障碍。

2. 对循环系统的作用

中等量的乙醇可扩张皮肤血管,有的人喝酒之后面红耳赤,甚至连脖子也是红的,就是皮肤血管扩张充血的结果。由于充血,自己有温暖的感觉。正因为此,有许多人把酒当作"御寒药",在遇到寒冷的时候,喝一些酒以求御寒。其实恰恰错了。

人在寒冷的时候,皮肤血管反射性的收缩,身上起鸡皮疙瘩,这是一种先天性的条件反射,可以减少机体的散热,对人体有保护作用。而饮酒后则皮肤血管扩张,增加了机体的散热,对身体反而不利,甚至有冻死的危险。

对于动脉硬化和冠心病,酒精是一把双刃剑,有明显的"量效关系"。每天酒精量少于 50 克时,可抑制低密度脂蛋白胆固醇(LDL-C)的合成,降低它的含量,对心脑血管起保护作用。同时还降低血小板的凝聚力,降低各种凝血因子的活性,加强纤溶活性,这样可以预防心肌梗死和脑梗塞。而当每天酒精量大于 50 毫升时,作用恰恰相反,使血清 LDL－C 升高,促进动脉粥样硬化,并导致血栓形成。

3. 消化系统

饮低度酒(酒精含量 10％左右)可增加胃液分泌,包括胃蛋白酶和胃酸的分泌,因而有帮助消化的作用。而对于消化性溃疡患者,却不适宜。因此,消化性溃疡患者应禁酒。酒精浓度高(20％以上)则抑制胃液的分泌,并减弱胃蛋白酶的活性。浓度 40％以上的酒,对胃黏膜有强烈刺激,所以喜欢饮烈性酒者多患有慢性胃炎。饮酒后发生恶心、呕吐,主要是酒精在体内氧化的中间产物——乙醛刺激了呕吐中枢的缘故。

4. 局部作用

乙醇局部涂搽于皮肤,使局部毛细血管扩张,可加速热的散发,故有冷感。对高热患者,退热的方法之一就是酒精搽浴,酒精挥发的同时可带走大量热量,于是体温就降低了,这属于物理降温的方法。

高浓度酒精能使细胞原浆脱水并发生沉淀,所以有收敛和刺激作用。酒精能使细菌体内的蛋白质变性而死亡,在医院,70%的乙醇是常规消毒的必需品,浓度过低或过高都使其消毒作用降低。

5. 体内过程

酒精在胃肠道中吸收迅速,一般约有 20% 在胃中吸收,其余在小肠吸收。浓度低的酒,易于吸收,而浓度高的酒则吸收缓慢。进入体内的酒精有 90%～98% 被完全氧化,每克酒精可放出 29.7 千焦(7.1 千卡)的热能,这个量介于脂肪和碳水化合物之间。热量可为机体利用,所以喝酒多的人,吃饭不多。由于酒中缺少其他营养物质,这样可因营养物质的缺乏,而罹患营养不良症和维生素缺乏症。

成年人 1 小时可氧化酒精 9～15 毫升。大量饮酒,超过这个氧化速度,会蓄积而造成中毒,平常说的醉酒,就是急性酒精中毒。2%～10%的酒精,主要通过肾和肺排出,其他如汗、泪、唾液也有微量排出。

谈 谈 药 酒

　　前面曾谈过林黛玉喝的合欢花酒,祭奠晴雯的桂花酒,除夕喝的屠苏酒,以及林黛玉诗中的菊花酒,都应该属于药酒。即便是曹雪芹虚构的"万艳同杯酒",是由"百花之蕊、万木之汁、加以麟髓之醅、凤乳之曲酿成",所以也应该是属于药酒之列。

　　药酒是中医药学宝库中一颗璀璨的明珠,是我国劳动人民长期与疾病做斗争的经验总结。药酒从古至今,经过历代医药学家、养生学家的不断总结和完善,积累了许多卓有成效的验方,在我国人民养生保健、防治疾病上做出了出色贡献。

　　所谓药酒,就是把中药植物药的根、茎、叶、花、果,或者动物药的全体或内脏,或者矿物药等,按一定比例浸泡在酒中。酒是中药的良好有机溶剂,中药中的有效成分能充分溶解在酒液中,浸泡一定时间后,将酒液滤出,去掉渣滓,就成为药酒。浸泡药物的酒,可以是白酒,也可以是黄酒、米酒、葡萄酒等,但主要是 50～60 度的白酒。

我国药酒发展史

　　药酒在我国,可以说是源远流长。西汉马王堆汉墓出土的《五十二病方》中,就记载了治疗疾病的药酒方 30 余个。由此可见,药酒远在先秦时期就有了一定的发展。

　　中医最早的经典著作《黄帝内经》,对酒的医疗作用作了专题论述。《素问·汤液醪醴篇》中,讲述了醪醴在制作及酒在治疗中的作用。同一本书中,还提及了"鸡矢醴"、"醪药"、"醪酒"等。按字面讲,醪就是浊酒或醇酒;醴就是甜酒,醪醴就是泛指酒而言。在这里就是指治疗疾病的药酒。史学著作可以作为一个佐证,《史记·扁鹊仓公列传》中记载了西汉名医淳于意的 25 个病案,其中有 2 例是以药酒治疗的。

被称为"医中之圣"的张仲景，在他的《伤寒杂病论》中，有著名的方剂"栝楼薤白白酒汤"、"麻黄醇酒汤"、"红豆花酒"等，还有酒水混煎的方法等。可见远在东汉时期，用药酒治病已相当普遍。

两晋南北朝时期，著名医家葛洪在他的《肘后备急方》中，记载的药酒有桃仁酒、猪胰酒、金牙酒、海藻酒等。陶弘景在他的《本草经集注》中，明确提出"酒可行药势"，并详细论述了药酒的浸制方法。特别值得一提的是，他还提出有71种药物不宜浸酒，使药酒的制作更趋完善。

唐代是药酒使用较为广泛的时期。孙思邈的《备急千金要方》有专卷论述"酒醴"的，收集药酒方80余首。宋元时期，《太平圣惠方》及同时期的医药典籍，收集的药酒方总共有数百种。在明代，李时珍在他的《本草纲目》中，仅一本书就记载了各种药酒配方200多种。清代的药酒，除了用于治病外，最大的特点是养生保健药酒较为盛行，尤其是宫廷补益药酒盛况空前。如"清宫玉容葆春酒"就是一个突出的例子（后面专门叙述）。

历史发展到今天，药酒的品种是更多了，已达2 000种以上。更重要的是对药酒进行了科学研究，许多防病治病的机制被揭示。在药理研究、毒理研究、质量监控、制作工艺等方面都有很大发展。药酒酿制，在继承传统经验的基础上，吸收了现代科学技术，使药酒的生产更趋于标准化、规范化。如今，药酒规范已经列为国家药典的重要内容，如传统中药名酒的配制，制作工艺、质量和卫生要求，都作了明确规定。

令人欣喜的是，药酒不仅对我国人民的保健事业做出贡献，而且走向世界，打入国际市场，远销世界各地，深受国际友人的欢迎，也为世界人民的健康做着贡献。

药酒制作的方法

目前制作的方法主要有：酿造法、冷浸法、热浸法、渗滤法等。

酿造法是一种古老的方法，近代民间仍有应用。原料有米（粳米或糯米）、酒曲和药物。制作时先将药材拣洗干净，打成粗粉状；将米淘洗干净，酒曲粉碎。以水浸米，令其膨胀，然后蒸煮成干粥状，待冷却至 30℃ 左右加入药粉和酒曲，搅拌均匀，置陶器内发酵。经过 7～14 天发酵完成，经压榨、澄清、滤取酒液。然后再将滤取的酒液装瓶，再隔水加热至 75～80℃，以杀灭酵母菌及其他杂菌，保证酒液质量并便于储存。也有用中药药汁与米搅拌一同蒸煮的，然后加入酒曲发酵而成。

冷浸法就是直接用白酒浸渍药材。植物类药材应先切片、洗净、沥干，也可洗净、沥干后打成粗粉，装入一个密闭、洁净的大口容器中。如果是动物药或矿物药，也应该掰碎或砸碎。容器可以是玻璃、陶瓷、搪瓷的，但不宜用金属（铁、铜、铅锡合金、不锈钢）或塑料。然后加入白酒，白酒量应为药材量的 10 倍左右。加入后，用力摇匀，密封保存于阴凉避光处。浸泡期间应经常摇动容器，如果用大坛酿制多量药酒，也可以用搅拌法，搅拌后立即密封。摇动和搅拌的目的是尽量让药材与酒接触，使药物成分溶入酒内。浸泡的时间至少应半月，有的需要浸泡数月甚至 1 年。这样可保证药理成分萃取得比较彻底。待成后，滤去渣滓，就可按量服用。

热浸法是将药材和酒一同煮一定时间，然后放冷储存。热浸法能够加快浸取速度，使药材中的有效成分更容易浸出。但必须注意安全，防止酒精燃烧，也要防止酒精挥发。因此，可以采取隔水炖煮的间接加热方法。将药材和酒一同放入搪瓷容器内，再将搪瓷容器放入更大的盛水锅中炖煮。炖煮的时间不宜过长，以免酒精挥发。一般是见药面出现泡沫时，即应离火，趁热密封。静置 15～20 天，滤去渣滓即可饮用。

渗滤法适用于药酒厂生产，在此不予详述。

药酒在饮用时，若因酒味辛辣或药味太浓，可以适量加入冰糖或蜂蜜以矫味。

如果不能饮用白酒，可选用低度米酒、葡萄酒或其他果酒作为酒基进行浸泡。

酒对药物的作用

酒与药物的结合是用酒防治疾病的一大进步。酒对药物的作用主要有以下 3 个方面。

第一，酒可以行药势。酒的性味甘、辛、大热，能引药上行，有活血通络的作用。古人谓，"酒为诸药之长"，酒可以促使药力渗透，向外透至体表肢节，向上达于头颅颠顶。大多滋补药物比较滋腻，酒还使滋补药物补而不滞。除了制作药酒之外，中药炮制的方法，有一种叫做"酒炙"，就是用药料加酒拌炒，这时候一般用黄酒，也有用白酒的。

第二，酒是一种有机溶媒，有助于药理成分的析出。大部分水溶性物质及水不能溶解的物质，均可溶于酒精之中。中药的多种成分都容易溶于酒精之中，而且酒精有良好的通透性，能进入药材的组织细胞中，发挥溶解作用，促进置换和扩散，有利于提高浸出速度和浸出效果。

第三，酒还有矫味、矫臭、去腥、防腐作用。尤其能防止药物腐败变质，一般药酒能保存数月甚至数年而不变质，这就给药物的使用带来极大方便

药酒的分类

药酒分类的方法很多：按酒的种类分，有白酒药酒、黄酒药酒、米酒药酒、葡萄酒药酒，目前主要用白酒。按药物来源分，有植物药药酒、动物药药酒、矿物药药酒。按制作方法分，有冷浸药酒和热浸药酒。而按药理作用和临床用途来分，又可分为治疗性药酒、养生保健药酒、美容养颜药酒等。后一种分类法是目前最通行的一种方法。

1. 治疗性药酒

按中医理论，治疗气血虚者可用补益气血药酒，如人参酒、归芪酒、益寿酒、加味八珍酒、十全大补酒等。

治疗神经衰弱可用健脑益智药酒，如长寿酒、桑椹酒、健脑补肾酒、益脑安神酒、归脾养心酒、益智酒等。

治疗肾虚阳痿可用滋阴壮阳药酒，如壮阳酒、参茸补阳酒、淫羊藿地黄酒、海狗肾酒、海马酒、至宝三鞭酒等。

治疗各种风湿可用活血祛风药酒,如金钱白花蛇酒、独活当归酒、祛风胜湿酒、五加温阳酒、鹿筋补酒等。

治疗心血不足、惊悸征忡可用养心安神药酒,如远志酒、茯苓酒、灵芝酒、莲子酒、八珍御酒等。

治疗心悸,可用人参北芪酒、麦冬柏仁酒、安神酒、补心酒、桂圆药酒、人参五味子酒等。

若按西医病名说,也有许多针对性的药酒。

治疗高血压病,可用复方杜仲酊、香菇酒、菊花酒、双地菊花酒、杜仲酒、桑椹酒、嫩竹酒等。

治疗冠心病,可用红果酒、冠心活络酒、复方丹参酒、活血养心酒、山楂丹参酒、瓜葛红花酒等。

治疗高脂血症,可用降脂酒、消脂酒、香菇柠檬酒、绿茶蜂蜜酒、山楂麦冬酒、瓜蒌薤白酒等。

治疗中风后遗症,可用全蝎酒、濒湖白花蛇酒、复方白蛇酒、皂角南星酒、天仙熄风酒等。

治疗面瘫,可用牵正独活酒、定风酒、常春藤酒、蚕砂酒、熄风止痉酒、葛根桂枝酒等。

治疗糖尿病,可用二参酒、枸杞子酒、石斛参地酒、春寿酒、菟丝子酒、洋葱红酒、草莓酒等。

治疗阳痿,可用板栗猪肾酒、九香巴戟淫羊酒、红参海马酒、淫羊鹿茸壮阳酒等。

治疗跌打损伤,可用活血散瘀酒、化瘀止痛酒、舒筋活血酒、少林八仙酒、跌打损伤酒等。

治疗关节炎,可用史国公药酒、风湿骨痛酒、五加当归酒、祛风湿酒、虎骨酒、红花威灵仙酒、白花防风酒等。

治疗痛经,可用调经酒、凤仙酒、归芎郁金酒、当归元胡酒、红花山楂酒等。

另外还有外用药酒,如舒活灵、正骨水、骨友灵、万花油、樟脑酒精等。

外用药酒也是治疗性药酒,与以上药酒的不同之处有两点。一是用药途径不一样,不是口服,而是外擦。第二是除了用饮用白酒配制之外,还可以用医用酒精来配制。外用药酒由活血化瘀、疗伤止痛的中药,再加上辛窜芳香的药物如麝香、樟脑、冰片等配制而成。主要用于治疗运动系统的损伤,如关节肌肉扭伤、拉伤、劳损,也用于风湿神经炎等。这类药酒中的药物,具有芳香走窜的特性,有较强的皮下组织渗透力,能够舒筋活络、活血化瘀、消肿止痛。这些药酒擦在皮肤上,可交替出现阵阵温热和凉爽舒适之感,能够促进局部血液循环,解除肌肉痉挛,改善局部组织缺氧,增进局部组织代谢,进一步消炎止痛,因此疗效良好。

需要注意的是,软组织损伤两天内,因局部出血,软组织肿胀,一般不宜使用。皮肤有擦伤破口,或者患有皮炎,也不宜使用。

以上都是治疗性的药酒,下面再简略介绍养生保健的滋补药酒和润肤养颜的美容药酒。

2. 养生保健药酒

这一类药酒很多,如保健调养的药酒有杞地菊花酒、芝麻枸杞酒、莲子山药酒、杞菊麦冬酒、鹿骨续断酒、山药鹿茸酒、人参海马酒、百益长春酒等。

延年益寿的药酒有人参不老酒、延年山药酒、枸杞菊花酒、白补养元酒、还童酒、灵芝补酒、菊花延年酒、桑椹酒、二子龙眼酒、三仙延寿酒、松鹤补酒。

3. 养颜美容药酒

美容养颜的药酒有红颜酒、玉液酒、驻颜酒、祛斑美容酒、桃花美容酒、养颜润肠酒、固本回颜酒、照春酒、五加泽肤酒、枸杞麻仁酒等。乌须黑发药酒有黑芝麻酒、首乌黑豆酒、美髯酒、三味乌发酒、乌发益寿酒、黑发地黄酒、首乌酒、首乌金樱酒、七宝酒等。

现代科学对补养药酒的研究

现代科学技术对补养药酒进行了较多的研究,而且有许多研究成果。以下仅以"清宫玉容葆春酒"为例来叙述,就可见一斑。

清宫玉容葆春酒是慈禧太后经常饮的药酒,具有抗老延年、美容玉面的作用。为发掘其中的奥秘,并在现代推广使用,中国中医科学院老年医学及清宫医案研究室,同河南省商丘林河酒厂合作,进行了一系列研究。

清宫玉容葆春酒由西洋参、枸杞、黄精、当归、合欢皮、佛手柑等中草药成分组成。中医认为,西洋参、黄精、当归、枸杞之类,主要功用是补益气血、

滋养肝肾，根据"阴精所奉其人寿"的道理，能够使人健康长寿。合欢皮、佛手、醇酒之类，擅长安神解郁，养胃和血，具有祛邪扶正、行气止痛之功效。全方综合起来，配伍使用，可使五脏受荫，六腑调和，阴平阳秘，气血流畅，身体康健，从而产生抗老驻颜，葆容润肤的功效。

现代科学研究证实，西洋参含丰富的人参皂苷，兴奋中枢神经的作用与人参相近，而抑制中枢神经的作用较人参强，能起镇静作用。还有增强机体免疫功能，增强对有毒刺激的防御功能，能够抗老防衰。黄精能提高机体的玫瑰花结形成率、淋巴细胞转化率，提高免疫功能。还能降低血糖，降低血压，增加冠脉血流量，改善心肌的营养供应。动物实验证明，黄精可延长家蚕的寿命。枸杞对造血功能有促进作用，使淋巴细胞增多；还能降低血糖，降低血中的胆固醇，抑制脂肪在肝细胞沉积，预防动脉粥样硬化的形成。当归在保健益寿、食疗行列中占重要位置，可提高机体免疫能力，预防动脉粥样硬化，它含的维生素 E 和硒等微量元素，具有抗衰老的作用，还能预防老年斑，延缓皮肤皱纹的发生。合欢皮能够镇静安神，可以治疗健忘失眠，增强记忆力。佛手柑主要含柠檬油素，有一定降压作用。白酒能扩张皮肤血管，使皮肤发红而有温暖感。

以上各种功效综合起来，可以增强机体免疫功能，防治动脉粥样硬化、冠心病、高血压、糖尿病等多种老年病，还有滋补强壮、延缓衰老、使皮肤光泽润泽的效果。

为了证明清宫玉容葆春酒的疗效，西苑医院曾对 127 例慢性虚弱症候的受试者进行了临床观察。将 127 例随机分为治疗组和对照组。治疗组服用清宫玉容葆春酒，对照组服用林河大曲酒，每次 5～10 毫升，每天 3 次，30 天为一疗程。治疗前后记录体力、精神、食欲、睡眠、体重、血压、脉象、舌苔等，按此评定疗效。结果表明，以上各项指标，治疗组均优于对照组。治疗组受试者反映,饮酒后全身轻松,体力增强,食欲增进,睡眠增加,夜不做梦。有人原来有头痛、头晕、胃痛、肩胛酸痛、关节凉麻等症状,服药酒后也获得不同程度的改善。

再如嘉庆八珍酒,这是全国抗衰老科技委员会唯一推荐的产品。它出自老中医的祖传秘方,历经5代200多年,由淫羊藿、黄精、枸杞子、人参及浙江西王母山特有的中草药加白酒研制而成。此酒温肾助阳,滋肾养血,益气健脾,活血化瘀,除了治疗各种气血亏损以外,还能够强身健体,延缓衰老,并祛除老年斑。

经现代药理学实验研究,嘉庆八珍酒含有活性多糖、皂苷、氨基酸、黄酮、微量元素、维生素等成分。具有调节机体免疫功能,消除体内的自由基,调节激素水平和代谢功能,调节、改善中枢神经系统功能的作用,起到气血双补的功效。

例子无须多举,滋补药酒无论从历代经验来看,还是从科学研究来看,都有滋补强壮、延缓衰老的效果。

饮用药酒的注意事项

首先,饮用药酒也需要辨证论治。辨证论治是中医治疗的精髓,药酒既然是药,就必须辨证论治。"寒者热之,热者寒之";"疗寒以热药,疗热以寒药",才能达到调治阴阳的目的。该补则补,该泻则泻。最好在医生指导下,进行阴阳辨证、八纲辨证、脏腑辨证,有针对性的选择药酒配方,才能达到良好的效果。即使是滋补性药酒,也要辨证,因为每个人的体质不同,有的偏热,有的偏寒,有的偏燥,有的偏湿,选择药酒也应该有所区别。

第二,药酒用量要适度。药酒也是酒,喝多了也醉,也会对机体造成危害。因此,用量也要掌握每天的酒精量。即60度的白酒不能超过25毫升(30度的白酒不超过50毫升);黄酒、葡萄酒不能超过50毫升。儿童、孕妇、乳母,则不宜饮药酒。妇女在行经期,不宜饮活血化瘀的药酒。

第三,有些疾病不宜饮药酒:脑卒中(中风)和冠心病的急性期、重症高血压、骨折初期、肝病患者等等。因为酒精是经肝脏解毒,能增加肝脏的负担,对肝功能有一定的损害,所以肝病患者不宜饮酒。酒精有活血作用,新鲜外伤不宜活血,所以外伤和骨折初期不要饮药酒。而轻型高血压、冠心病的恢复期、中风的后遗症期（偏瘫）可以用药酒，但量也不宜多。

第四，治疗性药酒也是药物，像其他药物一样，不可长期饮用。滋补性药酒可以用的时间长一些，如含黄芪、枸杞子、灵芝的药酒，也需要征求医生的意见。

第五，注意药物的配伍禁忌。饮药酒的同时服用其他药物，要注意配伍禁忌。如糖尿病人注射胰岛素，或口服格列本脲（优降糖），若同时服少量药酒，则药酶分泌增多，这就使上述药物的疗效降低，影响治疗效果。若服用大量药酒，则抑制肝脏中药酶的分泌，使降糖药的作用增强，导致严重低血糖反应，甚至发生低血糖昏迷。又如高血压患者，若饮酒同时又服胍乙啶、肼曲嗪等降压药或利尿酸、氯噻酮等利尿药，会引起体直立性低血压。这仅是一些例子，其他配伍禁忌还有许多。所以，在应用其他药物的时候同时服药酒，一定要征求医生的意见，看有没有配伍禁忌。

贾府的酒具

刘姥姥要木制的酒杯

　　刘姥姥二进大观园，投了贾母的缘，留她多住几天，热闹热闹。时间正值秋天，天气晴朗，贾母携全家老小，一块在缀锦阁大摆宴席。在酒席上，刘姥姥吃过门杯之后，打趣道："今儿实说吧，我的手脚子粗，又喝了酒，仔细失手打了这磁杯（磁杯是原著的话，笔者以为，就是现在说的瓷杯）；有木头的杯取个来，我就失了手，掉了地下，也无碍。"

　　凤姐儿听如此说，便忙笑道："果真要木头的，我就取了来，——可有一句话先说下，这木头的可不比得磁的，那就是一套，定要吃一套才算呢。"

　　刘姥姥心理忖量："我方才不过是趣话取笑儿，谁知他果真竟有，我时常在乡绅大家也赴过席，金杯银杯倒都也见过，从没见有木头杯的。——哦！是了！想必是小孩子们使的木碗儿，不过诓我多喝两碗；别管他，横竖这酒蜜水儿似的，多喝点子也无妨。"

　　凤姐叫取"十个竹根套杯"来。所谓套杯，就是十个酒杯不一样大，一个比一个小些，可以依次套到最大的一个里。

　　鸳鸯笑道："你那十个还小，况且你才说木头的，这会子又拿了竹根的来，倒不好看。不如把我们那里的黄杨根子整刓（wan，削、刻的意思）的十个大套杯拿来，灌他十下子。"凤姐儿笑道："更好了。"

　　鸳鸯果命人取来，刘姥姥一看，又惊又喜：惊的是一连十个挨次大小分下来，那大的足足像个小盆子，极小的还有手里的杯子两个大；喜的是雕镂奇绝，一色山水树木人物，并有草字以及图印。因忙说道："拿了那小的来就是了。"

　　凤姐儿笑道："这个杯，没有这大量的，所以没人敢使他。姥姥既要，好容易找出来，必定要挨吃一遍，才使得。"

刘姥姥吓的忙道："这个不敢！好姑奶奶，饶了我罢！"

贾母、薛姨妈、王夫人知道她是有年纪的人，禁不起，忙笑道："说是说，笑是笑，不可多吃了，只吃这头一杯罢。"

曹雪芹在这里既写了故事情节，又给我们展示了贾府的酒杯。仅仅这一段，就有"磁杯"、"竹根套杯"、"黄杨根子套杯"，使我们长了见识。

黄杨子酒杯是用整块黄杨树根抠成的。黄杨树的根，盘曲错节，锯开之后，绝无直丝，纹理回转，生动自然。因此用这种整抠的杯子，别具情趣。《清朝野史大观》卷一《大内异物》记载："其一酒杯，二十有四，由大及小，……旋木为之，质黄色有木理，薄如纸，柔软而轻，嘘气辄可飞动，然能注酒。"这一段描述得栩栩如生，使我们如见其物。

其实，贾府的酒具远远不止这些。

贾府的酒具

在第 120 回的《红楼梦》中寻觅贾府的酒具，真可谓是应有尽有，琳琅满目。按其质地来分，有金属的和非金属的。

金属的有金质的，如金爵、錾金彝等；有银质的，如银爵、乌银梅花自斟壶等；有铜质的，如铜壶、铜酒盅等；锡质的有锡壶。

非金属的有瓷器、陶器、玻璃、兽角、珐琅质、竹制、木制的等。

至于形状，更是奇巧繁多，如爵、彝、壶、杯、套杯、觥、觯、盏、斗……

在第 3 回，林黛玉第一次到姥姥家贾府，就感到气象非凡，"忽见街北蹲着两个大石狮子，三间兽头大门，门前列坐着十来个华冠丽服之人……"这是宁国府的大门。到了荣国府，没进正门，由西角门而进，经垂花门、超手游廊，转过屏风、小小三间厅房，厅后便是正房大院。正面五间上房，皆是雕梁画栋，两边穿山游廊厢房，挂着各色鹦鹉画眉等雀鸟。台阶上坐着几个穿红着绿的丫头……

进入堂屋，室内匾上写着三个大字"荣禧堂"，那是皇帝的墨宝，还盖着皇帝的印章。屋内的摆设更是金碧辉煌，在大紫檀螭案上设着三尺多高的青绿古铜鼎，地下两溜十六张楠木圈椅，另外还有錾金彝和玻璃盆（或叫玻璃海）（1979 年人民文学出版社版的《红楼梦》写做玻璃盆）。所谓彝，就是鸟兽形的盛酒器皿，大多为商周时期的铜器，在祭祀祖先和神灵时浇酒于地。

玻璃盆（海）也是盛酒器皿，一般称大杯为酒海。据红学家研究，当时曹雪芹家确实有大杯酒海，但饮酒时使用的酒海不是玻璃的。此处的玻璃盆（酒海）似乎还是一种摆设。因为在康乾时代，玻璃器皿还是进口的，十分珍贵，即使在贾府，也只是一种摆设，显示贾家的富豪。不管怎样，錾金彝和玻璃盆（海）都是酒器。

另外在王夫人的主室——东边三间耳房内，还摆有"汝窑美人觚"，这也是一种酒器。汝窑是宋代五大名窑之一，窑址在今河南省临汝市，所产瓷器的瓷胎为香灰色，釉色多为天青、淡青等，淡雅素净，质感犹如莹润堆脂，优美绝伦。"美人觚"是一种身长腰细、形如美人的古代盛酒器。这里写的"汝窑美人觚"，是北宋汝窑烧制的酒器，既是一件名贵的古董，也是一件古雅的装饰品。

《红楼梦》第5回，在太虚幻境，贾宝玉看到瑶琴、宝鼎、古画、新诗，无所不有，还有酒馔，正是"琼浆满泛玻璃盏，玉液浓斟琥珀杯"。玻璃盏和琥珀杯都是珍贵的酒具。

《红楼梦》第18回，在贾妃元春所赏赐的种种物品中，就有"金、银爵"。爵是盛行于商周时期的饮酒器皿，一般为深圆腹，口部前有倾酒用的流口，后有尾，上有两柱，旁有把手，下有三个尖形高足。在这里指的是用金银仿制的礼器爵。

在第38回，曹雪芹写了"乌银梅花自斟壶"，在第40回又写了"乌银洋錾自斟壶"，这些都是酒器。所谓"乌银"，也是银子，就是用硫磺熏过之后，银子变为灰黑色。这些壶，是便于自斟自饮的小酒壶。至于为啥叫做"梅花自斟壶"，有的说是上面镂有梅花图案，有的说是指壶形为垂直形五瓣梅花状，再镂刻上梅花图案。

在第44回。曹雪芹又写了酒具"台盏"。放酒具的托盘叫酒台，这里说的台盏，是酒台和酒盏的合称。在第60回又写了"旋子"，这也是一种酒具，多用铜锡制成，底大颈细，口呈喇叭状，温酒时将盛酒的旋子放入热水中温热,适合在冬季喝酒。

酒具的历史

酒具的历史十分悠久。1983 年在陕西眉县出土的一组古朴的陶器,有 5 只小杯,4 只高脚杯和一只陶葫芦,专家鉴定距今已有 5 800~6 000 年的历史,它是目前我国最早的酒器。在良渚文化和绍兴马鞍尊新石器时代晚期遗址中,发掘出一种色泽漆黑、薄胎高圈足的杯,距今已有 4 000~5 000 年,是南方最早的酒具。

商周时代是青铜器鼎盛的时代,当然要用青铜制作酒器。近年在浙江铜乡县出土的鸭形壶,经专家鉴定是商代的酒具。它外形似鸭,扁长,灰褐色,通身布满条形印纹,制作工艺十分先进。青铜酒器说明我国饮酒史的悠久,但现在却不宜使用。因为青铜器不是纯铜,而是铜与锡、铅的合金。青铜之中的铅是可以慢慢地溶于酒中的,长期使用青铜器饮酒,可导致铅中毒。所以现在这种酒具已经淘汰。

秦汉时期出现了金杯、银杯和成熟瓷,还出现了"壶"这种盛酒器,若在壶的两旁有耳,则是饮酒器。在东晋,著名书法家王羲之约朋友在绍兴渚山下的兰亭聚会,进行曲水流觞,所用的觞,就是这种耳杯。

在隋唐时期,盛酒器主要为执壶,它由鸡头壶演变而来。执壶上端为鸡口,短颈,椭圆形腹部一旁贴六角形圆筒壶嘴,另一旁置一把手,比鸡头壶更实用。唐代诗人的诗中,有许多写到并赞美酒器。如李白的"美酒樽中置千壶","兰陵美酒郁金香,玉碗盛来琥珀光";王昌龄的"一片冰心在玉壶";王翰的"葡萄美酒夜光杯,欲饮琵琶马上催。"等等。

宋元时期,酒器的制作更为讲究,制作的材料也更广泛,有陶、瓷、金、银、铜、锡、犀牛角、海螺、景泰蓝等。

明清时期,酒具得到了更多的发展。读读《红楼梦》,就可以看到当时使用的酒具,曹雪芹描述得形象、具体、生动,品种繁多,质地各异。

酒具分类和选用

酒具可分为盛酒器、温酒器和饮酒器。

1. 盛酒器

在古代有尊、觚、彝、罍、瓿、盉、壶、瓮等。现代有木桶、搪瓷桶、缸、坛、盂、瓷罐、玻璃罐、易拉罐等，而用得最多的还是瓶，包括玻璃瓶、瓷瓶，造型各异，美观大方。

2. 温酒器

在古代，盉既是盛酒器，又是温酒器；后来则有烫酒器，包括用锡制的烫酒器和锡壶。目前锡制的酒器已经淘汰。因为锡在盛酒的过程中，锡离子可溶入酒中；更多的锡壶是铅锡合金，那么溶出的不仅仅是锡，还有铅。锡和铅都是对人体有害的重金属。蓄积起来很容易发生中毒，中毒的主要症状是恶心、呕吐、腹泻、腹痛；严重者出现腹绞痛，下肢抽搐。还要指出的是，马口铁是镀锡薄板，常用来做罐头包装，如果锡离子溶入食品过多，也会发生锡中毒。

3. 饮酒器

古代有爵、角、觥、觯觚、碗等，现代有杯、盏、盅、碗等。其质地有玻璃、瓷器、陶器、玉石、玛瑙、水晶、不锈钢、无毒性塑料等。酒杯有小型杯和大型杯。小型杯主要用于饮用白酒，而中型杯则用于饮用啤酒和葡萄酒。

目前，酒具宜选用玻璃制品，优点是容易清洗，又不致与酒起反应，而且现代化的工艺加工十分先进，可以造成美观、精致的各种造型，具有艺术欣赏价值。同时价格便宜，可以说是物美价廉。瓷器类的酒具也很好，造型美观，质地细腻，里面是洁白的瓷釉，外面有精致的图画；更有"薄如纸，声如磬，明如镜"的极品，也是很华贵的。

饮酒时，不同的酒应选择不同的酒杯。白酒应选择瓷杯，有较强的传统民族气息。也可以用小容量的高脚玻璃杯，容量以15～50毫升为宜。高脚玻璃杯可以手持杯脚接连碰杯，增加欢乐的气氛，还有利于观察酒体。

喝葡萄酒应选用高脚杯。亭亭玉立的高脚杯，与色彩浓烈的葡萄酒，是最完美的结合。葡萄酒的酒杯宜大，容量为50～150毫升，杯子应光洁透明，可以欣赏葡萄酒的颜色，观察酒在杯里的晃动。持杯时不要持杯体，而应该拿着杯脚，因为这样不会因为手温而导致葡萄酒的温度变化。

在高级场合，喝葡萄酒更讲究，因为喝什么酒用什么杯，是一种酒礼。长型圆脚杯用于红葡萄酒；半圆高脚杯用于饮白酒；漏斗型酒杯专门用来喝比较强烈的葡萄酒，如雪利酒和波特酒。

喝啤酒应该用有把的、厚壁深胆的玻璃杯，不要用塑料杯，这有利于保持啤酒的泡沫和香味，也便于观察酒液的色泽和升泡现象。容量以 200～300 毫升为宜。

喝香槟酒宜选用浅腹大口或深胆小口的香槟酒专用杯，前者可使酒香外溢散发，充分表现香味特点，适用于快饮；后者可保持酒的香味，适用于慢饮。酒杯的容量以 100～200 毫升为宜。

饮鸡尾酒，主要饮的是情调，要求是高雅、时尚，有贵族气息。那么酒杯应该是造型优美、质地光亮、透明的玻璃杯。

喝洋酒应该用水晶杯，而不用玻璃杯。最好的水晶杯，光身无花，透明度高，两杯一碰，清脆的高音尾声缭绕，经久不消，可长达 10 秒。那就是不但闻酒香，品酒味，还要听声音，使眼、耳、鼻、口、舌等感觉器官都得到享受。

从《红楼梦》中的酒俗说起

　　无论是过去和现在，整个社会是人与人相互交往的社会。相互交往的结果，就产生了一些约定俗成的礼节和风尚，这种礼节和风尚就是风俗；而饮酒的风俗就是酒俗。

　　在我国古代，酒被视为神圣的物质，酒的使用，更是庄严之事，如祭祀天地、神灵、宗庙都是大事，是必须用酒的。平时的婚丧嫁娶、奉迎佳宾、饯行、生宴、祝寿，也必须用酒。酒已经渗透于我们生活的方方面面。

　　有朋自远方来，无酒接风洗尘，不足以表其真情；送亲友异地游，无酒饯行送别，不足以表其厚谊。金榜提名，春风得意，无酒不足以尽其欢；落魄困顿，神情沮丧，无酒不足以排其忧。新婚志禧，酒是吉祥的信使；溘然长逝，酒又是悲哀的寄托。

　　总之，无酒不成礼，无酒不成俗，离开了酒，民俗活动便无所依托。

　　我国地域辽阔，民族众多，有 56 个民族，每一个民族，都有自己的酒礼和酒俗。即使同样是汉族，还有"十里不同俗"之说，全国各地，南北东西的酒俗差距很大。在这里，只以《红楼梦》记载的为主线，叙述我国流行较广的酒俗。

　　酒俗的内容很多，如祭祀酒、定亲酒、婚嫁酒、交杯酒、回门酒、白事酒、谢情酒、月米酒、生期酒、剃头酒（满月酒）、百日酒、得周酒、寿诞酒、和解酒、宴宾酒、洗尘酒、接风酒、饯行酒、送别酒、开业酒、毕业酒、聚会酒、壮行酒、吉利酒、上梁酒、新居酒、乔迁酒、节庆酒……有数十种之多。

而中国的节庆又有很多,如春节、人日节、立春节、元宵节、中和节、清明节、端午节、夏至节、七夕节、中元节、中秋节、重阳节、下元节、冬至节、腊八节、祭灶节、除夕节等,每一个节日都有酒礼和酒俗。在此只能择其重要的几个予以叙述,节庆酒则在另一节讨论。

婚 嫁 酒

《红楼梦》正式写婚嫁的,是第 97、98 回《薛宝钗出闺成大礼》、《苦绛珠魂归离恨天》。这时的贾家已经败落,远不如秦可卿的丧事办得那样盛大隆重,甚至有点仓促、寒酸。在同一个时辰,林黛玉气绝身亡,"香魂一缕随风散,愁绪三更入梦遥",而贾宝玉和薛宝钗的婚礼正在举行。这是王熙凤的"偷梁换柱"之计,当然,罪魁祸首还是贾母,害得一个死亡,一个疯癫,无形之中又害了薛宝钗,她哪有新婚之喜? 应该说是害了三个人。

让我们撇开《红楼梦》,回到热烈喜庆的结婚酒。结婚是人生的一件大事,撇开人文学科和人情世故,从医学科学角度来讲,两个没有任何血缘关系的人,结合在一起。这一结合,就要创造出一个新的生命,这个新生命含有父亲的一半基因,又含有母亲的一半基因。全世界每一个人,无论长幼尊卑,无论富贵贫贱,上自皇帝老子,下至平民百姓,概莫例外。创造出来的这个新生命,前途未可限量,很难估计。目前地球上的 60 多亿人口,不都是这样来到人世的吗? 正因为此,结婚是人生的一件大事。

在结婚之前,还有订婚酒,又叫会亲酒,表示婚姻已成定局,婚姻契约已经生效,此后男女双方不得随意退婚、赖婚。

结婚是人生的一件喜事,"洞房花烛夜,金榜题名时",是人生最美好的时刻。正因为此,婚宴酒特被称为"喜酒"。

在婚宴上,客人们喝喜酒,在入席之前应先到洞房浏览一番,以示对主家的尊重。

新婚夫妇则喝"交杯酒"。交杯酒在古代称为"合卺",卺的意思是一个瓠分成两个瓢。"合卺"引申为结婚的意思。在唐代即有交杯酒这一名称,到了宋代,盛行用彩丝将两只酒杯相联,并绾成同心结之类的彩结,夫妻共饮一盏,或夫妻传饮。这种风俗在我国非常普遍。现在也有的地方流行喝交臂酒,就是夫妻右手各执一个酒杯,两只手臂相互缠绕,然后喝酒。

满族人的交杯酒，是在洞房花烛夜，新郎给新娘揭下盖头后，要坐在新娘的左边。这时，"娶亲太太"捧着酒杯，先让新郎抿一口；"送亲太太"捧着酒杯，先让新娘抿一口；然后两位太太将酒杯交换，请新郎、新娘各再抿一口。说明你中有我，我中有你，再也分不开。

在结婚的第二天，新婚夫妇要"回门"，即回到娘家探望长辈。此时娘家要置宴款待，称为"回门酒"。"回门酒"只设午餐一顿，酒后夫妻双双回家。

白　事　酒

人们称结婚为"红事"，丧葬为"白事"，那么为什么又有"红白喜事"之说呢？"红事"当然是喜事，没有疑问；而人死去是升天，到了天堂，而且入土为安，再没有尘世的烦恼，所以老年人的丧事也是喜事。于是红喜事和白喜事加在一起，就是"红白喜事"。

《红楼梦》第13回《秦可卿死封龙禁尉，王熙凤协理宁国府》，给我们展示了一个大家族办理丧事的方方面面。

秦可卿死亡的消息一旦传出，无论是长一辈的、平辈的、下一辈的，以及家中仆从老小，"莫不悲号痛哭"。"到了宁国府前，只见府门大开，两边灯火，照如白昼，乱哄哄人来人往，里面哭声振山振岳……"

曹雪芹从第13回一直写到第15回，都是秦可卿的丧事（当然也夹杂有其他内容），要停灵七七四十九日，请108位僧人超度亡灵鬼魂，请99位全真道士，打19日解冤洗业醮，另外请50位高僧、50位高道，对坛按七作好事。其间还有入殓、停枢、守灵、随起举哀、接灵、送殡、伴宿、路祭、摔丧……这中间，在祭奠的时候都少不了酒。

一般老百姓当然不能与宁荣二府相比，可是办丧事仍然是少不了酒的。

人过世后，其亲人为让死者享用琼浆玉液，入殓时奠酒，哭灵奠酒，指路奠酒，出殡时奠酒的机会更多。起灵奠酒，辞土奠酒，棺材入土奠酒……每举行一次仪式奠一次酒，不厌其烦。似乎只有这样，才能表达对死者的哀思，让死者安息。这些场合是以水代酒，自然只是带个酒字罢了，而殡葬时酬谢帮忙的、招待奔丧者却是实实在在地饮酒。酒不仅贯穿于整个丧期，且延续到数年之后，死者亡后的"忌日"，死者的亲人便相聚，隆重地祭奠死者。

有的少数民族则在吊丧时持酒前往。如苗族人家听到丧信后，同寨的人,都要赠送丧家几斤酒及其大米、香烛等物,亲戚送的酒物更多些,女婿则要送 20 斤白酒、一头猪。丧家则设酒宴招待吊丧者。云南怒江地区的怒族,村中若有人死亡,各户带酒前来吊丧,巫师灌酒于死者嘴内,众人各饮一杯酒,叫做"离别酒"。死者入葬后,古代的习俗还在墓穴内放入酒,为的是死者在阴间也能够享受到人间饮酒的乐趣。汉族人,在清明节为死者上坟,也要带酒肉。

在白事宴席上,与红喜事那种喜庆热闹的场面就有所不同,餐桌上的菜肴以素食为主,有的地方干脆称为"豆腐饭",酒是一定要备的,但由于赴席者尚在悲痛之中,所以照例不能猜拳行令,不能大声喧闹嬉戏,当然也不劝酒。

满 月 酒

孩子诞生又是一个大事,新生命给家庭带来无限欢乐和希望,当然应该好好庆祝一番。

一般在孩子满月时喝满月酒,也有的在百日时喝百日酒。这时孩子成为中心的中心,亲友们轮流抱着小孩,一切良好的祝愿都倾口而出。送各种礼品,如银项圈、银手镯、小孩帽、华丽的衣服、鞋袜、玩具、婴儿食品等等。主人则热情地招待客人,除了丰盛的菜肴外,就是生日酒或满月酒。喝酒时当然还少不了热情的祝愿和良好的祝福。

当孩子长到 1 周岁时,又有"抓周"的习俗。这时孩子已经能够到处爬,有的还会行走。家长将各种玩具和生活用具摆在他的周围:如笔、墨、纸、砚、刀、弓、箭、算盘、胭脂、口红、钗环……,让他去抓。以此来测他将来的志向。《红楼梦》第 2 回,写了贾宝玉抓周:"那周岁时,政老爷试他将来的志向,便将世上所有的东西,摆了无数让他抓,谁知他一概不取,伸手只把那些脂粉钗环抓来玩弄;那政老爷便不喜欢,说将来不过酒色之徒,因此不甚爱惜。"

据《宋史·曹彬传》记载,曹彬周岁的时候,父母让他"抓周","以百玩之具罗于席,观其所取。彬左手持干戈,右手取俎豆,斯须取一印,他无所视,人皆异之。"后来长大之后,成为宋朝的大将,参加灭后蜀之役,又任统帅灭南唐,攻下金陵,旋任枢密使。

当代学者也有"抓周"的故事。据报导,钱钟书1910年出生于江苏无锡一个书香门第,周岁那天,在他周围摆放了各种食物、玩具、书等,看他最先抓什么。在众多物品中,他一把抓了一本书。他的祖父很高兴,说这孩子"独钟于书",就起个名字叫"钟书"吧。后来就成了著名的学者,一生爱书不爱钱。

在有的地方,孩子周岁时要喝"得周酒"。这时孩子已咿呀学语,在酒席间,由大人抱着孩子,轮流介绍长辈,让孩子叫其称呼,尚不清晰的"稚童之音"惹得客人哈哈大笑,增加了热烈的气氛,享尽了天伦之乐。

祝 寿 酒

我国历来有尊老敬老的传统。人的诞生日是一生的开始,当然是值得纪念的。对儿童和青壮年来说,叫"过生日",而对于老年人来说,就叫"做寿"。我国做寿的习俗,起始久远。《诗经》就有"神嗜饮食,使君寿考"、"为此春酒,以介眉寿"的描绘记叙。

《红楼梦》写生日酒的,也就是第63回《寿怡红群芳开夜宴》,那是用绍兴酒来庆贺的,已经写过,不再重复。那时贾宝玉年轻,尚不能称为祝寿。

祝寿必须有"寿酒",《魏公子列传》记载:"酒酣,公子起,为寿侯生前"。唐代诗人杜甫在《千秋节有感》写道:"舞阶衔寿酒,走索背秋毫。"明确地提出了寿酒。

过去的平均寿命低,活到"花甲之年"就已经很不错了,而70岁是很稀少的,"人生七十古来稀"嘛!长篇小说《林海雪原》和以此改编的京剧《智取威虎山》,土匪头子"坐山雕"才50岁,生日就叫做"五十大寿",而且用"百鸡宴"庆祝。

现代人的平均预期寿命延长,一般到60岁过生日,才称为"做寿"。"做寿"要举办"寿宴",长老者坐上席,按辈数和年龄依次向下排,体现对长者的尊敬。寿宴一般为一顿,有的地方为两顿,不管是一顿或两顿,都少不了"寿面"。"寿面"即"长寿面",而且面条越长越好。条件好者有"八珍长寿面",除面条外,还有鸡、鱼、虾仁、鲜笋、香菇、芝麻、花椒、韭菜为原料制作。习俗给老人盛第一碗时不要太满,使能够吃第二碗,第二碗由子孙给他添加,叫做"添寿"。

老人寿诞时，特别是在"整寿"时，如60大寿，70大寿，80大寿，儿子、媳妇、女儿、女婿、孙子、孙女、外孙子、外孙女……都得到齐，亲人团聚，共同祝寿。甚至亲朋好友、街坊邻里都要参加，大摆宴席。隆重者还要请民间艺人说唱表演。在贵州黔北地区，民间艺人称为"花灯手"，他们分别扮成铁拐李、吕洞宾、张果老、何仙姑……等八个仙人，依次演唱，这叫做"八仙祝寿"，边演唱边向寿星敬献长生拐、长生扇、长生经、长生酒……俨然一个盛大的节日，热闹异常。其间，八仙还要和老寿星一同饮酒，同饮同贺。

再一个就是做"寿桃"。《神农经》记载："玉桃，服之长生不死"。在鲜桃上市季节，送鲜桃很好；而若不是鲜桃季节，则可用面桃代替。即将面坯做成桃的模样，桃尖染红，蒸熟。给老人祝寿，寿桃一般送八个或九个：八个，象征八仙庆寿；九个，象征长久，寓意吉祥。

再一个就必须有"寿酒"了。我国古代视酒为吉祥之饮，称酒为"福水"，饮之可得福。另外，"酒"与"久"同音，祝福老人天长地久，寿比南山，福如东海，有浓郁的人情味。其实，"寿酒"也是平常饮的酒，只是因为庆寿，所以特叫做"寿酒"。

皇帝的千叟宴

帝王优待宴请老人，以明清两代记载最多。《明会典》记载：天顺八年（公元1464年）明英宗朱祁镇下诏优遇年龄在90岁以上的人，要定时定量供给衣食。每年还要设宴款待一次，宴席上当然有酒。

清代康熙、乾隆两代，共举行过4次千叟宴。据《茶余客话》卷一"康熙诞辰宴会"记载：康熙60大寿时，赐宴在京汉族官员及士庶等65岁以上者，共4240人；过了3日，又赐宴满洲、蒙古、汉军官员及护军兵丁等2605人。皇上对老人们说："今日之宴，朕派皇子皇孙宗室给你们斟酒，给你们分颁食品,你们入宴时不必起立,以示朕优待老人的本意。"

此后又于康熙六十一年、乾隆五十年、六十年又举行3次千叟宴。清代这4次千叟宴,有3次是在大年初一举行的。

大型宴会的组织非常重要。在宴会前3天,座次已经排好,而且画成座位图挂在醒目处,每个与宴官员在图上可以找到自己的席位。在每个席位上也贴着与宴官员的姓名职衔,入座时列队而行,不致发生混乱。

有幸入宫赴千叟宴的老人,纵有数千,但放到整个国家范围看,毕竟不算太多。未能吃到筵宴的老者,也有机会得到皇上的赏赐。

从现在来看,皇帝这样做是为了笼络人心,同时也说明当时国库丰盈,国力强盛。在清代后期,帝国主义侵略中国,割地赔款,皇帝既没有这样的财力,更没有这样的心情了。

宴席上的酒德

酒德二字,最早见于《尚书》和《诗经》,其含义是说饮酒要有德行。

宴会时,要让长者坐上席,同席的尊长未动筷子,晚辈不能抢先。看到尊长将要吃饱,您不论吃饱与否,都不能大嚼下去。等尊长一放下筷子,你也要停止进食。

中国人在敬酒时,往往都想让对方多喝点,以表示自己尽到了主人之谊。客人喝得越多,主人就越高兴,说明客人看得起自己,如果客人不喝酒,主人就觉得有失面子了。

"文敬"是酒德的体现,即有理有节地劝客人饮酒。酒席开始,主人往往先讲几句话,简明扼要,说明这次宴会的主题,还要说一些祝福语,更要强调大家吃好喝好。这时,宾主都要起立,主人先将杯中的酒一饮而尽,并将空杯杯口朝下,说明自己已经喝完,以示对客人的尊重。客人一般也要喝完。若有多桌客人,那么主人还要向各桌敬酒。

"回敬"是客人向主人敬酒。"互敬"是客人和客人之间互相敬酒。为了使对方喝酒,敬酒者会找出各种必须喝酒的理由,若对方没有足够的理由进行反驳,就得喝酒。在这种双方寻找论据的同时,人与人的感情交流得到了升华。

若自己不会饮酒,或者酒量很小,那么可采取"代饮"的方法。"代饮"既不失自己的风度，又不使主人扫兴。代酒的人一般与自己有特殊的关系，而且有一定的酒量。

劝酒也应该文明。饮酒者有3种，其善饮者不待劝；酒量小、一喝就醉者，不能劝；需要劝酒者，就是那些能饮而不饮者，这需要大劝特劝了。

酒席是增进感情的场所，有的人发挥得淋漓尽致。比如一条鱼，就可以说出许多名堂。夹一鱼目给对方，是我对您"高看一眼"；取一鳃盖给您，是"请您赏脸"；挑一腹肉，是"推心置腹"；捋一鱼尾，是"回味（尾）无穷"。还有一杯洗尘，二杯接风，三杯认识，四杯交友。五杯祝愿，六杯关照……若碰了酒杯，则必须喝下去。

在酒席上要讲究文明，贵客未开盘的菜肴不能先下筷子，也不能"下连筷子"（连续夹一个盘子的菜）；不能乱翻挑拣着吃，夹住哪个菜后不能再放下；也不能探身或站起来乱吃一通。

给客人倒酒叫"宣酒"，倒茶叫"宣茶"；从大容器向酒壶倒酒叫"折酒"。宣酒的时候应该拿着酒壶的把子，而不能拿着酒壶的脖子。拿着壶脖子宣酒是对客人的大不敬，意为掐着客人的脖子不让喝酒。倒酒的时候要倒满，有一句歌词是"斟满酒，举过头"；而宣茶则宜浅一些，有"酒满茶半"之说，就是倒茶只倒半杯即可。

饮酒的时间不限，何时结束取决于坐上席的贵客。上席不传饭，陪酒者即使酩酊大醉，也要奉陪到底，否则就是对客人的不敬。止饮前，主人还要再劝一番酒，让每个客人都吃饱喝足。宴会结束时，还要感谢光临！欢迎再来！

传统节日与酒

春 节 与 酒

春节是我国传统节日中最盛大、最隆重的节日。辛亥革命以前称为新年,辛亥革命之后采用公历,公历将1月1日称为元旦,又叫新年,那么农历的正月初一就改为春节。如今,春节已成为中华民族及海外侨胞共同欢度的节日。在欢庆春节的时候,酒是少不了的,民间叫做"吃春酒"或"吃年酒"。

《红楼梦》第53回《宁国府除夕祭宗祠,荣国府元宵开夜宴》写道:在春节期间,"王夫人和凤姐天天忙着请人吃年酒,那边厅上和院内皆是戏酒,亲友络绎不绝。一连忙了七八天,才完了,早又元宵将近,宁荣二府皆张灯结彩。十一日是贾赦请贾母等,次日贾珍又请贾母,王夫人和凤姐儿也连日被人请去吃年酒,不能胜记。"

清代潘荣陛写的《帝京岁时纪胜》记载:春节期间,"纵非亲厚,亦必奉节酒三杯,若至戚忘情,何妨烂醉。新正拜节,走千家不如坐一家,而车马喧阗,追欢竟日,可谓极一时之胜也矣。"这种"吃年酒"的风俗一直流传至今。

自古以来,在春节这个喜庆而祥和的节日,亲朋好友之间拜年,往往要携带一些礼品相互馈赠,称为"送年礼"。"年礼"的品种繁多:干鲜水果,糖果糕点,鸡鸭鱼肉,山珍海鲜,而酒也是必备之物。到了现代,由于人们生活水平的提高,酒更是春节不可缺少的食品。您看,每到春节,各个超市、商场、街道两旁的店铺,都陈列着各式各样的酒,五光十色,琳琅满目,买酒的人络绎不绝,一派繁荣景象。

现在,酒的品种繁多,任你选择,可根据自己的爱好,不拘一格。而在古代,春节最常吃的酒就是"屠苏酒"和"椒酒"。"屠苏酒"已在前面说过,现在就谈谈"椒酒"。

"椒花酒"或"椒酒",是用椒花或椒实浸泡制成的酒。椒酒的出现,最早可以从屈原的《九歌东皇太一》中看到:"蕙肴蒸兮兰藉,奠桂酒兮椒浆。"椒浆就是椒酒。北周庾信在诗中写道:"正朝辟恶酒,新年长命杯。柏吐随铭主,椒花逐颂来。"

汉代崔时的《四月令》记载:"正月旦,进椒酒。降神毕,各举椒酒于己于其家长。"就是说,子孙都要向长辈进献此酒。梁宗懔在《荆楚岁时记》中记载:"俗有岁首用椒酒,椒花芬香,故采花以贡樽,正月饮酒,先小者,以小者得岁,先酒贺之。老者失岁,故后饮酒。"这和屠苏酒的饮用方法一样,是春节饮酒的规矩。

元宵节与酒

元宵节,又叫上元节、灯节,节期在农历正月十五。它的日期正值"望"日,也就是满月之时,象征团圆、美满,是一个看月、赏灯、歌舞狂欢的盛大节日。元宵节和小年夜(农历腊月二十三)、除夕、大年初一、人日(农历正月初七),构成了一个完整的节日系列,是这些节日的最后一个高潮,也是尾声。无论古今,人们总要在此夜合家团圆,赏灯游玩,尽情欢乐。这中间也少不了酒。

《红楼梦》有不少章回都写到了元宵节。第 1 回就这样写道:"真是闲处光阴易过,倏忽又是元宵佳节。"就是在元宵节夜晚,家人霍启带领甄士隐的掌上明珠英莲,在观看社火灯花的时候,将英莲丢失了。英莲就是后来的香菱。

在第 17～18 回,《荣国府归省庆元宵》、《皇恩重元妃省父母》,曹雪芹更是大肆渲染了元宵节。这两节更提到了杏花村、杏帘在望、酒幌、酒旗、金谷酒、御酒、金银盏等,包括酒名、酒具、酒店招牌等。

在第 54 回,又是一个元宵节,曹雪芹写了"那几个婆子'吃酒斗牌'",写了"宝玉要了一壶暖酒",凤姐儿也强调,"宝玉别喝冷酒,仔细手颤,明儿写不的字,拉不的弓。"这和薛宝钗关于"冷热酒"的高论如出一辙。在这一回,曹雪芹还写了"击鼓传花令",其中"令具"就是黑漆铜钉花腔令鼓。

元宵节是春节的延续,玩的主要活动是花灯和龙灯,吃的特色食品是元宵,其中也少不了酒。元宵节一过,广义的春节就算过完了。人们不愿意轻易放过春耕大忙前这最后一次吃喝玩乐的机会,于是又高高地举起酒杯,使空气中飘溢着酒香。

清明节与酒

要说清明节,得先说寒食节。寒食节的日期,是距冬至 105 天,也就是距清明不过一两天。这个节日的主要节俗就是禁火,不许生火煮食,只能吃准备好的熟食、冷食,所以叫寒食节。

寒食节来源于春秋时代的晋国,是为了纪念晋国公子重耳的臣子介子推。重耳流亡外国 19 年,介子推护驾跟随,立了大功,重耳返国即位,即晋文公。介子推便背着老母,躲入绵山。晋文公前往寻找,却怎么也找不到。于是他放火烧山,想把介子推逼出来。不料介子推却和母亲抱着一棵大树,宁愿烧死,也不出山。事后,晋文公伤心地把绵山改为介山,又下令把介子推烧死的那一天定为寒食节,在寒食节禁止生火,吃冷饭,以示缅怀、纪念。

寒食节习俗,有上坟、郊游、荡秋千、拔河等。由于寒食节与清明节相距很近,后来就渐渐融入清明节之中。现在都过清明节,而寒食节的习俗却传承下来了,主要是扫墓,纪念死去的亲人,在坟前除草、添土、修整坟头;烧香、烧纸钱、放鞭炮、供奉鸡、鸭、鱼、肉、糕点、水果、水酒等,以表达自己的心意。

清明节扫墓是传统习俗,《红楼梦》第 58 回写道:"……这日乃是清明之日,贾琏已备下年例祭祀,带领贾环、贾琮、贾兰三人去往铁槛寺祭枢烧纸;宁府贾蓉也同族中人各办祭祀前往。"因贾府的祖茔远在金陵,铁槛寺是都中暂寄灵枢之处,所以清明节日要去铁槛寺祭枢烧纸。

祭祀是要备酒的,特别是在古代,非常重视。请看白居易的诗:"何处难忘酒,朱门美少年,春分花发后,寒食月明前。"杜牧的《清明》诗更为大家所熟悉："清明时节雨纷纷,路上行人欲断魂。借问酒家何处有,牧童遥指杏花村。"都强调了酒。

唐代段成式著的《酉阳杂俎》记载:在唐朝时,于清明节宫中设宴饮酒之后,宪宗李纯赐给宰相李绛酴酒。酴酒是指重酿的酒,当然是醇厚的好酒。清明节饮酒有两个原因:第一是寒食节期间,不能生火吃热食,而只能吃凉食,饮酒可以增加热量;第二,借酒来平缓或暂时麻醉人们哀悼亲人的心情。

端午节与酒

端午节,又称端五节、重五节、端阳节、女儿节等,它与春节、元宵、中秋一起,构成我国四大传统节日。为什么又叫女儿节呢?《帝京岁时纪胜》记载:"已嫁之女亦各归宁,呼是日为女儿节。"直至今日,已嫁的女儿也要回娘家探望父母。

端午节是纪念屈原的,也有说是纪念曹娥的。其节日活动主要有龙舟竞渡,悬挂蒲艾,煎药汤沐浴,做香袋,吃粽子,喝酒等。在过去,有菖蒲酒、雄黄酒、蟾蜍酒、合欢花酒、等等。唐代诗人殷尧藩诗云:"少年佳节倍多情,老去谁知感慨生,不效艾符趋习俗,但祈蒲酒话升平。"

《红楼梦》第 31 回,曹雪芹写道:"这日正是端阳佳节,蒲艾簪门,虎符系臂,午间王夫人治了酒席,请薛家母女等过节。"说明荣国府对端阳节是很重视的,而且特意强调了"酒席",当然,无酒不成席嘛!

端午节是少不了酒的,宋代孟元老在《东京梦华录》中是这样写的:"次日家家铺陈于门首,与粽子、五色水团、茶酒供养,又钉艾于门上,士庶递相宴赏。"这一习俗特称为"赏午"。

在端午节,人们为了辟邪、除恶、解毒,有饮菖蒲酒、雄黄酒的习俗,同时还饮壮阳增寿的蟾蜍酒、镇静安眠的合欢花酒等。但最为普及的是菖蒲酒。李时珍在《本草纲目》中写道:"菖蒲酒治三十六种风,一十二痹,通血脉,治骨痿,久服耳目聪明。"菖蒲被视为辟邪之物,能够辟邪去瘟。

以科学的观点看,雄黄酒则是应该淘汰的。雄黄是含硫砷的化合物,外用有一定毒性,内服更是禁忌的。雄黄遇热分解后,生成三氧化二砷,外用常引起皮疹和皮肤炎症;内服则损害胃肠、心脏、肾脏、骨髓、神经等系统和器官,严重者导致死亡。

中秋节与酒

中秋节，又叫仲秋节、团圆节，在农历八月十五月儿圆的时候。为什么叫"中秋"呢？南宋·吴自牧《梦粱录》中有介绍："八月十五中秋节，此日三秋恰半，故谓之'中秋'；此夜月色倍明于常时，又谓之'月夕'"。

中秋节在多数情况下，秋高气爽，晴空万里，一轮明月悬在空中，将光亮撒遍大地。也有的时候是天阴下雨，民间有"八月十五云遮月，正月十五雪打灯"的说法。中秋节，根源于我国古代的对月崇拜及月下歌舞觅偶的习俗。目前的食俗是吃月饼和各种时鲜水果，如西瓜、苹果、梨、葡萄、柿子、橘子、柚子、豆荚、芋芳等等。此外就是桂花糕和桂花酒。《帝京岁时纪圣》记载，八月桂花盛开时，将花摘下，酿成酒，密封三年即成香甜味醇的桂花酒。

《红楼梦》第 75 回，写了《开夜宴异兆发悲音，赏中秋新词得佳谶》，这时贾家已经败落，但外面的架子仍未倒。"当下园子正门俱已大开，挂着羊角灯。嘉荫堂站台上，焚着斗香，秉着烛，陈设着瓜果月饼等物。……真是月明灯彩，人气香烟，晶艳氤氲，不可名状。地下铺着拜毡锦褥。"此时，贾母、贾赦、贾政等一大家子在凸碧山庄赏月、吃月饼、吃酒、行令。这次他们行的是"击鼓传花令"，若鼓声停时，花在谁的手中，就罚酒一杯，并罚说笑话一个。紧接着就是第 76 回《凸碧堂品笛感凄清，凹晶馆联诗悲寂寞》，也就是在中秋节晚上，黛玉和湘云诗兴大发，在凹晶馆联诗：三五中秋夕，清游拟上元……在说到"冷月葬诗魂"的时候，湘云，大声叫好，同时又说："诗固新奇，只是太颓丧了些！"再后是妙玉出现，说"有几句虽好，只是过于颓败凄楚，此亦关人之气散，所以我出来止住你们。"在《红楼梦》中，这是一个精彩的片段，令人拍案叫绝。

清冷的明月，凄凉的笛韵，感伤的心境，三者和谐地交织在一起，预

寿怡红群
芳开夜宴

示着贾府末日的来临。

在中秋佳节，古人常在月光下饮酒赋诗。最典型的代表是苏轼在宋神宗熙宁九年(公元 1076 年)写的《水调歌头》："明月几时有,把酒问青天。"诗人是这样,老百姓也不会冷落了酒的芬芳,当冰清玉洁的一轮明月高悬夜空时,家家户户都要拜月、吃月饼、饮酒,欢度中秋佳节。

试想,中秋时节,天高气爽,气候宜人,夜晚万里无云,玉兔东升,怎能辜负这良辰美景? 或月下欢聚,或托月寄情,或借月幽会,或月下静思,此时此刻,更需要把酒临风,以遣情怀。

在古代,中秋节饮的酒多是桂花酒。文献上有这样的记载:"于八月桂花飘香时节,精选待放之花朵,酿成酒,入坛密封三年,始成佳酿,酒香甜醇厚,有开胃、怡神之功。"现代,则任何酒都可以,桂花酒则别有风味。

重阳节与酒

重阳节又称重九节、菊花节、茱萸节、老人节等。《西京杂记》记载:"九月九日,佩茱萸,食蓬饵,饮菊花酒,云令人长寿。"关于菊花酒的酿制方法,该书写道:"菊花舒时,并采茎叶,杂黍米酿之,至来年九月九日始熟,就饮焉。故谓之菊花酒。"

《红楼梦》第 38 回《林潇湘魁夺菊花诗,薛蘅芜讽和螃蟹咏》,正值重阳节时候,贾母领着大观园的女儿们,在烫酒、赏菊、吃蟹、作诗。在诗中,有许多地方都提到了酒。贾宝玉的诗句有"酒杯药盏莫淹留"、"醉酣寒香酒一杯";史湘云的诗句有:"弹琴酌酒喜堪俦"、"凭谁醉眼认朦胧";薛宝钗的诗句有:"莫认东篱闲采掇,粘屏聊以慰重阳。"贾探春的诗句有"彭泽先生是酒狂"。林黛玉的诗句有:"篱畔秋酣一觉清,和云伴月不分明。登仙非慕庄生蝶,忆旧还寻陶令盟。"、"喃喃负手叩东篱"、"一从陶令平章后,千古高风说到今"等。

在"螃蟹咏"中,薛宝钗的诗句也令人赞赏:"酒未涤腥还用菊,性防积冷定须姜"、"桂霭桐阴坐举觞,长安涎口盼重阳"等,都少不了酒。可见,酒与重阳节有十分密切的关系。

写重阳节饮酒赏菊的诗词中,最不能忘怀的是李清照的《醉花阴》:"薄雾浓云愁永昼,瑞脑销金兽。佳节又重阳,玉枕纱橱,半夜凉初透。东篱把酒黄昏后,有暗香盈袖。莫道不销魂,帘卷西风,人比黄花瘦。"重阳节饮酒是自古以来的习俗。

　　《西京杂记》记载,菊花酒的制作是:"菊花舒时南采茎叶,杂黍米酿之,至来年九月九日始熟就饮焉,故谓之菊花酒。"

参考文献

[1] 曹雪芹,高鹗.红楼梦[M].北京:人民文学出版社,1979.

[2] 冯其庸,李希凡.红楼梦大辞典[M].北京:文化艺术出版社,1991.

[3] 上海市红楼梦学会,上海师范大学文学研究所.红楼梦鉴赏辞典[M].上海:
上海古籍出版社,1988.

[4] 冯其庸,李广柏.红楼梦概论[M].北京:北京图书馆出版社,2002.

[5] 蔡义江.红楼梦诗词曲赋评注[M].北京:团结出版社,1995.

[6] 刘素丽,郭鸿昌.红楼梦诗词赏析[M].喀什:喀什维吾尔文出版社,2002.

[7] 张锦池.红楼十二论[M].天津:百花文艺出版社,1995.

[8] 陈文新,余来明.红楼梦悲剧人生[M].武汉:武汉大学出版社,2002.

[9] 王昆仑.红楼梦人物论[M].北京:北京出版社,2004.

[10] 舒芜.红楼说梦[M].北京:人民文学出版社,2004.

[11] 王蒙.红楼启示录[M].北京:生活·读书·新知三联书店,1996.

[12] (清)绮情楼主 喻血轮 原著 梦泽川编校.林黛玉日记[M].长春:时代文艺出
版社,1994.

[13] 赵国栋.红楼梦之迷[M].郑州:中州古籍出版社,2001.

[14] 富振华.红楼春秋[M].北京:京华出版社,1997.

[15] 周汝昌.红楼夺目红[M].北京:作家出版社,2003.

[16] 段振离.医说红楼[M].北京:新世界出版社,2006.

[17] 段振离.怎样战胜慢性疾病[M].郑州:河南人民出版社,1978.

[18] 段振离.亚健康保健全书[M].郑州:中原农民出版社,2004.

[19] 邸瑞平.红楼漫拾[M].南昌:江西教育出版社,1999.

[20] 吴兆基.唐诗三百首[M].北京:京华出版社,2003.

[21] 吴兆基.宋词三百首[M].北京:京华出版社,2003.

[22] 张璋.历代词萃[M].郑州:河南人民出版社,1984.

[23] 王远国,畲克勤.中华传统节日诗赏析[M].武汉:华中理工大学出版社,1996.

[24] 李争平.中国酒文化[M].北京:时事出版社,2007.

［25］ 赵荣光. 中国饮食文化史［M］. 上海：上海人民出版社，2006.

［26］ 贾跃胜，田合禄. 医易养生保健学［M］. 太原：山西科学技术出版社，2006.

［27］ 徐嘉生，马静承. 饮酒与健康［M］. 北京：中国轻工业出版社，1985.

［28］ 曾纵野. 中国名酒志［M］. 北京：中国旅游出版社，1980.

［29］ 王仁湘. 往古的滋味——中国饮食的历史与文化［M］. 济南：山东画报出版社，2006.

［30］ 王维. 药酒大全［M］. 赤峰：内蒙古科学技术出版社，2007.